画游德国

TOUR & PAINT GERMANY

易平凡 著

成都时代出版社
CHENGDU TIMES PRESS

出版了三本绘画游记《画游冰岛》《画游巴黎》和《画游西班牙》，有了解我的朋友问："你什么时候出版《画游德国》呢？"是的，欧洲国家里我最熟悉的莫过于德国，最应该给读者呈现的是德国的山水人文。20世纪90年代末女儿15岁赴德国留学，虽然时间已走过了两个十年，但女儿当年在北京机场推着满载两个大行李箱的手推车的稚嫩身影依然鲜活地呈现在我眼前。2001年夏，我第一次踏上德国的土地，带队赴波恩阿登纳中学学习访问，从此开始了我长达二十年的德国行，故德国在我的心中具有极大的分量。

　　德国位于欧洲中部，国土面积35.7万平方千米，人口约8293万，是人口最多的欧盟国家，也是欧洲第一大经济体，有"欧洲经济的火车头"之称。在德国，理性严谨、精益求精、精明务实是通行证，"德国制造"是品质的代名词。除此以外，它还有气势恢宏的教堂、富丽堂皇的皇宫、秀丽动人的湖泊和庄重典雅的城堡。

　　新冠肺炎疫情前，国人热衷于欧洲游，大多是跟团游，导游总结游欧洲就是来看皇宫、游城堡、观基督教教堂、拍市政厅。德国城堡据称有上万座，现在保存下来的也成百上千。究其原因，德国在1871年之前是由大大小小的若干公国组成的联盟，公国最多时有几百个，各个公国自然都要修建皇宫和城堡，所以，造就了今日德国皇宫城堡众多的盛况。它们各具特色，格局规模大相径庭。

　　我出版的前几册"画游"系列，基本规律是耗时数天、数周环绕一座城市或一个国家一圈，游历行程一气呵成。而游历德国是以法兰克福为中心向四周辐射，历经数年，对周边城市、小镇深度游览探秘。所以本书内容构架以德国首都柏林为起点，从东到西，从南到北，再回到中心法兰克福。书中的文字和画作既有德国城市的地标建筑，也有小镇风情、山川湖泊。我尽可能通过文字和画作展现德国独具魅力的城市及乡镇风情。《画游德国》将带你与我一同去探索德国辉煌的城市和历史，寻觅城堡与森林间的童话秘境。

目录
CONTENTS

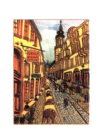

TOUR & PAINT
GERMANY

画游德国

首都柏林之旅

　　柏林之旅拉开序幕。柏林——德国的首都、德国第一大城市，被所有介绍德国旅游的书籍称为"最具旅游价值的德国城市"。凡稍微了解一些历史的人都知道，柏林二战后被一分为二，东柏林属于东德社会主义阵营，西柏林被划归西德资本主义阵营。东西柏林分治40多年，1990年10月3日两德统一，柏林迎来了它的新生，成为德意志联邦共和国首都。

　　我们乘坐的ICE874列车从法兰克福去柏林，清晨7：13出发，中午11：25到达，4个小时多一点。我们6：30到达法兰克福火车总站，此时此刻人来人往、热闹非凡，既有我们这种提着旅行箱长途旅行的游客，也有西装革履、肩挎公文包、手提电脑箱的上班一族。

　　我们上车落座，2号车厢61、62号，带桌四人位，我们面对面坐下，一人一个iPad，各忙各的。我随意地写着，时不时抬头看看窗外风景，一路上基本是平原和浅丘，葱郁的绿树、浅绿的草坪和大片金黄色的麦田为窗外风景的主角。离铁路不远处时而会出现一个个村落，德国的村落基本是连片的别墅群，三角形的屋顶几乎都是红色，掩映在绿树丛中，十分耀眼。车厢外突然出现了一大片水域，是一个延绵数千米的天然湖，湖水呈深绿色，四周环绕着绿树青草，惹人无限遐想，令人神往。才去了蒂蒂湖和博登湖，我对德国的天然湖有着特殊的喜爱，不禁生出要到此一游的想法。

我们时而谈论德国的地貌，南部以丘陵为主，前不久去的蒂蒂湖和博登湖都属于这样的地貌。今日要去的柏林位于东部偏北，基本属于平原。我们时而又谈论德国人的主食，一般为面包和土豆，所以，德国农业除葡萄外就以小麦和土豆为主，大量的粮食依靠进口。在德国超市，德国本土农产品比进口农产品更贵，这似乎令人有些难以相信，但却是不争的事实。现在已是 7 月中旬，德国的小麦还没收割，而国内成都地区四五月就收小麦了。

火车行了约两小时，上来了两位西装革履的人，坐在我们旁边，其中一人不断地接听电话，公务十分繁忙。后来我们聊了几句，他问我们来自哪里，我说来自中国成都。他没有去过成都，但是他知道成都，因为公司有员工来自成都。过道另一侧座位上是一家三口加上叔叔、婶婶

五个人去柏林旅游，其中，儿子和婶婶是教师，儿子教授历史和物理两个学科，这种情况在中国很少发生，一文一理，差得太远了。现在乘火车的人和十年前相比，明显增多了不少。十年前乘火车，每节车厢乘客稀稀落落，现在的上座率最多时有八九成，可见，全球化进程发展之迅猛。

德国列车几乎每节车厢都配备了洗手间，洗手间无一例外都备有如厕纸、垫座纸，以及洗手后用的擦手纸，一点一滴都充分体现了这个国家的服务意识和人文关怀。不过，德国列车有一个特点，就是并非每次报站都是双语，只有在比较大的站才会用德语报站后再用英语报一次。先生说，英语是世界语，全球通用，火车的每一个站不仅应该有双语报站，而且应该在每节车厢配备一个德英双语的电子信息显示屏，提示旅客列车行进路线和到站的时间等信息。

　　在车上写作，思绪是凌乱的、跳跃的，但却是打发时间的最好方式，不知不觉间，四个小时的旅程接近尾声，收拾桌上杂物，准备下车。

　　抵达柏林，入住酒店。出门观光，直奔第一站——勃兰登堡门、菩提树大街！

　　勃兰登堡门（Brandenburger Tor）位于柏林市中心，这是一座新古典主义风格的建筑，城门上张着翅膀的胜利女神站在马车上，指挥着战马驰骋，以胜利的姿态立于高处。胜利女神雕像曾于 1806 年被拿破仑从勃兰登堡门上拆下来作为战利品拉回巴黎，1814 年欧洲同盟军在滑铁卢大败拿破仑后，普鲁士将其索回，重新安放在此门上，所以柏林人将这座失而复得的雕像称为"归来的马车"。勃兰登堡门是德国多项庆典活动的举办会场，每年 12 月 31 日晚上，在勃兰登堡门前举行露天新年晚会是柏林市的传统。每年 7 月在勃兰登堡门前的 6 月 17 日大街都会举行世界规模最大的电子音乐节"爱的游行"。虽然我们也是 7 月来柏林，但可惜没有提前做好功课，错过了音乐节。

我们正忙于拍照，突然一辆白色加长悍马从勃兰登堡门北侧驶来，先生说："看看，是哪个名人坐在里面？"说到名人，不得不说说位于勃兰登堡门东侧巴黎广场的阿德隆宾馆，它曾经接待过查理·卓别林、葛丽泰·嘉宝、比尔·克林顿等有名望的客人，如今想要在那里住一间可以看到勃兰登堡门的景观房，仍然必须要颇有名望或十分有钱。在阿德隆宾馆对面沿菩提树大街往下走，不远处有一个杜莎夫人蜡像馆，门口有人在排队等待参观，我和女儿在伦敦时参观过那儿的杜莎夫人蜡像馆，严先生自然不感兴趣，所以我也只是与门外站着的梦露蜡像合影一张罢了。不过，名人终有过气时，现在还有多少年轻人喜欢梦露呢？昔日红遍全球现如今已经过气的影星不计其数，可能此时此刻他（她）就走在这条大街上，也没有多少人能够认出来。所以，做平凡人过平凡生活，才是永远。

看过勃兰登堡门，我们直接来到苏军纪念碑，纪念碑正对六月十七日大街（必须说明一下，勃兰登堡门正面对着的是著名的菩提树大街，后面就是六月十七日大街），三面被树林和草地合围着，碑身两面各有一门大炮和一辆坦克，都是苏军1945年进攻柏林时使用过的。苏军当时从三个方面进攻柏林，因为这是希特勒的最后一个阵地，他困兽犹斗选择与柏林共存亡，所以苏军攻打柏林异常艰苦。这场战役中苏军伤亡30多万人，其中死亡人数高达八万。

这儿的游人比起勃兰登堡门和国会大厦前的少了许多，国内出版的多数旅游书籍中也没有对这个景点的推荐。我们冒雨来到这儿，湿漉漉的地面，雨滴打在雨伞上嗒嗒作响，感觉空气中弥漫着浓烈的悲壮气氛。纪念碑上篆刻的是俄文，我们看不懂，但能够猜出大概意思：每两排碑文为一组，上一排文字注明战斗的名称或地点，下一排有两个数字，第一个数字代表死亡人数，第二个数字代表死亡的时间，每一组死亡人数都在 1000 以上。纪念碑后方有一组刻在石碑上的照片，其中一张照片尤为震撼：数百名苏军士兵单膝跪在纪念碑前，正向纪念碑敬礼。

　　这场战争也使柏林这座历史名城变成了一片废墟，柏林 70% 的建筑被炸毁，150 万人无家可归。2001 年我在波恩看过德国国家历史博物馆，其中讲到二战后德国人民日子过得相当苦，民众食不果腹衣不蔽体，曾在寒冷的冬

季用捡来的降落伞抵挡风寒。前两年在法兰克福为女儿买房时，见到最多的就是二战后20世纪50年代所建的房子，样式单调，设施简陋，房价也低，价格还不到新房的一半。众多土耳其人居住在柏林，使柏林成为仅次于土耳其伊斯坦布尔拥有最多土耳其居民的城市，他们都是二战之后来到德国帮助重建的土耳其人和他们的后裔。

参观查理检查站则是应了那句中国古话："踏破铁鞋无觅处，得来全不费功夫。"傍晚吃过晚餐，我们打算去附近转转找超市买苹果，结果出了旅店门右转，前行50米就见好几块高七八米、宽约一米、画着各种图案和人像的花花绿绿的钢筋水泥块，看了说明才知道那是用拆除的柏林墙为材料制作的纪念物。我们正感新奇，左顾右盼时发现对面街口一块竖着的木牌，牌子上方是一个苏军军人头像，下方写着：从这儿你就离开了美军管辖区。走到

背面，我们看见另一面是美军军人头像，下方写道：从这儿你就进入了美军管辖区。这时我们才恍然大悟，原来这儿就是东西德分制期（1961 至 1990 年间）东西柏林三个边境检查站之一的查理检查站。查理检查站是东西柏林间盟军军人出入的唯一检查站，也是所有外国人进出东西柏林唯一的一条市区道路。那块有着美军军人和苏军军人头像的牌子是 1998 年 10 月竖立的，用以纪念 1961 年苏美坦克对峙事件。这里有查理检查站博物馆，专门展出柏林墙的历史。另有一个区域用铁栅栏围着，展出柏林墙的设备：岗哨、带钩铁丝网以及大量图片。

今日第一目标——德国国会大厦（Reichstag），原本《游历德意志》一书中曾说到过"如果想进入国会大厦，外籍游客需要到本国大使馆办理手续"。好在我们没有完全相信书中所述，既然来了就一定要去试一试，如果不行，我们改去柏林电视塔观柏林全貌。结果出乎意料的顺利，我们先到入

口处询问，被告知在对面办公点进行证件认证，获得许可文件后就能入内。我们马上去认证处排队等候，由于时间尚早游人不多，不一会儿就轮到我们了。进去后见到一名黑人工作人员，笑容可掬，我们按要求拿出护照，经输入信息验证后，当即获得认证文件一份，参观时间预约的是中午时分。还有近两个小时，我们正好先去参观附近的犹太人纪念碑。

位于威廉大街北端和勃兰登堡门南端交会处的欧洲被害犹太人纪念碑（俗称"大屠杀纪念碑"）由纽约设计师彼得·艾森曼设计，1999 年获议会支持动工修建，2005 年正式对外开放。犹太人纪念碑占地 1.9 万平方米，多达 2711 根高低不等的水泥石碑构成了一个巨大的栅格，既象征风中麦田波浪起伏，又像是灰色的血泪记忆，深深镌刻在德国这块土地上。位于碑林下方的信息厅以图片、文字、影像等多种方式，再现希特勒上台后二战时期欧洲犹太人遭受迫害被残杀的情形。来这儿参观拍照的游人不少，而且很多是来自欧洲、北美大学生模样的年轻人，也许不少游人还来自以色列吧，不得而知。这不仅是一个悲伤之地，一个抚慰人心之地，还是一个宽恕、救赎之地。

国会大厦，亦可称为"新老国会大厦"，它们同属一座建筑，是一座体现了古典式、哥特式、文艺复兴式和巴洛克式等多种建筑风格的综合大楼。稍微了解一些历史的人都会知道，当初是希特勒一把火烧毁了国会大厦并贼喊抓贼嫁祸于人，从此德国人的生活被一团黑云所笼罩，接着二战便爆发了。战后由于两德处于分离状态，位于柏林墙交界处的国会大厦是从西柏林瞭望东柏林的制高点。两德合并后，德国政府投入巨资重建了柏林国会大厦，大厦新圆顶高 50 米，外表看上去是一项巨大的透明圆穹顶，内部则由像龙卷风式的大梁拔地而起撑起了穹顶。我们乘直达电梯到达玻璃穹顶的底部，再沿着圆球形的玻璃幕墙一圈圈地绕着走上去，一边走一边从每一个角度欣赏着柏林的全貌，而穹顶底部正是德国国会议事堂。

转瞬之间，玻璃幕墙外昏天黑地，狂风大作，瓢泼大雨沿着玻璃幕墙铺天盖地直泻而下，多少有些始料未及，有惊心动魄之感。过了一会儿，大雨变成小雨，像断了线的珍珠一串串散落在玻璃幕墙上，煞是好看！又过了一会

儿，蓝天白云环绕在玻璃幕墙四周，微风轻拂，德国国旗迎风飘扬。一个想法突然涌上心头：刚才的疾风暴雨正象征着二战时期德国以及德国人民所经历的苦难；而现在的明媚阳光则代表着今日的德国以及德国人民已经摆脱了往日的梦魇，自由自在，安居乐业。一阵叽叽喳喳的声音打断了我的沉思，原来是一群孩子在老师的带领下正在参观国会大厦。德国的未来寄予在孩子们身上，爱好和平的信仰，应该根植于孩子们幼小的心灵！

沿着菩提树大街，我们来到了洪堡大学——德国最古老的大学之一，

从这里出来的历史名人数不胜数，其中最熟悉的名字有黑格尔、卡尔·马克思、爱因斯坦、格林兄弟。洪堡大学没有围栏，分散布局于菩提树大街两旁及纵深之处。我们选在主校门内骑士雕像旁拍照留念，四处转了转，未深入探索了解。洪堡大学旁边是德国老国家图书馆，这里收集了大量的藏品，其中包括《贝多芬第九交响曲》的活页乐谱原稿。街对面是俄罗斯大使馆，这是一幢斯大林时代的"结婚蛋糕"风格的白色大理石建筑。

柏林大教堂（Berliner Dom）也在菩提树大街上，它是我在欧洲见过的最富丽堂皇的一个收费教堂。柏林大教堂是王室宫廷大教堂，教堂的拱顶使教堂内部显得宽敞而明亮，这与普通教堂的冷峻而阴森形成鲜明对比。大教堂内部极尽华丽，甚至达到奢华的程度，不仅金碧辉煌，而且装饰着线条复杂的柱子和精美的壁画，甚至柱头都是镀金的。教堂内最珍贵的是普鲁士国王腓特烈一世以及妻子索菲·夏洛特的棺材，棺材硕大无比且装饰极尽奢华，尽显帝王的荣耀。沿阶梯而上到达教堂顶部圆穹的观景平台，我们尽可 360 度俯瞰柏林城，河流在教堂下方缓缓流淌着，美丽的柏林城景观尽收眼底。

站在柏林大教堂门外，遥望前方，一幢通体红色钟楼式的古建筑很是抢眼，我们感觉似曾相识，原来是柏林市政厅！柏林市政厅是柏林现任市长的官邸，因为外墙全部使用红色缸砖，外观为纯红色，所以被称为"红色市政厅"。市政厅门前立着黑熊城徽（即柏林州徽），二楼栏杆处，有由 36 个硬陶土板组成的历史大事纪念刻碑，记录了柏林从 12 世纪至 1871 年帝国成立间的历史。市政厅上钟楼高达 100 米，是柏林市民和游客公认的路标，塔尖上高高飘扬着州旗，旗的上下各有一道红边，中间为白底黑熊。据说柏林这个地名就是由德语"小熊"演化而来的，所以在柏林街头，憨态可爱的小熊塑像随处可见。

今日正逢周四，即博物馆日，博物馆延长开放时间至晚上 10：00，所以我们参观完其他景点后才来到举世闻名的柏林博物馆岛。柏林博物馆岛于 1999 年被联合国教科文组织列入世界文化遗产名单中。博物馆岛上有五座博物馆，其中最精彩的当属佩加蒙博物馆。远远看见长蛇般的排队队列，就知道那一定是佩加蒙博物馆了。虽然和法国的卢浮宫、英国的大英博物馆相比，这儿没有那么多的馆藏和稀世珍宝，但佩加蒙博物馆在德国是首屈一指的。

佩加蒙博物馆是我们在柏林参观过的所有景点中，唯一配有中文讲解的。除了可以听每一件馆藏物品的文献解说，还可选择听取关于每件物品来历的详细说明，我们十分感叹德国人严肃认真、一丝不苟的工作作风。还有一点值得特别说明，在参观馆藏物品之前，我们先进入了一个封闭且比较黑暗的大厅，登上数米高的平台，可以全方位地观看一幅立体图画。原来这儿是关于佩加蒙帝国的仿制图景，既有帝国昔日民居房屋、亭台楼阁，又有远方森林、近处花台，伴着音乐以及鸟鸣犬吠声，画面按早晚变化而呈现，惟妙惟肖，栩栩如生。当然也可以下到底部地面，近距离观看画面，我们贴近画面细细观察，与真实山水无异，算是开了眼界。

一天的游览，从上午 9 点一直持续到晚上 10 点，历时 13 个小时。走也走够了，看也看足了，严先生还背着沉甸甸的单反，拍了几百张照片，简直是满载而归！

今天，我们搭乘柏林城市旅游大巴环城游，旅游大巴票价 20 欧元，两日内有效，全城 20 个景点一网打尽。大巴每十分钟一班，游人可在任一景点下车游玩，然后上车继续旅程。早知如此，何必当初。前天、昨天，我们靠双脚丈量着柏林的土地，不是很冤吗？其实不然，走路看风景和坐车看风景是迥然不同的感受，何况柏林我们是第一次来，对很多景点没有感性认识，仅知道旅游书上的介绍，书上也是"仁者见仁，智者见智"。有些景点我们本不打算参观，结果走到近前被景观所吸引，才临时下车游览，昨天所游的红色市政厅就是一例。严先生建言："以后我们每参观一座城市，只要时间允许，最好都乘观光大巴环游一周，对所游城市有一个直观的整体了解。"此话一点不假。

我们从查理检查站购票上车，下车游览的第一站便是御林广场（又称宪兵广场）。广场从1688年开建，最初被称为"菩提树广场"，后来被称作"弗里德里希城广场"或"新广场"，1736—1782年广场由军人所用，从此便得名"御林广场"。御林广场是欧洲最美的广场之一，这里曾经是一个繁华的市场，现已成为游客必游之地。广场由德国大教堂、法国大教堂和音乐厅环绕组成，构成了建筑学上的三重唱，令人流连忘返。广场附近有很多豪华酒店和奢侈餐厅，许多时尚达人进出其中。我们没有时间逐一参观这两座外观看起来几乎完全一致但内部装饰却大相径庭的教堂，更无暇进入音乐厅欣赏音乐，只是在广场中央拍照留念，四周溜达了一圈就离开了。

第二个参观地——柏林墙遗址，这儿就是世界最大的露天画廊之一东边画廊，于柏林市东火车站至奥伯鲍姆桥之间，绘画的载体便是著名的柏林墙。1990年9月28日，来自21个国家的180位艺术家创造了这个举世闻名的佳作。在长达1316米的柏林墙上，他们创造了不同主题的绘画。其中最著名的作品有《兄弟之吻》《祖国》《柏林—纽约》等，我们把这些经典画作一一收入镜头。这段柏林墙被列为保护建筑，来自世界各地的参观者众多，我们在这儿见到了各种肤色说着各种语言的人。东西德合并超过二十年了，东西柏林的差距仍然是巨大的。我们在环游一周的过程中看见属于东德的部分房屋明显单调陈旧，有些大楼整栋都是空置的，而位于西德的建筑明显现代繁华得多。柏林到处是大工地，包括菩提树大街也有很长一段正在封闭翻修。自从东西德合并以来，柏林已经修了二十多年，还会再修二十多年吗？

　　第三个下车游览处——夏洛滕堡宫，这也是我们今天游历过程中的重头戏。夏洛滕堡宫始建于 1695 年，这是普鲁士国王腓特烈一世为其妻子索菲·夏洛特所兴建的行宫。刚开始时这儿仅是一座小行宫，后来在几位王室继承人的陆续扩建下，才有了如今的规模。夏洛滕堡宫是一座巴洛克式宫殿，是柏林地区保存最好、最重要的普鲁士国王宫殿建筑。城堡东翼的新厢房中是金色美术馆与奢华的白厅，西翼是大柑橘园与静谧的朗汉斯宫。值得一提的是，宫殿的展品中有大量的中国元素，来自中国的青花瓷瓶、丝绸挂毯在好几个展厅可以看到，甚至有一个几百平方米的大展厅，墙上挂满了绣着中国山水的刺绣，这儿既有英文解说词，也有中国民乐的背景音乐，看来普鲁士国王和王后对来自中国的物品情有独钟。我们在异国他乡看到中国瓷器和丝绸，听到中国民乐，倍感亲切！

最后一个游历点——犹太人博物馆，这是欧洲最大的犹太人博物馆，是每个来柏林的游人必看景点之一，也是女儿向我们隆重推荐的景点。博物馆将犹太人在文化、艺术、科学和其他领域的贡献，创造性地编纂成史。这个博物馆在设计上有三个过人之处。其一，残酷的大屠杀在这里以一种特别的方式纪念：用一系列的"空白"——空洞的空间——象征人性、文化和生命的丧失。其二，参观路线打破设计传统，依照李博斯金的设定，游人向前直行在现实命运线上，然后就是一段狭长陡直的主楼梯，经过一段漫长的爬升，终点是一面隐喻省思的白墙，经过左边的通道进入博物馆的展览空间。其三，这栋建筑最令人印象深刻的，就是金属皮包裹的银灰色外观，长而曲

折的形体犹如一道闪电，而那些细长且不规则的开口，既是博物馆的窗户，也像是被划破的伤口。博物馆有大量珍贵的声像资料，可供游人进一步详细了解犹太人的历史，可惜我们语言不通，再则时间有限，只能走马观花看个大概。

旅游大巴带着我们饱览了柏林全境，除了参观过的那些著名景点外，联邦总理府的建筑给我们留下了深刻的印象。联邦总理府是新建政府区最醒目的建筑之一，白色大厦既让人印象深刻，也象征着政府廉洁公正。联邦总理府的玻璃外墙使整个建筑透明宽敞，12米高的石柱使玻璃外墙结构清晰，并产生内外呼应的透视效果。我想，从建筑学的角度来讲，联邦总理府应该称得上是一个经典教学案例。

环城旅游大巴晚上六点结束营运，每一趟车如果中途不下，整个游程历时两个小时五十分钟。我们意犹未尽，晚餐后又去了波茨坦广场，它离我们的宾馆只有一站路。波茨坦广场是柏林的新中心，广场周围的城市景象生动活泼、多姿多彩，是柏林最有魅力的场所，也是购物者的天堂。广场最瞩目的焦点在新力中心（又称为"索尼中心"），这个由日本人投资开发的商场，中庭被设计成渐渐高升并伴有灯光变化的热气球，中心的一角有座造型突出的锐角形高楼，那是从法兰克福迁来的德国国铁总部。夜晚，新力中心及其露天屋顶在迷人的灯光照射下，颇为引人注目。它不仅吸引着观光的游客，也吸引着当地人到此游玩。

集现代经典和传统智慧于一身是柏林给每一位游人留下的最深刻的印象。所谓的现代，指的是柏林随处可见的现代建筑；而所谓的传统，当然不外乎闻名遐迩的博物馆、大教堂、宫殿城堡等深具历史意义的雄伟建筑。

2008年，柏林在20世纪初兴建的现代建筑群落，被世界教科文组织列入《世界遗产名录》。东西德合并后新登场的景点不只是复原与重生而已，透明半圆穹顶的新国会大厦、宛如富士山的新力中心，还有摩天大楼鳞次栉比的波茨坦广场与洋溢人情趣味的哈克庭院……每一处、每一角都带来震撼和感动，让我们还没有离开就在计划下一次的游览。柏林是一座来了还想再来的城市。

TOUR & PAINT GERMANY

画游德国

行 德累斯顿

　　德累斯顿是德国萨克森州的首府，德国东部重要的文化、政治和经济中心。历史上，德累斯顿曾长期是萨克森王国的都城，拥有数百年的繁荣历史、灿烂的文化艺术和无数精美的巴洛克建筑，因而它被称为"德国最美丽的城市"，有"易北河畔的佛罗伦萨"之美誉。

　　德累斯顿大轰炸是二战中最引人瞩目且备受争议的一段历史。德累斯顿于1945年2月13日被盟军投掷燃烧弹进行区域性地毯式轰炸，整个旧城几乎被夷为平地。

　　从柏林开往德累斯顿的洲际列车的包厢里，我们遇到了另一家人，他们是一对夫妇带着一双儿女，女儿三岁，长得像爸爸，爸爸是英国伦敦人，儿子六岁，长得像妈妈，妈妈是德国柏林人。两个异国年轻人在伦敦相识、相爱并结婚，八年前一同去了香港并一直待在那里，两个孩子均出生在香港，爸爸笑着对我们说："他俩也是中国人。"有趣的是，爸爸跟孩子们讲话用英语，妈妈和女儿说话用德语，与丈夫和儿子说话用英语。我有些诧异：与丈夫说话用英语比较好理解，不好理解的是和两个孩子说话，母亲分别使用了两种语言。女儿活泼，儿子文静。爸爸抱着女儿，给两个孩子讲图画书，

一边读一边给他们解释一些词语的意思，很有耐心。

车窗外，人片玉米田、麦田掠过，偶尔也有散落在绿树丛中的村落，主要还是大片树林，一眼看不到尽头。突然，一大片向日葵映入眼帘，金黄色的向日葵迎着阳光开放，甚是好看！洲际列车上的环境明显不如德国城际列车那么好，人多，几乎是满座，卫生间的条件也不如德国城际列车。一路上看到的东德乡村概貌明显不如西德，尤其是不如莱茵河两岸的西德地区，那儿经济更为发达。看来，东德的发展还有很长的路要走。现在的欧洲全指望着德国，但在我们眼中，德国也还有不少的问题，严先生说主要问题是德国人竞争意识不强、勤奋度不够。我却认为人口问题是主要问题，一是人口负增长，二是人口老龄化。或许，各种原因都有一些。

　　昨晚，我们已经先做好了今日的功课，要参观的景点和具体旅游路线都在iPad上仔细地进行了研究和规划，今日的旅游景点是位于德累斯顿王宫内的绿穹珍宝馆、茨温格宫、布吕尔平台等。我们一到德累斯顿，在宾馆放下行李就直奔主题。绿穹珍宝馆为欧洲现存规模最大、收藏价值最高的皇家珍宝馆，展出的有萨克森历代王室收藏的金银器和珍宝王冠，很多都是稀世珍宝，价值连城。令我们印象最深刻的展品有几件，第一件是一平方米见方的微缩景观，重现了帝王举行生日庆典时各路王孙贵族争相敬献礼物的场景，光是人物就有几百，加上骏马和马车若干，还有建筑、景观，全部使用象牙、珠宝、钻石、真金、白银制成，场面恢宏，细节精美，堪称惊世之作。第二件是一个镶嵌在镂空纯银托件上，由鸽子蛋大小的祖母绿宝石制成的耳坠，这件藏品专门置于一间陈列室内，可见其珍贵程度，属于镇馆之宝。所有馆藏品无一例外，华丽精美，无与伦比，且做工精巧，无论大小，每个细节都做得非常到位，令人叹为观止。作为游客，哪怕仅仅是为了观看德累斯顿绿穹珍宝馆，也是值得来一趟的。不过，我们在茨温格宫遇见五六个中国人，向他们打听绿穹珍宝馆怎么走时，他们一脸茫然，根本没听导游提起过这个景点。到了德累斯顿，却与珍宝失之交臂，真是太可惜了！

王宫对面的茨温格宫是德国巴洛克国宝级建筑，王宫拥有一个如画般的花园庭院，这里收藏有历代画师创作的艺术品，是举行庆典的地方。以拉斐尔的名作《西斯廷圣母》为首，这里聚集了伦勃朗、乔尔乔内和波提切利等大师绘制的欧洲古典名画。《西斯廷圣母》我们是早就知道的，伦勃朗也是如雷贯耳的画坛巨匠。不过很遗憾，我们没有足够的时间参观这些名画，只是在宫内的花园庭院和二楼平台观赏花园美景。这里有很多雕塑都是新的，绝不是几百年前的作品，这与二战时德累斯顿大轰炸有着直接的关系。人类几百年几千年创造出的灿烂文化，是人类共同的遗产，本应受到全人类的尊重和保护，战争夺取的不仅是他人的生命，也有人类共同的财富。

位于德累斯顿老城、易北河南侧的布吕尔平台，被称为"欧洲的阳台"，平台上临河一边安放着一排排座椅，人们可以一边享受日光浴，一边俯瞰从东往西横穿德累斯顿城的易北河。河上大游轮和小游船往来如织，对岸宽达

百米的绿色草坪上已经搭起了盛大的狂欢舞台，德累斯顿注定今夜无眠。布吕尔平台上我们看见国人模样的一家三口，女儿像是在校大学生，我们猜想她也许在德国或欧洲上学，正值暑假，一家人结伴游玩，走过他们身旁时，我看见那位父亲手拿一本《游历德国》正在翻看着。布吕尔平台的东侧是一个面积不太大的公园，里面鲜花盛开，大树葱郁，挺拔粗壮的树干昭示着它们不短的树龄，应该不在百年之下。我想，这些树木一定躲过了1945年那猛烈的炮火和燃烧弹，它们既见证了那场人类大灾难，也目睹了德累斯顿的崛起和繁荣。

　　德累斯顿是欧洲绿色城市之一，63%的面积被草地和森林所覆盖。城北的德累斯顿草原面积达到50平方千米，贯穿城市两面长达20千米的草地是该市的另一道风景线。我们吃过晚餐，信步走向对岸。如茵的草地上，丢飞盘的年轻人，追逐嬉戏的孩子，烧着煤油炉吃烧烤、喝啤酒的人们，或站或坐或趴或躺在草地上休闲享受的人们，各个悠闲自在，我们下桥沿着草地漫无目的地散步，欣赏着沿河两岸的风景。消夏音乐会观众正在陆续进场，那里是年轻人的天下。我们意犹未尽，又来到新城的步行街，这儿基本没了游人，街道两边全是各色商店，只是晚上8点一过，商店尽数打烊，明天又是礼拜天——法定休假日。不然，在这恬静幽雅的环境中购物，定又是一种别样的体验。

　　今天是柏林、德累斯顿游的最后一天，下午1∶53，我们就将登上由德累斯顿开往法兰克福的火车。为了有多一点的时间领略易北河畔的自然风光，我们早晨8点出门，直奔易北河畔绿草地。大街上静悄悄的，草地上静悄悄的，我们一路走来又拍了很多照片。昨天的照片几乎全是在易北河南岸拍的，清晨太阳出来，正好从易北河北岸拍位于南岸的皇宫、教堂、布吕尔平台以及周边的古建筑群。严先生使用单反时间不长，对于光线的掌握还不在行，但凡逆光和室内景物的拍摄，都拍得不怎么样，所以，寻找最好的摄

影角度和拍摄时间是很重要的。

位于北岸新城的奥古斯都二世金色骑士像是德累斯顿最著名的雕像。雕像伫立在四通八达的十字路口上，展现了意气风发的奥古斯都二世国王骑着骏马即将远行前往华沙兼任波兰国王的情形。整个雕塑通体金黄，沐浴在晨光中金光闪闪，光艳夺目。雕像正对着的就是平日里熙来攘往的步行街，街两旁绿树成荫，清晨的阳光透过树叶投射在地面上，斑斑点点的，更增加了此刻静谧祥和的气氛。周日的早晨，德累斯顿人还在休息，远道而来的游人尚未从甜美的梦中醒来，四周静悄悄的，只有我们在恣意地享受着这份宁静与祥和。

回到酒店，希尔顿酒店大堂宽敞气派，装饰豪华，早餐品种齐全，极其丰盛。餐毕再次出发。希尔顿酒店离圣母教堂仅 20 米，今日我们计划参观的重头戏就是圣母教堂。德累斯顿圣母教堂是世界上最大最美丽的新教教堂之一，教堂前面有一个硕大的广场，广场中央矗立着马丁·路德的骑马雕像，四周是华丽的酒店和各色餐馆，往西是皇宫和茨温格宫，往北是布吕克平台。正当我们兴冲冲地于上午10：00来到教堂时，却见门上贴着告示写着参观时间为下午1：30，看来离开德累斯顿前，我们是无缘进入圣母教堂一睹她的芳容了。于是，我们沿着老城往东，去昨天没有走过的地方看看。我们边走边选景拍照，一路上自然又有不少的意外惊喜。实际上，旅游观景常常就是在有意和无意之间进行着。

临近上午11点，我们又来到圣母教堂前的广场，意外地看见一些身着正装的男男女女正陆续进入教堂，门外有人在向他们分发着小册子。我想这些人一定是当地人，去教堂做礼拜或参加什么教会活动的，很可能是教会音乐会之类的。管他的，我们也去碰碰运气，看看能不能进去。没曾想，我们有幸参加了一场教堂音乐会，真是意外的惊喜。时间正好，11点整，我们刚刚落座就见七八位穿戴整齐的大牧师走上圣台，音乐会随即拉开序幕。第 个节目：唱诗班合唱，年轻而悠扬的歌声，在整个教堂大厅回荡。第二个节目：先是管风琴前奏，教堂全体人员大合唱，原来刚才教堂门外分发的小册子就是节目单，接着是轮唱，唱诗班一句，大合唱一句，再后来牧师领唱，众人齐唱，依次独唱，齐唱，再轮回。虽然我不明白歌词的意思，但并不妨碍我欣赏音乐，整个演唱过程生动而有趣。第三个节目：上来一名端庄的女牧师，先朗诵了一段词，然后全体起立合唱，激扬洪亮的声音感染着我们，不由心中阵阵激动。随着一声"阿门"，我知道这一曲终了，赶快离开教堂，因为酒店退房时间是正午12：00前。

走出教堂，一阵熟悉的旋律传来，原来是两名穿着苏联红军军装的男子站在广场边，正拉着手风琴唱《莫斯科郊外的晚上》，仔细一看有点像父子俩，拉着手风琴的是父亲，唱歌的是儿子，儿子大约 20 岁。熟悉的旋律勾起了我的回忆，我们也曾年轻，可惜我们十几岁正值"文化大革命"，《莫斯科郊外的晚上》这种明目张胆宣扬爱情的歌曲，当属靡靡之音。等到 1977 年恢复高考，我们进了大学，才开始接触苏联歌曲，这首歌优美的旋律，一下子就吸引了我。我不由自主地随着手风琴熟悉的旋律唱起了"深夜花园里四处静悄悄，只有风儿在轻轻唱，夜色多么好，心儿多爽朗，在这迷人的晚上……"

　　退房后，我们就在酒店大堂休息。德累斯顿希尔顿酒店大堂比成都希尔顿（又译为"喜来登"）的还要大，一般说来国内酒店比西方酒店大堂气

派得多，一是空间大，二是装饰华丽。没曾想在德国还有这么豪华的酒店大堂。酒店大堂由两个部分组成，一部分是办理入住及退房手续的接待厅，光这个部分就有好几百平方米，另一部分是上了几级台阶的餐厅，又有好几百平方米。场面浩大，装饰大气而温馨，既豪华气派，又让游客有宾至如归的感觉。不一会儿，一群衣冠楚楚的男女鱼贯而入，拾级而上，在餐厅就座，依次手拿花束、礼品，向一位白发苍苍的老先生走去，敬献鲜花，赠送礼物。我们猜想这群人是来举行生日庆典的，老先生是寿星无疑。看来，德累斯顿希尔顿酒店还是个举行祝寿和结婚盛典的好地方。

在德累斯顿开往法兰克福的火车上，我们巧遇一对父女，父亲三十来岁，女儿刚过两岁。父亲携女儿从波恩到柏林，看望刚刚诞下儿子的朋友，又赴德累斯顿拜访昔日大学同学。夫人未同行，一则因为在读PHD，正在赶写博士论文，二则已经怀有身孕，两个月后这个家庭又要迎来第二个孩子

的诞生。我们一路上聊孩子的教养，聊成都大熊猫，聊德国和中国学生及老师在英语教学中的相同与不同，也聊德国的城市化进程，大批农场和小镇年轻人涌入大城市找工作定居，农场和小镇人口日渐减少，很多别墅低价也卖不出去。说到这个话题，小伙子自然就谈起了他的家庭，他家有一处祖传下来的农场，爷爷年老后由他父亲接管，现由他哥哥经营，不过哥哥已经不做农活，只做管理工作了。

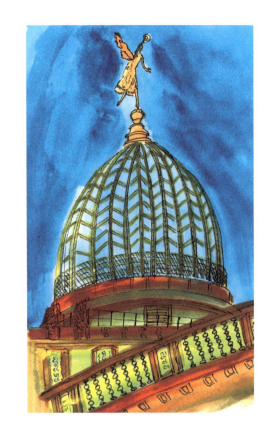

下午 6：37，我们乘坐的 ICE1550 列车正点到达法兰克福火车总站，女儿已经在外等候接车。我们快乐地分享着旅游趣闻，十分钟车程到家。女婿做好了一桌饭菜，正等着我们归来，一家人热热闹闹边吃饭边讲旅游趣闻，感觉真好！

TOUR & PAINT
GERMANY

画游德国

巴德山道度假行

　　期待已久的度假开始了！ 2020 年 5 月 24 日我们全家出动驱车前往位于原东德萨克森州的巴德山道（或译为"巴特尚道"，德国人传统的度假胜地）。憋了两个月，德国终于在 5 月中旬解除了德国境内的旅游禁令（跨境旅游的禁令还没有取消），我们迫不及待冲出法兰克福，开启了疫情后的第一个假期！

　　与过往外出旅游度假大不相同，受新型冠状病毒肺炎疫情的影响，能够在这样特殊的时刻来一次家庭休闲度假，简直是十分奢侈的享受了。

　　一路上，女儿、女婿交替驾车，我们观景聊天，车厢里满满的都是温暖的亲情。我兴致勃勃看着车窗外的青山绿树，大片大片绿油油的麦田，偶有一片黄色的田园，是晚熟的油菜花田。还有矗立在田间地头的巨大风能发电电杆，红白相间的叶片在风的作用下缓慢地转动。德国在开发使用绿色能源方面一直处于世界领先水平，其中风力发电更是在近年来呈现出一片兴旺的景象。在德国，风能是水力发电之后最重要的可再生能源，风力发电在德国电力生产中所占的比例已达 2.5%。

前方，车窗外高速路左右两旁山头上对称矗立着两座城堡，我随手拍了其中一座。德国城堡数量居世界第一，无论在莱茵河流域或摩泽尔河流域的两岸山头上，还是在高速路、火车道两旁的城市乡村里，我们见过的大大小小城堡不计其数，我先后画过并叫得出名的城堡也有十来座。当然，德国排名第一的还是人所共知的迪士尼城堡原型——新天鹅堡，到过欧洲的国人几乎无一例外都去过新天鹅堡。

最令人赏心悦目的就是散落在公路两旁掩映在绿树田园中的民居农舍，建筑风格各异，五彩斑斓，鲜艳夺目。感觉我们的车就穿行在美丽的童话世界里，怪不得德国会产生格林兄弟这样伟大的童话故事大师，是这里的山山水水、这里的人文景观造就了格林兄弟伟大的作品。看那前方迎面而来的一面墙上就有一张大大的笑脸，窗户就是眼睛、鼻子和嘴巴。你不得不叹服，房子的主人太有艺术细胞了，这里住着的人一定极富生活情趣。

我们今天往东驱车几百千米，顺道去看一座德国历史上著名的城堡。上山途中路过一博物馆，门外草地上宣传

广告画上的镰刀、斧头、麦穗和少先队队礼特别眼熟，但在德国却是第一次见到。看到这样的场景，证明我们已经踏上了东德的土地。东西德统一已30年了，德国人民（尤其是西德人民）仍然还在为这个统一付出代价。当初东西德统一，东德马克1：1兑换西德马克，等同于西德人民直接给东德人民发钱。其后，西德人民一直在年复一年缴纳团结税，女儿每年个人缴纳的这笔团结税就有几千欧元，算算德国有多少从业人员就知道每年可能需要缴多少税。

到了科尼希施泰因，远远看见山顶上矗立的国王岩城堡，此城堡被誉为全欧洲最坚固的堡垒之一，在二战前从未因为战争沦陷过。建设在坚固的黑色砂岩石基上的城堡和整个山崖融为一体，坚不可摧，巍峨壮观。此地曾经作为德

国国家的黄金储藏地存在，可见其历史地位的显赫。城堡占地很大，背面是茂密的原始森林，从城堡上看四周山峦起伏，茂盛的植被，翠绿的田园，使人赏心悦目。德国森林覆盖率40%以上，名不虚传。女儿说，德国林业部讲因为气候持续变暖，德国的大部分森林树种会被砍掉换成更加耐旱的树种，怪不得路旁看见有成片堆积如山的伐木。过往德国的林业政策为间林、间伐与间种，这样可以一直保持森林的原貌。

从城堡出来到巴德山道的酒店大约15分钟车程，一脚油门就到了。酒店老板在停车场等候，待我们泊车后领我们进入酒店，在底楼大厅办理入住手续。老板是一位40来岁的中年人，戴着口罩却把鼻子露在外面，我们心里暗暗发笑，这口罩戴法防什么呢？！客厅有一张很大的长条桌，上面摆放了一些深色的自制口罩，我们猜测是为住店客人准备的。

晚上8时许，晚餐后，我们全家出门逛街看风景。经过小镇中心大教堂，教堂因为疫情的缘故关闭了。来到易北河畔，我们看到河畔渡口立牌上写着游轮运营时间从上午 9：15 开始，每两个小时一班，下午 3：30 为最后一班。立牌上面画了一个口罩，显示乘坐游轮时必须佩戴口罩。看来德国国内旅游虽然已经重新启动，但是离完全解封还有些时日。我说明天要来乘船观风景，老爸和女儿却都反对。

吃了早餐，看天空云层比较厚，我们带上雨伞出门溜达。首先到酒店对面的温泉公园，此刻大约早晨 8 时许，公园静悄悄的，偶有行人，均是匆匆而过，今日是周一，想必都是上班的人们，未见游人。人们都没有戴口罩，我们也没有戴口罩，只是大家都绕着走，避免与人直接对撞。

温泉度假公园一面靠山，山不高，但树木茂密、郁郁葱葱；一面临河，说是小河，实则仅仅是一条小溪。整个巴德山道小镇位于易北河畔，而穿城而过的就是这条名不见经传的小溪。河面不宽，但流水潺潺，清澈见底，绿色的水草轻轻摇曳，我仿佛瞬间穿越到了英国剑桥，耳边响起那著名的诗句"轻轻的我走了，正如我轻轻的来，我轻轻的招手，作别西天的云彩。那河畔的金柳，是夕阳中的新娘；波光里的艳影，在我的心头荡漾"。

我们俩几乎把公园里的每一束鲜花每一幢房屋挨个拍了一遍。边走边看边拍，一直走到小镇尽头，再往回走又拍河对岸街边的房屋，严先生一边拍一边念叨："房屋建筑都很美，要是有蓝天白云就更好了。"

上午 9 点过，我们来到小镇中心大街上，大约有一半的店铺开门营业。店主大多戴着口罩，但有人把口罩拉到下巴处，有人把鼻子露在外面。德国封国

50 多天，最近才开放境内旅游，我们大约就是第一批冲出家门的旅游者了。但愿疫情不要反弹，欧盟各国能够在即将到来的六月开放边界，重新欢迎来自各国的旅游者。

这时，遇到两位老师带着七八个幼儿园小朋友从对面街边经过，孩子们安静地跟着老师，好奇地打量着我们。老师和孩子们都没有戴口罩。

一个上午的时光就这样慢慢过去了。我们早早吃了午饭，一家四口出门开始今天的游程。我们开了一段车，然后步行上山去参观花卉公园。上山途中，我们的兴趣几乎都在那些建筑风格迥异、色彩斑斓的农舍上。在德国，几乎所有的公园都是对公众免费开放的，不像国内的公园有人工精心打理，德国公园的植被大都是多年自由生长的。我们猜测是因为德国人工成本高，请不起那么多园林工人，也可能是德国人比较崇尚大自然，排斥人工雕琢。越往山顶上走，花开得越繁茂，各种大大小小的树上开满了粉色、紫色、玫红色、黄色、浅蓝色、浅绿色的花朵，有些树几乎看不见树叶，全是花朵。我想这儿属于山区，雨量充沛，山顶阳光充足，百花齐放。

翻过山下行了一段，我们来到一处观景台，站在观景台俯瞰脚下静静流淌的易北河。易北河呈一个巨大的半圆形，圆心就是对岸大片的绿树田园，绿树掩映、红花环绕着一幢幢红黄蓝绿的房屋，令人赏心悦目，我用手机拍了几张全景照，蓝天、白云、绿树、青草中点缀着一幢幢红黄色的房屋，每张照片都可以成为巴德山道的明信片。

我们沿路返回山下，本以为今天的游览到此结束了，结果女儿说这才刚开始，精彩内容还在后面，接下来才是真正意义的登山。一路上行，远看一片

片石林，走近又成了 座座突兀的石山，还有数百年前人工修筑的石桥、石堡。这些石林、石山、石桥的石材就是我们昨天参观的国王岩城堡建筑所用的那种黑色的岩石。我上网查了一下，这种岩石属于喀斯特地貌，是地下水与地表水对可溶性岩石溶蚀与沉淀，并在重力崩塌、坍塌、堆积等作用下形成的地貌，以斯洛文尼亚的喀斯特高原命名。喀斯特地貌分地表和地下两大类，地表有石芽与溶沟、喀斯特漏斗、落水洞、溶蚀洼地、喀斯特盆地与喀斯特平原、峰丛、峰林与孤峰，地下有溶洞与地下河、暗湖。我们在这里看见的石山、石林、石桥属于峰丛、峰林与孤峰，明天我们将要去看该地区最大的一个溶洞。

　　我边看边给女儿、女婿讲，这里的风景像昆明石林，但又迥然不同，如果说昆明的石林是秀美，那巴德山道的石林就是气势恢宏。巴德山道的石山植被茂密，加上几百年修筑的堡垒石桥，极具人文历史意义。我把照片发在网上，朋友留言道："那座天桥真叫绝！青山背景下的银色天桥秀丽典雅，青山怀里坐落着宁静的民居，红屋顶鲜明生动。没有围墙的西方建筑，张开双臂接纳四方来客。"

在这美景中我们登上山顶再下到山脚，走回泊车的地方。大家又累又饿，在路边小店买了比萨、汉堡、可乐，一阵风卷残云。今天下午爬山，赏鲜花，观农舍，看河流、田园、奇山、奇石、奇峰、奇桥，走了不少路。尤其是登山，上山相当于登了74层高的楼房，按一层楼10级台阶算，往返就是1480级台阶，加上兜兜转转，过桥走平地，翻山越岭，累得人仰马翻。回到驻地吃过晚饭，9点刚过我们就准备休息了。女儿说今天只是热身，明天才是真正的徒步旅行，洗洗睡吧！

今日旅程更加丰富多彩，早晨出门我们乘坐了建于1905年的升降机登山顶。升降机上升时我录了一段视频，人约30秒，按每秒5米计算，约150米高。登顶后，站在观景台，360度俯瞰绕城而过的易北河，居高临下欣赏巴德山道小镇风貌，五颜六色的各式建筑中巍然挺立着大教堂高高耸起的尖塔。

山顶是大片森林，林边有一个小小的动物园，一米多长、半米高的两只猎豹分别被养在笼子里，铁笼占地有好几百平方米，猎豹在笼中来回走动着，任我们拍照观看。动物园左右两侧是通向远方的登山步道，乘坐升降机登顶的大多是来此徒步的登山客，像我们这样仅仅为登高望远的游客很少。

　　下山后我们驱车去往施米尔卡小镇，该小镇位于德国与捷克接壤处，我们在河畔停车场泊车，然后观光小镇，顺带登山。小镇建筑各异，五颜六色，家家户户庭院里鲜花盛开。建于 1665 年的手工面包作坊照常营业，人来人往，络绎不绝，我们经过此地正好遇见电视台记者在采访一位面包师。我们进入手工作坊店中品尝了面包，刚出炉的面包尝起来松软酥脆，香味四溢，好吃极了！

　　逛完小镇我们来到德国、捷克两国边界线，所谓边界线其实就是一幢横亘于公路上的建筑，上面文字表明我们所在这一侧是德国小镇施米尔卡，背面一侧是捷克小镇赫任斯科。现在正值新冠病毒肆虐期间，欧洲各国均封闭边境，所以我们在此基本没有看见车辆经过，看不到任何公职人员在执勤，也没有我们国内常见的禁止通行的升降杆。想起我们驱车来施米尔卡小镇时女婿开车，女儿开玩笑说："不要开快了，万一油门踩急了冲过边界，不仅要被罚款，而且捷克让你隔离 14 天，回来德国再隔离 14 天，简直就亏大了！"

　　中午回酒店吃饭，下午两点钟再次出发登山。驱车到了有轨电车车站，看见不少人聚集在一处瀑布前，我们走近一看瀑布前架着两台摄影机，摄影师一副严阵以待的表情，周边游人都在安静地等待。我们诧异这是什么情况？一两分钟后，突然上流瀑布水流剧增，倾泻而下。原来人们静静等待的就是观看这一大自然的奇观。

　　前方开过来一辆明黄色的有轨电车，虽然知道德国境内几乎所有的村镇都有公路交通，但是在这样偏僻的地方居然能见到有轨电车，我仍然有点诧异。路边车站路牌上赫然写着"1898"的字样，建于100多年前的铁轨仍然完好无损，可见德国制造绝对不仅仅是一个符号。当我们返回巴德山道时沿途观察这段有轨电车的轨道，绝大多数地方只有单车道，仅仅在几个会车点设有双车道，可见德国人的设计一直以来都相当节约资源。

　　说到有轨电车，德国人绝对是鼻祖。1881年，正是德国人维尔纳·冯·西门子——没错，就是西门子的创始人发明了有轨电车，之后有轨电车便在世界范围内得到应用。因为有轨电车需要靠钢轨形成供电回路，所以它必须在一条固定的路轨上行驶，这在交通拥挤的城市就不是那么方便了。于是，便产生了无轨电车，发明者依然是德国人，依然是维尔纳·冯·西门子。无轨电车从车顶上的高架线获得电流，比有轨电车更灵活。联想到在伍珀塔尔看到的悬挂列车，真的忍不住感叹德国的交通工具了不起，德国制造世界第一。

今天的徒步我们沿着山道一直向上，穿过茂密的森林，路过高大的石山、石林。登山人群中不仅有专为登山而来的背包客，也有白发苍苍的老人，拖儿带女的一家几口，甚至有残疾人一步一歇地艰难前行，还有怀里兜着小婴儿的年轻妈妈。我们基本上没费多大劲就来到了山顶，这个溶洞高 11 米、宽 17 米，最早被发现于 1766 年。200 多年来，溶洞吸引了不少艺术家前来观光作画，最著名的画莫过于 Adrian Zingg 创作于 1824 年的一幅，在橱窗里看到这幅画的照片时，仍相当震撼。

在溶洞的左侧有一条巨大的石缝，在石缝间用钢架搭起的天梯直插云霄。我本来有点恐高，但还是不愿放弃这么一个难得的机会，决定挑战一下自己。为了保护我，女儿在前面引路，女婿在后面压阵。我曾经去过张家界的玻璃栈道，当时吓惨了，所以今天我尽量不往下看，一鼓作气往上走。还好，没费多大劲儿就上来了。倒是女婿吓得不轻，几乎半途而废。

"天梯"，顾名思义就是上天之路，有恐高症的还是尽量不要贸然尝试。

登顶之后站在山头往下看，全是大片大片茂密的森林，但是仔细一看好多树都干枯死了。看到这些成片死亡的树木，我们忧心忡忡。记得 2018 年夏天大旱，我们在德国几个月几乎没有下雨，家旁边的公园里就有好几棵树木干

死了。当年，我们常常沿着尼达河骑车，发现河水只有平日水位的一半。女儿说当年农作物几乎颗粒无收。去年是暖冬，今年从春天开始就少雨。这才五月份，气温明显高于往年，每日的骄阳隔着玻璃都感觉十分灼人，大有盛夏的感觉。估计今年又是一个干旱的夏天。

地球变暖的趋势看来势不可挡，人类过度破坏了赖以生存的星球。这次席卷全球的新冠病毒也算是给人类敲响的警钟，如果人类再不珍视大自然，总有一天会把人类自己给毁灭了。

今日我们即将结束旅程，在告别巴德山道小镇之际，我们踏着晨曦出门，再次把足迹留在了这个美丽恬静的小镇。

介绍一下我们一家子入住的民宿 Albrechfsburg，这幢五层楼房依山而建。始建于 1888 年，近年经过了翻新，1~3 楼保存着原先的石梯，4~5 楼是崭新的木梯。每一层过道转角处都挂了油画或摆放着雕塑、水晶石，给人一种强烈的艺术感。我们住最顶层（150 平方米）的一间，三室两厅双卫，厨房餐具齐备，带桑拿房，客厅阳台对面就是温泉疗养院花园，阳光充沛视线巨佳。房价很便宜，三晚不足 500 欧元，我们猜想恐怕是因为新冠肺炎疫情游客稀少的缘故吧，今年疫情给全世界旅游业带来了毁灭性的打击。

沐浴在晨光中的温泉疗养院公园，静悄悄的，花草上晶莹的露珠闪闪发光，疗养院依山傍水，花木繁茂，宁静祥和，确实是度假疗养胜地。从里面走出来七八个银发老人，有的戴着口罩，有的拄着拐杖，出门散步去了。希望以后我们也到这家疗养院来养老，有山有水，空气质量一流，环境如此优美，真是一个难得的度假养老胜地。

走过温泉疗养公园，我们返回来到镇中心街道，看见街边一幢黄色的三层房屋上刻有数百年来易北河发大水的记录。房屋墙上清晰地标有"16，08，2002"字样，记载的是 2002 年 8 月 16 日易北河发大水，水深已经到了二楼。我们后来在网上搜到一些照片，当时整个巴德山道小镇成了一片泽国，我们住的这家民宿的楼房也被淹了近两层。气候变暖会造成极端天气现象频发，再一次引起我们一阵感叹。

十时许，我们离开巴德山道，驱车来到格罗塞德利茨小镇参观皮尔尼茨城堡和巴洛克公园。据资料介绍，当地侯爵的儿子 18 岁时参观了巴黎凡尔赛宫后花园，被花园美景深深打动且铭刻在心。待长大成人继承爵位后，他便在领地上大兴土木建造了这个巴洛克花园，从整体布局来看，确实神似凡尔赛宫后花园，只是没有那么浩大与壮观，但如要细细游览也需半日光景。

橘色的大型橘园，门外成排的小小橘树还没有挂果。据介绍，在建造此巴洛克花园时侯爵命人栽种了上千棵橘树，但是德国的冬天寒冷，并不适合橘树生长，有一年冬天特别寒冷，大部分橘树都被冻死了，现在室外只有少量橘树。

　　我们继续上路，经过了德累斯顿，在高速路上远远看见高大的电视塔，看见了通往麦森的指路牌，自然勾起了我们对麦森瓷器的讨论。记得前几年我突然心血来潮，对欧洲瓷器产生了兴趣，到处去逛二手市场，曾经在法兰克福市中心的麦森瓷器专卖店看见一套量产瓷器，价格不菲，要几千欧元，我爱不释手，非要买了带回中国，当然遭到严先生强力阻拦。后来又到了法兰克福二手市场，结果发现那里的二手麦森瓷器喊价相当高，那些二手商看见中国人就高喊"麦森、麦森"，原来是因为部分中国人专门前来德国收购麦森瓷器，导致价格飞涨。

　　开了三四个小时，为了缓解一下旅途乘车的疲劳，女儿、女婿把我们带到高速路边一小镇上，大家下车走动走动。小镇虽小，但也有城堡和花园。这座小镇城堡因为是私人拥有，不对外开放，我们只好在外面看看。一般来说，重大的节假日主人也会对外免费开放城堡，不过我们今日就没有那么幸运了。

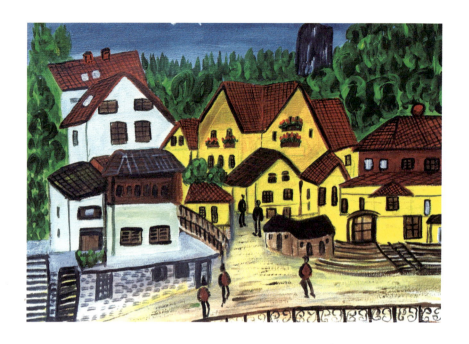

晚上六时许，远远看到电视塔、铅笔楼，法兰克福到了！我们回家了！

说点题外话，这次肆虐全球的新冠肺炎疫情德国虽然目前确诊病例近20万，但是死亡病例8000多，在欧美国家里算是优等生。人们大多把此结果归功为德国拥有优良的医疗系统、上乘的医疗设备，我当然赞同这个说法，但据我多年住在德国且在德国各地度假游玩的经历来看，这和德国人亲近大自然、崇尚体育锻炼有很大关系。每逢周末节假日，都会出现一家老小骑自行车外出的景象，而且像法兰克福这样的金融城市，最繁华的大街都有自行车道，火车、电车、轻轨都可以推着自行车上去。另外，只要是山区就会有很好的步行登山道，既生态环保又美观大方。

古典魏玛浪漫行

　　7 月盛夏时节，我们一家四口驱车 270 千米从法兰克福前往德国历史文化古城——魏玛。我和先生对魏玛古城向往已久，今日终得以成行，又与女儿、女婿一同前往，自然喜不自禁。

　　说起德国魏玛，国人很多都不陌生，对"魏玛共和国"和《魏玛宪法》即使不是耳熟能详亦是略知一二。魏玛共和国指 1918 年至 1933 年采用共和宪政政体的德国，开始于第一次世界大战德国战败、霍亨索伦王朝崩溃后的 1918 年，终结于 1933 年希特勒上台。由于这段时间施行的宪法是 1919 年在魏玛召开的国民议会上通过的，因而得名《魏玛宪法》。

　　魏玛虽然是一座至今只有 6 万多人的小城市，但拥有众多文物古迹，曾经更是德国文化中心，歌德和席勒在此创作出许多不朽的文学作品。歌德虽然出生在法兰克福，但 26 岁来到魏玛并一直居住在此直到去世，历时 57 年，《少年维特之烦恼》《浮士德》就创作于魏玛；席勒在此居住期间与歌德建立了深厚的友谊；巴赫在此居住 20 年之久；尼采死于魏玛；钢琴大师李斯特来魏玛担任宫廷乐长，创作了《但丁》和《浮士德交响乐》的交响。魏玛在德意志历史、文化和政治上具有无可比拟的重要地位，1998 年，古典魏玛被列入世界历史文化遗产名录，包括魏玛古城、包豪斯造型艺术学院、歌德故居、席勒故居、魏玛国民剧院、魏玛市政厅、安娜·阿玛利亚公爵夫人图书馆等一系列古典建筑。

　　一路上，我们看着车窗外的风景，谈着歌德、席勒、李斯特，不知不觉中就到了魏玛。入住酒店后我们第一时间奔向伊尔姆公园。伊尔姆公园创建于 18 世纪，保留至今。1998 年，它作为古典魏玛的一部分，被列为世界遗产名录。伊尔姆公园是一座浪漫主义园林，伊尔姆河在公园中蜿蜒流淌。不少游人骑车穿行于公园中，时不时有马车载着游客在公园里观光，像我们这样的步行者也不在少数。蓝天、白云、绿树、青草，掩映在树木、花丛中的中世纪建筑物，以及矗立在公园里的雕像，给这座田园诗般的公园增添了无穷的魅力。丹麦童话作家安徒生曾说过，魏玛不是一座有公园的城市，而是一座有城市的公园。

　　歌德花园别墅（亦被译为"歌德山庄"）就坐落在伊尔姆公园里。这是一

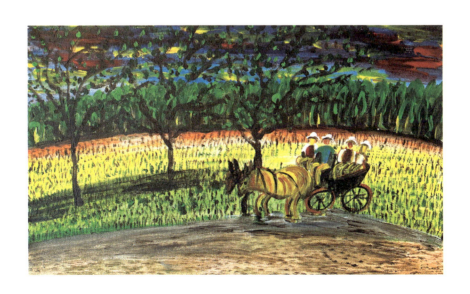

幢三层别墅，四周绿树成荫、鲜花盛开，歌德于 1776 年至 1782 年曾在这里居住与写作。后来这幢别墅成为一座小型歌德博物馆，陈列着当年歌德居住时的家具及手稿等珍贵文物。

李斯特故居处在伊尔姆河畔公园入口处前面的一幢米黄色两层小楼内。在李斯特1869年搬进去之前，这幢房子曾被画家弗里德里希作为画室使用。李斯特一直居住在此，直至 1886 年去世。

我们边走边看，跨过伊尔姆河的老桥，从公园穿过，我们进入魏玛老城。老桥桥头矗立着魏玛公爵城堡，城堡中有仿古典主义建筑风格的入口，城堡上下共四层，16 世纪建成，却在 1774 年的一场大火中几乎被夷为平地，1803 年得以重建。东南方的高塔以及具有哥特风格的"巴士底狱"式的建筑都是中

世纪历史的见证。堡内有展示克拉纳赫等人的绘画作品的美术馆。不过，十分遗憾的是整座城堡被围起来了，正在施工，外墙一幅图画展现了 2023 年修建完工后的魏玛城堡的全新面貌，值得期待。

我们穿过大街小巷来到老城中心的剧院广场，广场正面矗立着德国国家剧院（被列入世界文化遗产名录），歌德的《浮士德》、席勒的《威廉·泰尔》等都曾经在这里进行首次公演，李斯特、施特劳斯也曾担任宫廷乐团的团长，在这里大显身手过。最值得大书一笔的是 1919 年在此召开的国民议会上通过了《魏玛宪法》，这是德国历史上第一部实现民主制度的宪法。剧院前歌德、

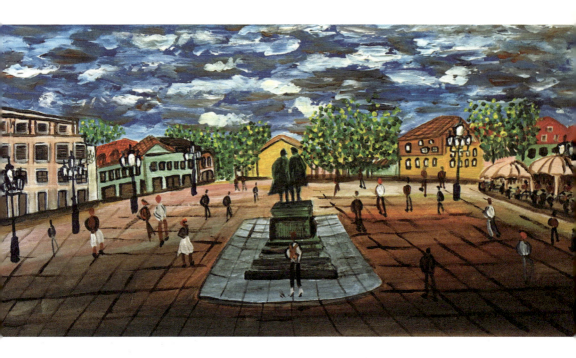

席勒的雕像也成了魏玛城的骄傲。国家剧院对面的黄色建筑就是包豪斯美术馆，
歌德和席勒携手注视着包豪斯美术馆。

转角过去就看见圣彼得和圣保罗大教堂，宗教改革家马丁·路德曾经在此
传教，这个建筑的特色是具有三面环绕的克尔阿纳赫圣坛以及路德三联画。该
教堂连同教士花园以及教士之家一同被列入世界文化遗产名录。大教堂广场中
央有一尊巨大的雕塑，乍一看，我们以为是马丁·路德的雕像，经过仔细查看
雕塑上的姓名和生卒年月后，可以断定这不是路德的雕像。

位于圣彼得和圣保罗大教堂西北侧的赫尔德故居，现为一间咖啡馆，是
1998年世界文化遗产名录中"古典魏玛"的第003号b项。约翰·戈特弗里德·冯·赫
尔德是德国思想家、作家，其作品《论语言的起源》成为狂飙运动的基础。

今日的重头戏是位于包豪斯博物馆附近的魏玛公园的露天交响音乐会，女婿早已经在网上购买了音乐会的门票。到了魏玛，能够听一场魏玛李斯特音乐学院大师们演出的高水平交响音乐会是一件幸事。李斯特，这位如今享誉全球的著名音乐家，于1850年在自己的家乡魏玛开设了早期的音乐专业学校，用以培育音乐教育和实用人才。

　　音乐会舞台架设于公园人工湖中央，前方VIP席位安置了座椅，我们30欧元／人的票算站票，人们三五成群地坐在自带的地垫上，喝着饮料，吃着各种食品，听着音乐家的精彩演奏。晚上8：00开始的音乐会一直持续了三个小时，在人们的热烈掌声中音乐家们一次次谢幕又一次次加演节目，11：30烟花绽放，五彩缤纷的烟花划破夜空，为音乐会画上完美句号。

魏玛是极具古典文化的城市，亦是歌德的城市。从 1775 年开始，歌德在这里生活了近 60 年，他和席勒的伟大友谊早已化身为歌剧院前那尊携手远眺的青铜雕像，这尊雕像成了魏玛的象征。建于 1709 年的歌德故居是当时一位公爵赠给他的，是一座米黄色两层巴洛克风格的房子，楼上楼下共 17 间屋子。直到 1832 年歌德去世，他在这里生活了整整 50 年。后来歌德的孙子沃瑟把这座巴洛克风格的建筑和里面的全部财产遗赠给了魏玛政府，一年后的 1886 年歌德故居（被收录进世界文化遗产名录）作为纪念馆正式对外开放。

走进歌德故居，前面的房间宽敞，陈设讲究，装饰精美，这是歌德接待客人和应酬交际的地方；后面是歌德生活和工作的地方，房间狭小，陈设简朴。我们和其他参观者踩着嘎吱作响的木板楼梯上楼，走进歌德的会客室、起居室和工作间。会客室里一台光亮如新的三角钢琴十分醒目。朝东的一间房子不是很宽敞，却很明亮，是歌德的工作间。房间正中摆放着一张深色的木制书桌，歌

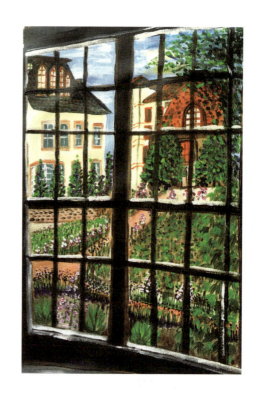

德用过的羽毛笔插在笔筒里。在书架上，整齐地摆放着当时出版的歌德作品。透过房间窗户可以看到花园，盛夏时节，园中绿意盎然，鲜花盛开。在这间屋子里，歌德完成了使他驰名世界的许多作品，包括与但丁的《神曲》齐名的《浮士德》。从 1768 年开始，歌德就着手写这部作品，一直用了 64 年的时间才完成。

像世界上所有伟大的人物一样，歌德有着宽广的眼界和谦虚的胸怀。他当时除了在魏玛的国家图书馆借书之外，在自己房子里也设有图书馆，藏书达到 6000 册。这些书籍至今仍完好地保存着，只是书页已经发黄了。歌德喜欢收藏艺术品，许多房间的墙壁上悬挂着意大利文艺复兴时期的油画，书架上则陈列着姿态各异的雕塑以及其他的各种艺术品。与之相反的是所有房间里的家具都谈不上豪华，普通的木椅和木桌，单薄的木床，极其简朴。歌德曾经这样说："安适的家具阻碍我的思想……华丽的房间和精美的家具是让那些不想有

思想的人用的。"

参观完歌德故
居再看歌德生平展览
馆，在上下两层楼的
展览室里陈列着大量
油画、照片、文字音
像资料，其中歌德生
前用过的科学仪器和
制作的标本给观者带
来极大的视觉冲击，
给我留下极深的印
象。没有想到他是一
个"全能的天才"，
除了文学，他的探索
延伸到了包括自然科
学比如光学等在内的

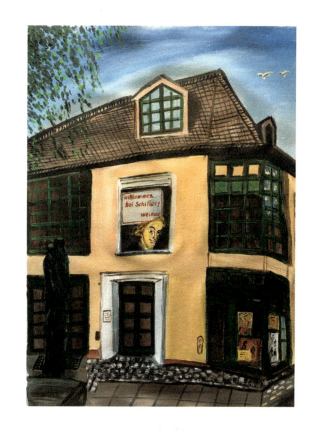

广阔领域。当年，歌德深受当时魏玛公爵的信任，先后担任过枢密会议成员，
文化、军事、公共事务大臣。由于职务上的需要，他以极大的兴趣和精力研究
自然科学，包括地质、矿物、光学、生物和解剖学。在他的起居室里，摆放着
颜色各异的盘子以及器皿等，那是歌德当年研究所用的"实验器材"。

歌德故居不远处就是席勒故居（亦被收录进世界文化遗产名录），此处也
是游客的打卡胜地。席勒从 1799 年起就住在这所房子里，直到 1805 年逝世。
描写一位瑞士民族英雄的戏剧《威廉·退尔》就是在这里完成的，二楼尽头的

书房里有席勒临终时睡的那张床。席勒故居对面是麦森瓷器专卖店，麦森是德国顶级的瓷器品牌，也是欧洲顶级瓷器品牌之一。麦森瓷器每年都要推出限量经典款，在德国二手市场，只要是麦森瓷器，价格都比较高。再往前就是魏玛的地标——位于老城中心的集市广场，像法兰克福的罗马广场一样，这里是当地最著名和热闹的景点，四周有市政厅、银杏博物馆、大象豪华酒店等著名建筑。

魏玛市政厅修建于 1841 年，是一座新哥特式建筑。魏玛市政厅是魏玛的地标建筑，被列入世界文化遗产名录。市政厅酒窖有四五百年的历史，值得一看。这个市政厅最为特别的是钟楼上报时的钟声。它不是枯燥的敲钟声，而是一串风铃的声音。抬头望去，原来钟楼上有一串大大小小的钟，正是它们发出风铃的声音。坐落在集市广场上与魏玛市政厅遥遥相对的是建于文艺复兴早期（1549 年）的画家老卢卡斯·克拉纳赫的故居。

在魏玛市政厅右侧，有一座粉色的 4 层小楼，小楼临近大街两侧用大字写着"Ginkgo Museum（银杏博物馆）"。魏玛是欧洲著名的"银杏之乡"。在魏玛，银杏树也叫"歌德树"，当地最古老的歌德树便耸立在普希金大街上。这栋小楼的第二层便是欧洲唯一的银杏博物馆，虽然面积只有 100 多平方米，但可以看到和银杏有关的各种介绍及艺术品。这栋小楼第一层的精品店里有很多以银杏为题材的明信片、饰品、书籍等等，这里的一切使人深深体会到魏玛这个"银杏之乡"的文化氛围。

建于 1696 年的大象豪华酒店位于集市广场上，与市政厅遥遥相对，酒店内部装饰时尚而古典，属于 1925 年诞生的装饰艺术风格。二战时期，希特勒曾在该酒店二楼阳台上做过演讲，70 多年风雨过后，人们早已淡忘了昔日的过往。集市广场是魏玛城游人最多的地方，算是一个旅游胜地。

我们住的酒店紧挨着魏玛包豪斯大学校园。包豪斯艺术学院是魏玛的一所艺术设计类大学，最早以工艺艺术学校的形式创立，是世界现代设计的发源地，对世界艺术与设计的推动有着巨大的贡献，也是世界上第一所完全为发展设计教育而建立的学院。最早的包豪斯学校创立于 1919 年，由德国建筑师沃尔特·格罗皮乌斯担任首任校长。百年来，世界现代化的公寓建筑和室内家具设计理念很大程度都来自包豪斯，今日我们自然不会放过近距离接触包豪斯艺术学院的机会。

西方大学校园都是开放式的，人们可以随意进入。今日是周末，校园里静悄悄的，感觉这里的一切都充满艺术气息。有幢大楼正面是落地式玻璃幕墙，幕墙里反射出五颜六色、各式各样的建筑和家具装饰，我们观察良久，发现玻璃幕墙上的景观并不是对面建筑的反射，也不是透过玻璃看见的内部设施，为此，我们深表疑惑。校园里布置有一顶顶帐篷，里面是学生们的作品，每一样设计作品对于我们来说都是新奇有趣的，就连校园里的布告栏和枯树也被设计成了一个个栩栩如生的艺术品。

与包豪斯艺术学院一街相隔的包豪斯酒店后面是一块历史公墓，见两个游人把自行车停在外面走进公墓，我们也好奇地跟了进去。穿过墓地看见坡顶矗立着一座金碧辉煌的洋葱头建筑，那就是魏玛东正教堂，是魏玛的一个殡葬教堂，1860 年为俄国女大公玛丽亚·帕芙洛娃兴建。在大公国王侯墓室后面，

教堂和墓地由一条地下通道连接，玛丽亚·帕芙洛娃的棺材位于通道内，她丈夫的棺材就放在旁边。一个螺旋楼梯通向另一个大公国王侯墓室的地下通道，但现在已用金属板封闭。

　　参观安娜·阿玛利亚公爵夫人图书馆（被列入世界文化遗产名录）是此次魏玛行的又一个重头戏，出发前做功课时我看见网上有该图书馆金碧辉煌的照片，就有强烈的参观欲望。网友介绍图书馆每日仅限200多人参观，七八月这样的黄金旅游季节更是一票难求。我虽提前喊女儿网上购票，但被告知已经无票，万分遗憾。今日在花园广场转悠，不经意间走过公爵图书馆，走进售票大厅问了一下有没有票，居然被告知可购 11：30 的参观门票，真是踏破铁鞋无觅处，得来全不费工夫！离观展时间还有半小时，我们正好去旁边的伊尔姆公园转转，补上昨日在伊尔姆公园没有看见莎士比亚雕像的遗憾。走进伊尔姆公园，远远就看见矗立于草地上的莎士比亚雕塑，站在雕塑前脑海里不断浮现出大学时翻译和背诵莎士比亚十四行诗的情形，40 年光阴过去，仍然有无限美好的记忆。

洛可可风格的安娜·阿玛利亚图书馆是一座外观古典、内部装修极尽豪华的建筑，参观者不仅严格按时间分批次进入，而且必须套上特制的软底布鞋才能进入图书馆。该图书馆始建于 1691 年，后由安娜·阿玛利亚公爵夫人（1739—1807）及其子卡尔·奥古斯特精心装点，进而享誉欧洲。图书馆藏品最早专注于 1750 年至 1850 年间的德国文学，后延伸至 16 到 19 世纪的欧美文学，现藏书逾百万册，

手稿 2000 份，地图 8400 幅，其中收录有德国文学家歌德、剧作家席勒以及莎士比亚当年的原版剧本，其所藏的歌德经典诗剧《浮士德》堪称世界之最。

就是这样一个精美绝伦的图书馆却有着一段悲情的故事。2004 年 9 月 2 日晚，安娜·阿玛利亚图书馆顶楼燃起大火，330 名消防员冲入火海，与馆员和市民一起冒死将 12 万本图书转移到了安全地带。藏书中的镇馆之宝——

一本 1534 年马丁·路德翻译的《圣经》才得以幸免。该场火灾烧毁的藏书达 30000 多本，40000 本图书遭到不同程度的损坏，其中包括 16 至 18 世纪的大量珍贵书籍。火灾次日，德国文化部部长魏斯女士便赶到现场视察，她说："世界遗产的一部分已永不复还。这是德国文学珍藏遭到的重创。"

参观完图书馆，我们一起去位于市中心的越南餐馆吃午饭，午餐后开车去魏玛皇宫。魏玛皇宫又名"魏玛城市宫"，是萨克森·魏玛·艾森纳赫历代公爵的官邸，持续建设了 500 余年。宫殿坐落于伊尔姆河河岸，最初由一座中世纪的水上城堡改建而来，在 10 世纪初被改作官邸。因为时间关系我们没有进入宫殿内部观看，只参观了皇宫后花园——普特布斯公园。园内种植了 60 多种树木，单是橘园就够我们看一阵了，所以皇宫后花园我们也只是看了冰山一角。如果以后再来魏玛，应该留一天时间参观这座官邸。

接着，我们马不停蹄驱车赶往包豪斯博物馆，因为我们订购的门票是下午
4 点。几年前看香港一个电视节目《筑梦天下》介绍魏玛包豪斯设计，我就产
生了强烈的愿望要去魏玛亲眼看看包豪斯博物馆和包豪斯大学，今日终于圆梦。
今年（2019 年）正是德国包豪斯大学成立 100 周年。为了纪念这所 20 世纪对
现代设计有深远影响的学校，德国政府正在德国各地大力保护和修复现存的包
豪斯建筑。魏玛新落成的包豪斯博物馆在 2019 年 4 月 6 日开放，我们算得上
是最早一批观展者了。

包豪斯博物馆坐落在魏玛公园（就是我们听音乐会的公园）斜坡的边缘处，
两个入口把城市和公园连接起来。博物馆的设计师 Heike Hanada 说："包豪斯
的意义不仅是集合了一群影响深远的现代艺术家和建筑师，也在于它对今天的
知识和历史的启发作用。"博物馆与常见的包豪斯风格建筑一样，是一个有混
凝土基座的立方体，外部材料是不反光的玻璃，上面布满了细黑线网格，整体
呈现出规整的感觉。到了夜晚，24 条白色 LED 灯线会更加突出建筑的几何形状。
博物馆内部也并不是传统的博物馆风格，它的墙壁是原始的混凝土材质，更像
一个为工业作坊设置的空间，让游客能更好地融入其中。

包豪斯主张打破设计教育中艺术和技术的界限。包豪斯的理想，就是要把
美术家从游离于社会的状态中拯救出来。因此包豪斯博物馆的展品是在谋求所
有造型艺术间的交流，把建筑、设计、手工艺、绘画、雕刻等一切都纳入了包
豪斯设计理念之中。包豪斯设计包括新产品设计、平面设计、展览设计、舞台
设计、家具设计、室内设计和建筑设计等，甚至连话剧、音乐等专业都包含其中。
而这一思想源自德国的缪斯运动。

行程将尽，我们却意犹未尽，严先生从第一天来到魏玛城，每当举着他
的单反相机，口中就念念有词："魏玛太小资了，这个城市与德国的其他城市

具有明显的不同。"后来看见一本旅游书籍这样介绍魏玛：魏玛为传统与现代共存、文学大师歌德钟爱的文化之都——"德国的小巴黎"。

　　魏玛城的建筑设计精巧别致，整座城市五彩斑斓，随手一拍皆可入画。不大的城市，中心广场好几个，广场四周的建筑几乎都是具有几百年历史的文化古迹，名人故居比比皆是。小城各处矗立的人物雕塑众多，设计感十足的店招也是各具特色，任意一个都是艺术品。

体验魏玛的夜生活也是浪漫魏玛行的必选项目。魏玛老城区里一家接一家的酒吧、大学生俱乐部、带有表演性质的夜总会，都是年轻人的娱乐天地。午夜时分，餐馆、酒吧里仍然热闹非凡。我们来魏玛的第一天下午五点便开始找餐馆吃饭，转悠来转悠去找了好多家，皆是满座，最后在广场公园火腿肠摊解决晚饭，不过网友介绍说这个摊位卖的火腿肠是魏玛最好吃的。

除此之外，魏玛还是自行车旅行的理想之地。骑自行车探索和发现旖旎风光是现代人热爱的旅游方式，魏玛最受自行车爱好者青睐的地段莫过于伊梅谷地。骑车是我和严先生的一大爱好，下次来魏玛一定要至少安排一天的骑行。

在我们结束旅程时不得不说一说魏玛城无处不在的小资情调，用女儿的话来说"魏玛确实惊艳了我，没想到那么好"。

慕尼黑、新天鹅堡休闲游

又到了我们的家庭度假日，女婿临时有事，只能女儿单独驾车带我们出游，目的地是慕尼黑和新天鹅堡。

上午从法兰克福出发，途中在加油站短暂停留，几乎是一路开到慕尼黑。入住酒店，吃午饭。女儿在酒店休息，我和先生迫不及待出门，直奔奥林匹克公园。这已经是我第三次来慕尼黑了，第一次是 2001 年，带学生去波恩阿登纳中学交流，途径慕尼黑，只在城中心稍事停留，脑海里基本没有留下什么深刻印象。2012 年与成都的朋友一行四人再次来慕尼黑，关于奥林匹克公园最为深刻的记忆就是草坪上白花花一片裸晒的人们。之前听说过慕尼黑人在奥林匹克公园的裸晒场景，现场看了确实非常震撼，至今记忆犹新。

从酒店到奥林匹克公园，过街走大约十分钟就到了。奥林匹克公园是 1972 年慕尼黑奥运会的举办地点，现在是市民运动和休闲的场所。园中有奥林匹克塔（又被称为"慕尼黑电视塔"），登顶可以观慕尼黑全景、眺望阿尔卑斯山，还可以在塔顶的旋转餐厅用餐，雅致的就餐环境让人们倍感舒适。奥林匹克体育场的帐篷造型也是公园的特色之一，远看就像一张张撑开的大

渔网，错落有致，十分壮观。

　　今日不是周末，也还未到盛夏 7 月，奥林匹克公园游人不多，草地上也没有看到当年那种壮观的裸晒场景。不过这也正合我们的心意，人多了风景就大打折扣了。我们俩随意地走走停停，观景拍照，累了就在湖边长椅、草地上坐坐。突然，严先生提议去找一找当年的奥运村运动员住处。关于 1972 年在慕尼黑举办奥运会时发生的以色列人质事件虽然过去 40 多年了，但是提起此事或多或少还是有一些记忆。我说，过了这么长时间哪还有当年的奥运村。但严先生坚持去找找看，万一有什么新发现呢。

　　我们俩一边走，严先生一边绘声绘色地讲述当年的那场灾难。1972 年 8 月 26 日，第 20 届奥运会在西德慕尼黑举行（那时东西德还没有统一）。这是当时奥运史上规模最大、耗资最多的国际体育盛会，参加的运动员及其代表的国家超过以往任何一届。以色列也派了一个代表团。当人们都沉浸在奥运盛会的祥和与欢乐之中时，9 月 5 日凌晨，几声枪响打破了这份宁静——8

名巴勒斯坦"黑九月"组织成员，闯入慕尼黑奥运村的以色列代表团驻地，一名以色列教练、一名以色列裁判被当场击毙，其余9人被劫为人质。于是，一场人质大营救行动随即展开，但最终，营救人质行动失败，11名以色列运动员全部死亡。

功夫不负有心人！我们终于找到了当时的奥运村运动员驻地，几幢老旧的建筑散布在一片不太开阔的地方，四周静悄悄的，虽然太阳高照，但我们还是觉得脊背一阵阵发凉……旁边有一幢大楼估计是后来修建的，有一些奇特，我随手拍了一张照片。

大约下午四点，我们回酒店与女儿会合，一起去市中心吃晚饭。慕尼黑新、老市政厅比邻而立，市政厅广场摩肩接踵、人声鼎沸，卖艺的人正在卖力表演，观景的、拍照的人各自挥洒热情……新市政厅最显著的标志是高85米的大钟

楼，钟楼里有德国最大的木质人偶报时钟，每到大钟鸣响的时候，里面的人偶们都会排着队吹拉弹唱地出来表演，这也是游客们的打卡胜地。每天 11 点、12 点和 17 点会有人偶演出，我们就是专门来看 17 点报时的。刚刚在人群中站定，就听见嘹亮的钟声响起，此时塔阁里的彩色人偶开始动作，或手持斧剑，或骑着骏马，或提着花灯，或吹着洋号，上下两层，排队簇拥而出，配合音乐节奏载歌载舞，惟妙惟肖地再现了当年大婚的庆典。各种仪式共持续 10 分钟，这套表演装置是慕尼黑艺术工匠的垂世名作。每天有数不清的来自世界各地的游人翘首仰望这有趣的表演，聆听那清脆响亮的音乐钟声，一睹古代人物的风采，惊叹德国艺术之精湛。

新市政厅右侧是旧市政厅，左边就是大名鼎鼎的慕尼黑皇家啤酒屋。

皇家啤酒屋始建于 1589 年的皇家啤酒厂，已经有 400 多年的历史了。几百年来，皇家啤酒屋成了名人、政客聚会的最佳地点。国人熟知的茜茜公主、大文豪歌德等都曾是啤酒屋的嘉宾。我们没有提前订桌，只能望洋兴叹。随后，我们一家三口在旧市政厅中央大厅餐馆享用了一顿丰盛的晚餐，昔日皇家、贵族品尝的红酒和菜肴带给我们别样的感受。

第二天一早，我们在酒店吃了早餐，就去参观宝马博物馆。宝马博物馆位于宝马总部慕尼黑宝马品牌体验中心内，始建于20世纪70年代初。首先映入眼帘的是宝马总部——一座22层的银灰色现代建筑，远远看去像是由四个圆柱形易拉罐组成，象征宝马发动机的四个气缸。其次是旁边那只巨大的银灰色碗，那就是我们要看的宝马博物馆。大楼顶部是蓝白相间的宝马圆形Logo，蓝色象征天空，白色代表螺旋桨，BMW是巴伐利亚汽车制造厂的德语缩写。

宝马博物馆上下三层，建于1973年，按照年代展示历年来所产的各类宝马汽车、摩托车、轻骑和一些特殊用途的车辆样品，并运用现代声、光、电、多媒体等高科技手段及图片音像资料，全面演绎了宝马汽车公司的成长与发展史。

走进展厅，第一层最醒目的则是电影《007》中邦德的坐骑——Z5，那是007迷、邦德迷们最津津乐道、最耀眼的标记。这里展出的各种车辆琳琅满目，令人目不暇接。很多车游客都可以坐进去进行驾乘体验，严先生开始还比较矜持，后来也跟着去试了试。当然更多参观者是在电脑操作台上体验驾驶宝马车的感受。喜爱宝马的游客大可在这里兴趣盎然地玩上一天，绝不会感到乏味。我已经是第二次来此参观，仍然是兴致颇高。

临近中午，女儿开车接上我们一起去宁芬堡宫，我们先在宁芬堡宫附近一家典型的巴伐利亚风格的餐厅吃午饭。这家餐厅装饰得十分传统，女招待都是清一色的巴伐利亚州传统地域服装——紧身连衣裙。女人们穿一件紧身上衣，在外面穿一条围裙，非常贴身，也非常漂亮。过去，每当有庆典活动，如民间节日、教区集市或歌剧等，女人们便会穿着她们的紧身连衣裙隆重出席。与其说这是一种时尚，不如说是一种习俗，紧身连衣裙展示着巴伐利亚人的生活态度。现如今人们已经很难在大街上看见身着民族服装的巴伐利亚人，但是许多小酒馆或山中小屋的女招待们仍穿着她们的地域服装。今日得见这样的情景并置身其中品味地道的巴伐利亚菜肴，别有一番风味。

　　位于慕尼黑西北郊的宁芬堡皇宫，建于 1664 年，是历代王侯的夏宫，占地很广，旧时可以跑马打猎，整座宫殿坐西朝东，由一幢幢方形楼房连接而成，长达 600 米。主楼雄伟壮观，两侧楼房似鹰展开的两翼对称和谐，远远望去主次分明。宫殿前一潭清水，游弋的天鹅、野鸭，冲天而起的喷泉，浓荫掩映的人工河，明黄色的皇宫建筑倒映水中，在蓝天白云的映照下，构成一幅宁静典雅的风景画。

　　宫殿主楼雄伟壮观，整座建筑呈几何式对称，反映了当时的主流建筑审美，众多展厅中最值得一看的是中国之阁和群芳画廊，分别陈列着中式壁纸屏风、瓷器、漆器和出自宫廷画家之手的 36 幅美人画像。宫殿后方的巴洛克式皇家花园有阿玛琳宫、浴宫和宝塔宫三座宫殿。其中，狩猎行宫阿玛琳宫的镜厅尤为奢华精致，仿佛在向凡尔赛宫致敬。

晚餐是女儿在凯泽斯劳滕上大学时认识的一位中国学长请我们吃的，当年他们都在凯泽斯劳滕大学旁的麦当劳打学生工，现在他已经是两个儿子的爸爸了。他说刚结婚时准备在慕尼黑买房，那时房价刚开始上涨。他说等等看房价会不会跌下来，因为德国人一般都是终生租房很少买房，所以德国的房价几十年都不涨，租金也相对稳定。没想到2000年以后房价逐渐上涨，他越等就越买不起房了，时至今日也就打消了购房的念头。不过，德国的廉租房很不错的，完全不是国内那种廉租房的概念。女儿的私人医生住的政府提供的廉租房，就是一套上下三层的小别墅（或者叫联排）。私人医生这个职业虽然收入高，但他和太太离婚后需抚养孩子，付了赡养费后所剩就不多了，所以按规定他也可申请政府廉租房。女婿的一个哥儿们，因为老婆视力不好，没有工作，另有两个女儿要供养，所以也住政府提供的廉租房，也是三层小别墅，房租就几百欧元，大约是市场租房价格的三分之一。

慕尼黑是一个置身其中随时能让人感受到生活之美的城市，啤酒、足球、音乐、舞蹈……每个词都令人欢乐。宫殿、城堡、教堂、花园，每个地方都留下人们欢乐的足迹。但是，如果来到距它20千米远的小城达豪，人们便会看到一个截然不同的往日世界。这便是达豪集中营——纳粹在德国所建立的第一个集中营，由一个废弃兵工厂改建而成，于1933年3月22日开始启用。1945年4月，美军解放达豪集中营，同时发生有组织的暴动，粉碎了纳粹焚毁集中营的企图。达豪集中营先后曾关押过约25万人，其中造成近7万人死亡。

　　"ALBEIT MACHT FREI（劳动带来自由）"是达豪集中营铁门上镶嵌的两行字。从 80 多年前到今天，进入营场的每个人都要从写有这两行纳粹谎言的小铁门走过，而在谎言背后，劳动带来的不仅是奴役，还有毁灭。走过这扇门进入达豪的营区，映入眼帘的是可以容纳几千人的空旷大操场。当年这里是著名的"点名操场"，一周七天每天早晚共两次在此点名，所有人必须到场参加，风雨无阻。只要还没被正式注销，生病甚至死了的人都必须由其他人抬到其所在的位置，接受点名、训斥、体罚……纳粹的凶残可见一斑。

　　操场南侧的一栋建筑是当年的后勤楼，如今已经被改建成了博物馆展区。它前方的空地上竖立着纪念碑，用铁丝塑成的人簇拥并挣扎着，一旁是用希伯来语、法语、英语、德语和俄语写成的"永不重现"。进入博物馆，正面是介绍纳粹所有集中营分布的地图，达豪、奥斯维辛、萨克森豪森、布痕瓦尔德……声名狼藉的一个个集中营及其分营在这张地图上化作一个个大大小

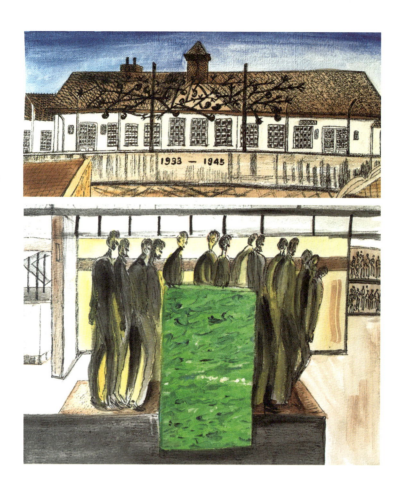

小的黑点，刺眼地展示着纳粹曾在世间犯下的滔天罪行。博物馆陈列了大量的照片，看着照片里一张张凹陷的面庞，如果不是一旁解说的文字，难以相信照片里那些满面愁容、沧桑且绝望的面庞竟属于年轻人。

从博物馆出来后便是营地围栏，严密的铁丝网和沟壕水渠是为了阻挡试图逃跑的人们。几步一置的炮楼、探照灯、机关枪和日夜监视的士兵，共同筑造了这座人间地狱。当年的 30 座营房目前已经全被拆除，只剩下地基和标明序号的数字，每座地基前竖立着两棵白杨，而在如今这片看似空阔的土地上，曾经住过20多万不屈的人，拥挤、燥热、寒冷、疼痛、饥饿折磨得他们绝望抑郁，在棺材一般大小的床铺上企盼着自由。穿过营房中间的小道便来到宗教纪念区，犹太教、天主教、新教的三座纪念堂由东向西于20世纪60年代在这里竖立起来。走过宗教纪念区向西，一座特殊的营房坐落在这个集中营的一隅，它叫营房X，是当年存尸房、焚尸炉和"淋浴室"（纳粹毒气室的代名词）所在的地方。

天空一碧如洗，阳光灿烂，但我的心里一阵阵发冷，看着如今的德国人个个仪表堂堂温文尔雅，怎么可能跟残酷的法西斯分子联系在一起？！

参观完达豪集中营，我们返回慕尼黑，来到英国花园。与达豪阴冷窒息的氛围形成对比，英国花园是一个花的海洋，欢乐的海洋，仿佛空气中都弥漫着幸福的味道。英国花

园并不是在英国，而是在慕尼黑的城中心，公园建成于 18 世纪初，最开始的设计受到英国自然主义的影响，追求自然风景是其最大的特点。整个花园几乎没有人工修建的花坛，栽种的大片大片野花自由生长，公园里栖息着成群的野鸭。来这里的大多是慕尼黑的市民，他们称来这里是为了洗肺，顺便晒晒日光浴。看来，慕尼黑人也是很会享受生活的，尽管是一个有着 100 多万人口的大城市，整个城区的绿地和植被还是非常多。

公园里有一座巨大的中国塔，建成于 18 世纪。不知道为什么被称为"中国塔"，在我看来并不像我们传统中的宝塔，倒有一些日本元素。中国塔前面那些座椅是喝啤酒时用的，据说这儿最多可容纳 7000 多人同时喝酒。到了傍晚时分或者节假日，这里就是人们呼朋唤友喝酒狂欢的天堂。

慕尼黑人在英国花园享受日光浴，其实也包括天体浴，就是裸浴。慕尼黑的夏天还是短了一些，夏天一到，人们都抓住难得的好天气，奔向英国花园享受阳光带来的快乐。今天是周末，放眼望去，大大的草坪上到处是人，不过裸的并不多。遇到有裸浴的，我觉得倒是端着相机的人不好意思起来，人家那才叫毫无保留天人合一呢，懒洋洋地卧在如地毯一般的草坪上晒太阳，真是让人羡慕。

英国花园很大很大，园中流淌着一条河，河的两岸都是树，整条河几乎都被树荫护佑着，阳光透过树叶的间隙斑驳地照在河面上。这条河在接近桥头的地方，也是水流最为湍急之处，正有几个年轻人在玩冲浪，有个单词形容得比较准确：river surfing。这项运动应该很刺激，有的人玩得娴熟一些，可以漂很长一段距离，直到在我们的视线中消失；有的人刚站上去几秒钟就翻落水中，引来岸边观看的人们一声叹息，但这并不妨碍他们兴趣盎然地继续排队等待下一次尝试。

第四天，我们开车去新天鹅堡。凡是到慕尼黑的人是一定要去新天鹅堡的。我第一次去新天鹅堡就是和朋友乘火车去的。女儿订的酒店古色古香，很有年代感，楼梯、家具全是实木，开窗就看见新天鹅堡矗立在蓝天下的森林中，梦幻又壮观。

德国是个城堡众多的国家，据说大小城堡有上万座，但新天鹅堡绝对是

当之无愧的德国第一城堡，甚至是天下第一城堡。新天鹅堡全名新天鹅石城堡，是 19 世纪晚期的建筑。这座城堡是巴伐利亚国王路德维希二世的行宫之一，共有 360 个房间，其中只有 14 个房间依照设计完工，其他的 346 个房间因为国王在 1886 年逝世而未按设计完成。新天鹅堡是德国境内最受欢迎的旅游景点之一。

新天鹅堡是好莱坞电影迪士尼城堡的原型，故也被称为"灰姑娘城堡"或"白雪公主城堡"。千千万万来此游览的人都是带着梦想来的，特别是年轻人。而新天鹅堡对我来说却是另外一个故事。我第一次到德国时读到一本关于路德维希二世的书，书中介绍路德维希二世就位后耗时 28 年修建新天鹅堡，这个忧郁的国王每天住在山下的旧天鹅堡（又称"高堡"）里拿着望远镜观看新天鹅堡的修建过程，就在城堡即将竣工的前一周，国王与他的家庭医生被人发现溺死在家门口一条不深的河里。如今一提起新天鹅堡，我难免就会想到这个悲剧故事，心中不免伤感。什么是悲剧？悲剧就是把最美好的东西撕碎了给你看。

上次来新天鹅堡，是 7 月末，正是旅游旺季，排队买票就花了不少时间，本想坐马车上山登堡，结果排队等候的人太多只好作罢，一路狂奔才赶上我们的参观时间。现正值 6 月中旬，德国的学校均未放假，所以我们可以很悠闲地乘坐观光马车上山，步行走到铁桥，再登山去看新天鹅堡的全景。提醒来此一游的朋友们，一定要走到铁桥，那座桥叫"玛丽恩铁桥"，桥下是很深的山涧，流水淙淙。站在桥上，可以看到新天鹅堡全景。再往前走，是郁郁葱葱的山间森林。登山看新天鹅堡，那里才是城堡的最佳拍摄地。

严先生的单反此刻派上了大用场，一路走来拍了不少风景大片。新天鹅堡一年四季从任何一个角度看都是十分美丽的，尤其是雪景，就好像是迪士尼影片中的场景一样，美得那么不真实。在堡内礼品店看到新天鹅堡一年四季的风景明信片，我二话不说收入囊中，我要用我的画笔呈现一年四季的新天鹅堡。

参观新天鹅堡是按游客购票时填写的国籍安排时间，分批次进行，每人戴耳机听讲解。城堡内国王大厅、国王卧室、起居室、更衣室、大演唱厅等皆可参观，内部装饰相当华丽，这一点在德国诸城堡中很少见。我们在导游带领下一个房间一个房间地参观，不能拍照，更不能触碰展品，当然，在房间里自由走动近距离观看还是可以的。整座城堡给人印象最深的首先是金碧辉煌、美轮美奂的宫殿，再就是皇宫里无论是天花板的彩绘装饰还是摆设挂件，都是白色天鹅的形象，形态各异、惟妙惟肖的各种天鹅造型给人以梦幻般的感觉。特别值得一说的是，这是一座矗立在数千米高山顶上的城堡，从皇宫各个房间的窗户向外眺望都可以环顾整片高山湖泊——波光粼粼的湖泊、层峦叠嶂的森林、大片大片绿色草坪上悠闲自得的牛群……美不胜收。

距离新天鹅堡四千米远的是浪漫古城菲森，它是德国的一座小镇，居民有一万四千多人，位于德国与奥地利的边界，在阿尔卑斯山脚下、德国"浪漫之路"的最南端，享有"疗养和度假胜地"之盛名。已经有两千多年历史的菲森浪漫古城面积不大，两个小时就可以全部逛完。但是，这里有很多巴洛克式教堂，环境优雅，是蜜月旅行的绝佳之地。来到这里的新人既可以徜徉在菲森古城中，也可以到位于菲森郊区的新、老天鹅堡，领略童话中城堡的绝美风姿，度过一个难忘的蜜月。

新天鹅堡游览下来后稍事休息，我们便驱车前往这座传说中德国最美的小镇。因为乘火车来去新天鹅堡都从菲森城经过，我只是在火车站附近转悠了一下，没有深度游览。这次开车来此早就计划好要仔细逛逛这座美丽的小镇。这里没有车水马龙摩肩接踵的喧嚣，没有灯火阑珊熙来攘往的嘈杂，随着夜幕的降临沉淀出些许的宁静，漫步在碎石铺就的小路上，呼吸着清澈且略带丝丝寒意的空气，我们忘却了途中的舟车劳顿……

世间万物，唯有美食与爱不可辜负，可见人类对美食的需求度有多么的高。菲森的特色饮食品种繁多，有酸菜猪蹄、白香肠搭白啤酒、什锦杂烩等等，只要看一看街头巷尾密集的餐馆酒吧，就会觉得不虚此行，因为在这里可以品尝到地地道道的当地的传统美食。明天就要离开菲森了，晚上我们选择了一家很有特色的餐馆，尽情享受地道的德国美食。

回到酒店，看见酒店的宣传册这样介绍：菲森的历史可以追溯至 2000 年前，临莱希河与古罗马时期商道"维亚·克劳迪亚·奥古斯塔之路"的地

理位置，为菲森引来了许多来自不同国家的游客，时至今日，行走在菲森的浪漫老城，古罗马时期一幕幕鲜活的历史依然历历在目。

慕尼黑新天鹅堡之行第五日，我们在酒店享用了一顿丰盛且很有巴伐利亚特色的早餐。酒店不大但餐厅却十分宽阔敞亮，餐桌、餐椅全是木质雕花，一看就是质量上乘很有品质。餐桌上的餐布都是绣花的，精美别致。各种菜肴摆放很考究，餐馆服务员都是身着巴伐利亚传统服装的女士。总而言之，这里的一切给人感觉就是巴伐利亚庄园的传统特色，这是我见过的酒店里最丰盛豪华的早餐。

早餐后我们收拾退房，开车去湖畔玩。湖面很大很开阔，一眼看不到边，我们慢慢地绕湖观风景，难得这么清闲自在，一家三口在一起边走边看边聊天。自从女儿出国留学，再后来定居德国，每次我们来德国也没有住在一起，来也匆匆去也匆匆，好些年没有享受和女儿在一起的日子了，看着眼前已经长大成人的女儿，爸妈的眼中满是爱意。

TOUR & PAINT
GERMANY

→

画游德国

度假
黑森林
（蒂蒂湖、
弗赖堡）

　　女儿的闺蜜琳从上海来法兰克福，女儿驾车陪她去黑森林休闲度假，老爸、老妈乐得陪同出游。

　　黑森林是德国最大的森林山脉，位于德国西南部的巴登—符腾堡州。黑森林沿莱茵河方向延伸，与博登湖、瑞士、法国阿尔萨斯遥遥相望，南北长160千米东西宽20~60千米，连绵起伏的山地密布着大片森林，由于森林树木茂密，远看黑压压一片，故得名"黑森林"。绮丽的自然风光和独特的暖热带气候使黑森林成为德国著名的天然氧吧和度假胜地，也培育了城市周围漫山遍野的葡萄园和与之相伴的酿酒业。黑森林春可踏青，夏可野营，秋可赏景，冬可滑雪，且洋葱帽和布谷鸟钟（又名"咕咕钟"）世界闻名。黑森林蛋糕、火腿、蜂蜜和猪肘也是人们来此争相品尝的美食。此外，我们儿时熟知的格林童话故事《白雪公主》《灰姑娘》都发生在黑森林。

　　上午十时许，女儿驾车从法兰克福出发，我们老少四人一路有说有笑，从德国说到中国，从天上说到地下，三个小时车程一晃而过，平日里时不时有点晕车的我完全没有任何不适的感觉。我们的住宿地位于黑森林的蒂蒂湖湖畔，这是一个被森林环绕的湖泊，湖面不大，但却是黑森林区最吸引游客的地方。首先是它独特的地理位置，蒂蒂湖正好处于多条旅游线路的交汇点，再者湖畔小村庄多是德国传统半木结构的桁型民居，建筑别致，色彩艳丽，和鲜花一起，点缀在青山绿水之间。

我们住湖畔酒店，女儿和琳住镇上宾馆。我们的住房是套间，一卧一厅，卫生间、厨房一应俱全，宽敞明亮，豪华气派。从房间阳台可以看见蒂蒂湖，放眼望去，蓝天、白云、绿水、青阜、酒店完全融入大自然的怀抱中，真是度假的好地方！

放下行李我们就迫不及待直奔湖边，湖畔有个小小的码头，遇见一家子六口人在此游玩，两位老人和一对年轻夫妇，女儿五六岁模样，儿子尚小，坐在推车里。看来德国祖孙三代外出度假也不是没有。看见水我就兴奋，特别是德国、瑞士的湖泊，天是蓝色的，湖水亦是蓝色的，两岸青山环绕，树木倒映水中，犹如仙境一般。我高兴得像个孩子跑来跑去，没完没了地拍照。

玩累了，就在湖畔酒店大堂阳台上落座，上网发微信、微博。我的一通视频和照片，引得国内外朋友、学生一阵赞叹声。人，天生来自大自然，最后也要回归大自然，对大自然总是格外亲近。我坐在酒店咖啡厅的露天座位上，品茗观景，深深地陶醉在大自然中。

　　晚饭后我仍然不愿待在房间里，于是拽着先生，先是去酒店背面山上转了一圈，再去湖边遛了一趟，又来到咖啡厅露台上观湖光山色。八九点钟了，太阳还没有完全落下，阳光洒在湖面上，湖水由天蓝色变成了金黄色，然后慢慢变成深黑色。咖啡厅的电视机里传来球赛的声音，原来今天是欧洲杯法国对阵西班牙！严先生是个假球迷，也去凑热闹看球赛了，留我独自享受这山这水这树这花这草带来的愉悦！

　　第二天清晨，睁开眼睛已经快 8 点了，阳光透过窗帘投晒进来，我舍不得多睡，赶紧起床洗漱，奔向餐厅。酒店很人性化，早餐时间是 7：30 至10：30，既照顾了像我们这样有点岁数平常不睡懒觉的人，也顾及了那些晚上不睡、早晨不起的夜猫子。

　　下楼吃早餐，看见餐厅前面停车位上一字排开四辆保时捷，尤其是那辆姜黄色的保时捷，太拉风啦！昨晚回房时没太看清模样，今晨一看豪车云集，真是大饱眼福。

早餐很丰盛，面包、蛋糕、麦片、烤培根、烤香肠、蒸鸡蛋，冷的热的，应有尽有。时鲜水果是我的最爱，我先来了一盘水果，草莓、香瓜、菠萝，算是开胃，再来烤培根、烤香肠和蒸蛋，加一大块蛋糕做主食。咖啡、牛奶、橘汁，一样都不落下。吃得好吃得饱，为上午走路进城做好准备。早餐后，严先生自然是要坐上一会儿才上路，我就自己出去到山上、湖畔遛上一圈。

　　昨晚暮色中没有来得及拍照的幢幢别墅沐浴在晨光中，天空蓝得没有一丝云彩，深绿浅绿的树和草交织在一起，宛如童话故事里的仙境一般，我完全陶醉了！信步上山来到野营露宿区，那是一片私人领地，除了露营的人，其他人一律不得进入，我只好远远地看了看大致情景，小山坡上牧场、房车，还有野营小屋，很令人神往。我想，如果下次再来，一定要去尝试露营的滋味！

进城的路沿湖边蜿蜒向前，我们边走边看湖光潋滟、别墅山庄，说是一千米，转眼间就到了，我们还没反应过来，眼前已人来人往，迎面来了一个二三十人的旅行团，听口音不是香港就是广东的。在街上、码头上，还不断可以看见国人，我们好奇地相互打量着。我心里嘀咕：我们住的旅店周围怎么没有看见国人？估计他们大多是来旅游观光的，游一游，看一看，当日就离开了。

说是城中心，实则就是一条街，街的一侧几乎全是商店和餐馆，另一侧是码头、湖边，我们走走停停，不时停下来拍照，我们在看风景，别人也在看我们。

路过一个旅游商店，墙上各式各样大大小小的布谷鸟钟立刻吸引了我的目光，早就想买咕咕钟了，布谷鸟的造型和报时发出的咕咕声，都令我神往。今日来到咕咕钟的故乡，当然不能放过这个机会。我毫不犹豫买了两个，一个留在德国给女儿，一个带回成都自己家。还买了瓷器房

子、马拉车，200 多欧元，机场退税 30~40 欧元，想想蛮划算的。

　　再往前行，一幢大大的别墅正面墙上画了一口大大的布谷鸟钟，我们当然不会错过，赶紧拍照留念。我们随后在码头坐下，湖上来来往往的游船，游轮上上下下的游客，码头晒太阳的人们，都是我们镜头下的风景。一向不喜欢给自己留影的严先生，被这气氛感染了，让我给他在湖畔拍了好几张，只见这位平日里有点古板的先生，手一会儿放前面交叉着，一会儿背在后面，简直太阳从西边出来了！

　　下午本来约好和女儿一起在蒂蒂湖上荡舟，但过了中午，湖上开始起风，水面荡起阵阵涟漪，早晨湛蓝的天空成了灰蒙蒙的，眼看着要变天，只好改计划。女儿她们在旅店游泳池游泳，美容店护肤。我和先生继续在街上

逛，玩够了返回酒店，沿湖畔散步，然后到咖啡厅聊天喝咖啡、赏风景，各得其乐！

来蒂蒂湖三天了，今天要返回法兰克福。清晨，窗外雾蒙蒙的，蒂蒂湖和对岸的小山都隐在雾中，雨淅淅沥沥的，不能像昨天早晨那样沐浴阳光，心情有一丝丝惆怅。早餐桌上的报纸全是德语，勉强分辨出当天的天气播报：最低温10℃，最高温17℃，比前两天下降了好几度。但就在吃早餐的几十分钟里，太阳像一个顽皮的孩子从云层中探出头来，我们喜出望外。太阳反反复复的，在云层间游走，仿佛在和我们捉迷藏。早餐后，浓雾从湖面慢慢散去，对面山峦渐渐展露真容。

我们收拾完行装等待退房，两天住宿费 370 欧元，每天 185 欧元。外加每人每天 2 欧元观湖税，共计 378 欧元。虽说费用是贵了些，但一室一厅带厨房、卫生间、观景阳台，酒店还提供丰盛的早餐和免费的室内游泳池、桑拿房，总体算起来还是挺值的。

十点钟，太阳出来了，云开雾散。"蓝蓝的天上白云飘，白云下面马儿跑……"唱了许多年的歌词，今日终于一睹芳容。我惊奇地指着天空大声嚷嚷："看！看！看！云在跑！"雨后的草场，露珠点点，马儿在悠闲地追逐。远山，树林更绿，天空更蓝，湖水晶莹剔透，发着幽蓝的波光。我们来到蒂蒂湖三天，经历了第一天灿烂的太阳，第二天和煦的晨光，第三天雨后初露的阳光。神秘的蒂蒂湖，多姿的蒂蒂湖，今日一别，来日再见！

我们告别蒂蒂湖驾车去弗赖堡。弗赖堡位于黑森林中心，靠近法国和瑞士，人口不到 20 万，却被称为"德国最温暖、最阳光的城市"，也是德国最古老、最具有旅游吸引力的城市之一。弗赖堡人常说世界上有两种人：一种是住在弗赖堡的人，另一种

是想住在弗赖堡的人。透过这句话，可以看出弗赖堡人的自豪与自信。我们大约就属于想住在弗赖堡的人了。

弗赖堡在二战中既遭到过盟军的轰炸，也被希特勒自己的军队误投了60吨炸药，整个市中心被夷为平地，所幸的是城中心的大教堂得以幸存。我们首先来到大教堂，先生抬头一望，说道："怎么德国的教堂永远都搭着架子，永远都在修缮中？"登顶教堂看全城风景是我不可或缺的旅游项目，不过今日时间不太充裕只好作罢。（两年后我和先生又专程来了一趟弗赖堡，住了两天，不仅登顶教堂俯瞰了全城风貌，还去了弗赖堡美术馆，当日有两个特展在进行中，让我们享受了一顿视觉盛宴）

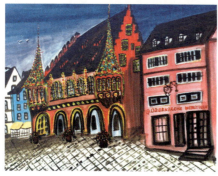

今日正值周末，市政厅广场农贸市场人来人往，我们在餐厅露天餐桌坐下来午餐，四人点了两份餐，一份酸菜烤猪肘，女儿和琳两人享用，我和先生吃炸牛排、烤土豆配时令蔬菜。我们两人吃一份都没有吃完，尤其肉剩了很多。先生饭后总结发言："德国菜早餐还不错，午餐、晚餐太多肉。德国猪肘子倒是比较有名，但味道见仁见智。

饭后，我们沿市中心街道信步漫游，德国早期城市建筑大多是桁木结构，古色古香。鹅卵石铺成的人行道色彩斑斓，上面的各种图案华美动人。街道店铺林立，一家挨着一家，如巧克力店旁边是面包店，剪子铺另一侧则是裁缝店。弗赖堡没有高楼大厦，也没有立交桥和地下通道，但几乎所有的建筑，无论办公场所还是住家，门前都摆着花盆，阳台上都挂着花篮，正值夏日时分，鲜花盛开。慢悠悠地来来去去的有轨电车在不太宽阔的街道上穿行，反衬出这个城市的不慌不忙。行人偶尔从它的前面穿过，它并不懊恼，只是铃儿叮当地提醒着你。

市中心游人云集，拿着手机、举着相机拍照的人随处可见。市中心商店林立，商品琳琅满目，橱窗装饰很有特色，细细品味，每一个橱窗都是一件

艺术品。酒店宾馆一间接着一间，很多宾馆建筑正面绘有绚丽的图案，吸引了无数游人的目光，我们四人，有拿手机的，有举单反的，各种选景拍照。

德国弗赖堡有一个传说：如果游客不小心跌进了城里的小溪，男人就会娶弗赖堡姑娘为妻，女人则会嫁给弗赖堡的小伙子。故事里的小溪，是弗赖

堡的特色之———条遍布街巷的人工水渠。渠中流的可不是污水，而是山上流下来的泉水。900多年前，工匠们利用弗赖堡东高西低的地形，从黑森林山上的德莱萨姆河引流，河水从市区穿流而过，最终汇入莱茵河。在中世纪，小溪担负着救火、提供生活用水和牲畜饮水的重任。历经千年沧桑，如今的小溪仍然水质清澈，在炎热的夏日，孩子会在小溪里嬉戏，人们坐在小溪边畅谈欢聚，还有人把当地产的特色啤酒放在溪水里降温。

　　三天黑森林之旅就要结束了，这儿的水、这儿的山、这儿的房屋、这儿的风景，让我有太多的不舍！不过不用惆怅，三天以后我们还要路过这神秘的黑森林，可以补上这次没有坐的游艇，只是下次的目的地不再是蒂蒂湖和弗赖堡，而是博登湖和康斯坦茨。

天天都是好日子！黑森林（蒂蒂湖、弗赖堡）归来才三天，今日又要出发去博登湖。游博登湖是提前两个月就计划好的，女婿早已经在博登湖畔订好了度假公寓，还做了不少功课，拟定了详细的每日行程、观光路线。

　　清晨起床，吃完早餐，整装出发！万里晴空，蓝天上一道道白色的划痕，是喷气式飞机在法兰克福上空留下的痕迹。今天全家出游，心情自然好，蓝天白云伴我们行路，更是好上加好。

　　博登湖，也称康斯坦茨湖，位于北纬 47 度 39 分、东经 9 度 19 分，地处瑞士、奥地利和德国三国交界处，由三国共同管理，占地面积 536 平方千米，最深处 254 米，是德国境内最大的淡水湖泊，每年为当地 450 多万居民提供 1800 万立方米饮用水。湖区景色优美，风景迷人，是欧洲乃至全球旅游度假胜地。

　　再说康斯坦茨，这是德国的一座边境城市，位于瑞士、德国、奥地利三国交界处。康斯坦茨与瑞士的克罗伊斯林根只用一条街隔开。正是由于康斯坦茨非常靠近瑞士，因此有幸躲过了二战的战火，老城里的古建筑被完整地保存了下来。距康斯坦茨约 7 千米的赖谢瑙岛因岛上教堂与修道院众多，被称为"修道院之岛"，在 2000 年被列入世界文化遗产名录。康斯坦茨地区早在公元前3000 多年的新石器时代就有人定居，公元前 1 世纪，罗马人开始在这里建立定居点，中世纪早期就初具城市规模。康斯坦茨城的建筑风格融合了文艺复兴晚期和巴洛克早期的元素，是德国南部这一时期建筑的最佳代表，康斯坦茨大剧院是德语国家中最古老的剧院。

我们住的公寓在康斯坦茨湖畔别墅区，Hebel Street 5，离博登湖不到 200米。进门一看，格外亲切，卧室、客厅、饭厅到处是中国元素，餐桌上的装饰

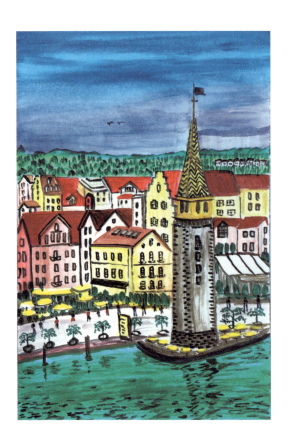

石头据说也来自中国，迄今为止已有 4000 多年的历史了，就连浴室里也有镶嵌中国字的瓷砖，一个字是舞蹈的"舞"，另一个字是玄宗的"玄"，还是草书字体。客厅茶几和露台茶桌都是大理石的桌面，我们在德国人家里头一次见石头的茶几和桌子。女儿说她转钱的账户就是一个中国人的名字，看来这家的主人是中国人无疑。

　　来到康斯坦茨，勾起了我们一段尘封的回忆。那年女儿她们一行 24 人赴德留学，原定目的地为康斯坦茨，临行前一个月，校方突然通知家长，全体学生改去凯泽斯劳滕。家长一听炸开了锅，因为康斯坦茨不仅位于著名的风景旅游区博登湖畔，环境优美自不必说，而且是个年轻的大学城。所以，家长们认定孩子在康斯坦茨上大学肯定比在凯泽斯劳滕这个名不见经传的无名小城好许多。几经交涉努力未果，女儿一行最终来到了凯泽斯劳滕，为此，我们不无遗憾。

　　今天，我们全家三口加上新成员女婿一行四人来到康斯坦茨度假，自然而然要把这两座城市比较一番。权衡下来，最后大家一致认为还是去凯泽斯劳滕读大学更好。因为凯泽斯劳滕离法兰克福近，所以女儿因此可以在欧洲的金融

中心、航空中心和会展中心——法兰克福发展，才有机会进入德意志银行总部。
要是当初来康斯坦茨上学，去法兰克福工作的可能性就小了很多。所以，塞翁
失马焉知非福。

　　放下行装稍事歇息，我们就迫不及待出门直奔博登湖。博登湖湖面宽广，
一眼望不到边，金色的阳光洒在湖面上，幽蓝的湖面泛着粼粼白光。白云飘浮
在天空中，白云下有几艘白色的帆船荡漾在蓝色的水面上，看起来非常漂亮，
形成了一道独特的风景。在这里乘坐爵士白色的独特帆船，从船上往下看，湖
水清澈透明，可以看到湖中游动着各种各样的鱼、水底的白色砾石，以及交错
的水和草。海鸟在天空中自由飞翔，时不时会下来和你玩耍。

　　沿着湖畔一直往前走，过了大桥就到了康斯坦茨老城区，老城区的古典建
筑引起了我们强烈的兴趣。无论是欧洲的城市还是小镇，每一幢房屋的建筑风
格都不相同，且色彩艳丽。在众多的建筑群里，一眼就能看到钟楼。德国几乎
每一座城市或者小镇都有一座高耸的钟楼，大约是在提醒住在这里的人们注意
时间的变化。无论游览过多少欧洲城镇，我们欣赏房屋建筑的热情一点不减，
几乎是每幢楼都要拍照游览。女儿、女婿自然受不了我们这番无休止地拍照，

就此与我们分道扬镳，晚餐自行解决，玩够了自行回去休息。我们也图个自由自在，爱看什么看什么，想拍什么拍什么。

我们在长桥上散步，欣赏桥上桥下美景，这座桥大约有三十米长，五六米宽，是用木板做的，栏杆用一种黑色的钢材制成，与一块块木头相配，有一种独特的朴素之美。一切看起来那么自然，且充满了艺术气息。桥头矗立着一座历史悠久的雕像，从远处看，它像是奥斯卡小金人的放大版。桥的两边都有游艇停泊，船身的爵士白和水的蓝色搭配在一起，令人赏心悦目。

湖边绿树环绕，鲜花盛开，草地上正在进行着消夏音乐会。夕阳下去，夜色低垂，康城人和游客们一起散聚在湖岸边、草地上，品酒聊天的，朋友聚会的，旅游休闲的，不同年龄

阶段的人尽情享受着大自然赐予的美景，充满欢歌笑语的消夏音乐会一直延续
到深夜，湖风微送，荡起一片温柔……

　　次日，周六，清晨 7 点，全家整装出发，前往位于康斯坦茨老城的游船码
头，今日行程：博登湖一日游。

　　8：02，我们乘坐的游轮准点驶出码头，博登湖全景游从德国的康斯坦茨
出发到奥地利布雷根茨再返回，全程直线距离六十六千米，单边航行时间三个
半小时。从康斯坦茨到腓特烈港为直达快艇，一小时的游程。然后换乘慢船到
奥地利的布雷根茨，所谓慢船，并非游船行驶速度慢，而是每站皆停靠，所以
余下一半行程用了两个半小时。

由于来回都在腓特烈港换乘游船，我们正好在码头咖啡店喝咖啡、吃冰激凌，然后游览城市。腓特烈港市区并不大，但建筑很有特色，尤其是商铺外装饰特别引人注目，给我印象最深的是一个药店，门面是白色的窗格形状，中间木门上镶嵌着两个大大的半圆形玻璃边框，门两边两根粗大的藤蔓往上延伸，绿色的藤叶把店铺装饰得像一幅画，很是别致，要不是门面店招上有一个醒目的"A"，我还以为是一个什么艺术馆呢（德国的药店门面都用"A"来表明）。还有一个服装店装饰得很是惹眼，整个大楼两面临街的墙面上都绘有俊男靓女，婀娜多姿，走过这幢大楼，岂能不进去看看！

腓特烈港最著名的景点是齐柏林飞艇博物馆，腓特烈港是德国飞艇的故乡，"齐柏林伯爵"号飞艇与它的关系非同一般。齐柏林飞艇在 1928 年首次航行，从德国法兰克福飞到了美国纽约，飞艇除了可以把人们送到不同的地方，还可以运载大宗货物，在当时轰动一时。到如今，飞艇的娱乐功能远远大于它的交

通运输功能，我们坐在游艇上不断看见白色的飞艇在博登湖上方湛蓝的天空中翱翔。

　　我们的游船来到林道，这儿仍属于德国境内，码头上人来人往，很是热闹。湖水中矗立着一块巨大的石头基座，一尊雄狮屹立之上，游人可以随意上去游览。林道是博登湖著名的湖滨城市之一，女婿回忆小时候全家来游博登湖，曾在这儿上岸玩耍，至今对这尊狮子雕像印象深刻。看着这尊雄狮雕像，我自然想起了去年游卢塞恩，那儿有尊卧狮的雕像。卢塞恩卧狮被称为"世界上最悲伤的狮子"。

　　几个小时后，我们终于来到了奥地利布雷根茨，这儿是博登湖的尽头，也是我们博登湖之旅的终点站。我们下了游艇，沿着地上的缆车标志，穿过市区，坐缆车上山到达 Pfander。山顶上有 180 度观景台，从这儿可以观看布雷根茨市区全景，视线可达林道，甚至腓特烈港。山上建有一大型野生动物园，品种众多的鹿生活在这儿，如果幸运的话，可以远远地观赏到稀有的红鹿的身影。站在山顶眺望远处阿尔卑斯山，山顶的积雪还没有完全融化，可以看到些许白色。山顶建有不少儿童游乐设施，带孩子来的游客特别多。这儿不光是游览胜地，也是运动爱好者的乐园，三三两两骑自行车上山的人络绎不绝，专门铺设的骑游小道从山脚一直延伸到山顶，看着他们戴着头盔背着登山包骑游在青山绿草中的矫健身影，我很是羡慕。

沿着湖畔小径继续前行，经过艺术节剧场、会议中心和欧洲最大的露天水上舞台——布雷根茨歌剧院，这里是每年一度的布雷根茨艺术节（世界上最重要的歌剧节）的举办地。布雷根茨歌剧院舞台上有一尊巨大的人物雕像，只见

他痛苦地紧闭着双眼，半身浸泡在湖水中，悬梯由湖水中升起，从下盘旋而上。这是根据达维特的名画《马拉之死》创作而成的。让－保尔·马拉是法国大革命时期著名的革命家和政治家，1793 年 7 月 13 日被刺身亡，终年 50 岁。这尊雕像表现的是马拉刚被刺时的惨状：被刺的伤口清晰可见，握着鹅毛笔的手垂落在湖里，另一只手紧紧地握着凶手递给他的字条……马拉被刺的巨大雕像与歌剧院的座椅、博登湖湛蓝色的湖水、湖中自由游弋的天鹅形成了鲜明的对照，没有革命者的牺牲，哪有今日的自由祥和。

一日三国游，我们坐在游艇上观湖，在湖畔城市徜徉，不时有手机短信显示我们先进入了奥地利，再进入瑞士，又返回德国境内。我们甚至还收到列支敦士登的短信：外交部领保中心祝您平安，请遵守列支敦士登法律，尊重当地风俗

习惯，注意出行安全。我们什么时候到了列支敦士登，自己都不知道。不是说博登湖地处瑞士、德国、奥地利三国地界吗？怎么又弄出个列支敦士登来了？

全天游程 12 个小时，虽然在游艇上的时间占了多半，但我们一点也没感到烦闷，变幻莫测的湖泊风景，美丽如画的城镇风貌，不断激起我们拍照的热情。游轮上我们一边品茶、喝咖啡、饮啤酒，吃着巧克力、蛋糕、面包、水果，一边笑谈着。大部分游客都在游轮外面的桌椅旁观湖景，偌大的游轮内空荡荡的，我们四人独居一隅，小声地说话，捂着嘴大笑，当然主要是我们仨说中文，女婿看着我们傻傻地跟着笑。

游程即将结束，快乐的一天将要过去了。突然乌云滚滚，湖中警灯闪起，暴风雨就要来了。一会儿工夫，湖上不见了帆船的踪影，远处闪电在天空中划

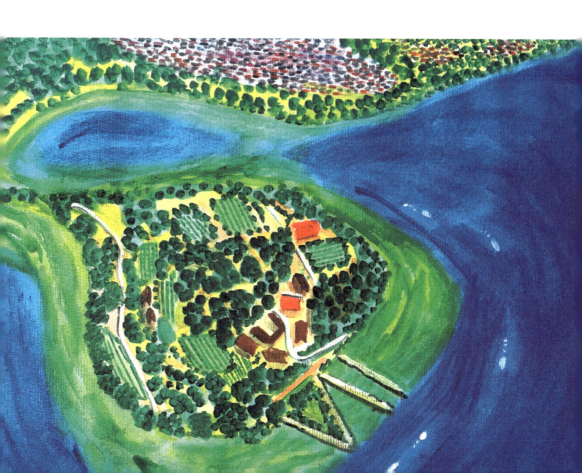

出一个个"Z"字，阵阵雷声滚滚而来，游轮内气氛骤然紧张起来。女儿问女婿："如果我落水，你救不救我？"女婿毫不犹豫地说："当然！"女儿说："还要救爸爸、妈妈。"女婿说："行！"女儿又说："先救妈妈！"女婿这下不说话了。我赶紧说："先救女儿，因为她对于我们所有人来讲都是最重要的。"女婿这才点点头，有如释重负之感。我笑笑对女儿说："西方人不会说谎，更不知道怎么讨好丈母娘，你就不要为难他了。"

晚上8点，我们乘坐的游轮平安停靠康斯坦茨游船码头。虽然回公寓的路上淋了一点雨，但整个博登湖之旅是欢畅愉悦的，不完美就是完美！

今日上午，女儿睡懒觉，我和严先生选择去湖区别墅自助游，一早用罢早餐就出去转悠。地上湿漉漉的，除此之外看不出昨晚暴风雨的痕迹，看来这场暴风雨并没有给美丽的康斯坦茨城留下多少印记。街上静悄悄的，沐浴在晨光中的别墅，建筑风格各异，外墙色彩绚丽，门前院内树木草丛上的露珠晶莹剔透，宛如一幅美丽的画卷。从门牌上可以看出少量别墅住了两三户人家，大多仅有一户人家居住。每幢别墅都有花园和草坪，有的占地好几百甚至上千平方米，看得我好生羡慕。

离开别墅区，我们不由自主地来到湖畔小道，原来人们都到这儿来了！只见遛狗的遛狗、骑车的骑车、跑步的跑步，还有一大早就下湖游泳的人们……环顾四周，只有我俩边赏景边散步，漫无目的地晃悠。雨后天晴，湖水更蓝，草坪更青，我们也更期待今日的"花岛"之旅。

　　博登湖分为上湖、于柏林根湖和下湖，德国的康斯坦茨位于上湖，奥地利的布雷根茨位于下湖，我们今日要游览的美瑙岛位于于柏林根湖，和昨天换乘游艇的腓特烈港属于同一段湖区。美瑙岛有着"花岛"之称，是博登湖著名的旅游休闲景点。女婿在上高中时曾随班级同学游历过该岛，至今记忆深刻，所以这次博登湖之旅，我们在此安排了一天的游览时间。

　　10 点多钟，回到寓所，女儿似有一点小恙，需要多一些时间休养，女婿决定把我俩先送到美瑙岛上，让我们有足够时间观光游览美丽的"花岛"。贴心的安排，我心里暖暖的。

离开城市的喧嚣，汽车进入了绿色的旷野，当车在一片开阔地停下时，女婿告诉我们"美瑙岛到了。"可是，岛究竟在哪儿呢？这里丝毫没有湖水的影子，也没有艳丽的花朵，美瑙岛就藏在这样一个僻静之处。购票进园，沿路标所指，不觉中有风吹来，长长的栈桥和蓝色的博登湖水便已经在脚下延展开来。不远的对面，便是那绿色掩映下的花海——美瑙岛。

美瑙岛虽是德国人为之自豪的旅游胜地，但当你置身岛上，栈道边的瑞典十字架，岛中的瑞典塔楼，无不诉说着这岛与北欧瑞典的渊源。早在新石器时代，美瑙岛就有人居住，凯尔特人和罗马人都在这儿留下了足迹，美瑙岛几易其主，20世纪伊始，在世代承袭和家族联姻中成为瑞典王室所有。1932年，当时身为瑞典王子的博纳多特因恋上了贫民女子悄然离开皇宫，来到这温暖宜人的博登湖美瑙岛。近70年来，博纳多特遍寻天下奇花异草，从美国原始森林的红杉到热带海滩上的椰树，从中国古代园林中优雅的青竹到非洲广阔草原上的金合欢树，美瑙岛成了对外开放的"花岛"。2004年圣诞前夕，老岛主去世，

留下比他小 35 岁的第二任妻子主持岛上事务。

　　美瑙岛"花岛"之称名不虚传，我们一进入园区，就感觉进入了花的世界、花的海洋：由鲜花组成的孔雀开屏栩栩如生；由鲜花编制而成的向日葵如一张张绽放的笑脸；由鲜花拼装的小鸭子在花海中嬉戏，张着扁扁的小嘴欢快地叫着；还有由鲜花拼成的小岛地图和盛大的花瀑布……每一处景观无不匠心独具。从湖畔拾级而上，我们来到了玫瑰园，红色、粉色、白色、黄色玫瑰，一团团一簇簇竞相开放，令人目不暇接，眼花缭乱。知名的、不知名的、见过的、没见过的花儿，将永远留存在我的心间。

　　前几天，我偶然和女婿谈到德国能不能生长竹子，他说好像从没有见过大片的竹林，德国的竹子只在花盆里养着。进而我们谈到中国政府送给世界各国的诸多大熊猫吃什么的问题，得出的结论是，可能得从中国空运竹子去世界各国喂养中国的大熊猫。不曾想，今日游历美瑙岛，我意外地发现了岛上大片大

片郁郁葱葱的竹林，而且确确实实是来自中国的优雅青竹。

今日环岛游，我开阔了眼界，过足了眼瘾，看遍了世上奇花异草。严先生则是赏花看树两不误，他一路走来对岛上的树木赞不绝口。有的树，高大挺拔直插云天；有的树，郁郁葱葱枝叶茂盛自然成林，为游人遮风避雨；有的树，巍然挺立于湖中；有的树，根连根串在一起独成一片景观……严先生还惊奇地发现很多树都是两两同种树木生长在一起。以前只知道银杏树是分公母树的，一定要一公一母两棵长在一起才能开花结果。今日看来，自然界这种现象并不鲜见，无论是公母树还是姐妹树、兄弟树，都可结伴而居结伴而长。

晚上，全家聚在酒店看欧洲杯决赛——西班牙对意大利，也许是因为前一场半决赛的比赛德国输给了意大利的缘故，我们一边倒地支持西班牙队。开赛时，两队势均力敌旗鼓相当。球赛进行到 13 分钟时，西班牙队进球，1∶0 领先。之后，战局就发生了根本性的改变，胜利的天平明显偏向西班牙。再后来，2∶0，3∶0，4∶0，先生说，要不是最后西班牙那个勾球没进，意大利不知颜面何存，差点 5∶0 回家！西班牙人乐疯了！今夜西班牙队粉丝无眠！

TOUR & PAINT GERMANY

画游德国

　　到德国斯图加特"朝圣"，大约是每一个爱车之人的愿望。斯图加特是位于法兰克福和慕尼黑之间的一座古老的城市，同时又是世界汽车界最重要的城市。在这座城市，不仅诞生了世界上第一台汽车，而且大名鼎鼎的奔驰汽车总部也设在这里。所以，斯图加特也被称为"汽车之城"。

　　我不是什么爱车之人，且去过慕尼黑三次，看了两遍宝马博物馆，但当女儿、女婿说要带我们一起去斯图加特看奔驰博物馆时，我仍然非常兴奋。从法兰克福开车去斯图加特大约两个小时，一家四口说说笑笑，很快就到了。斯图加特绵延在一片起伏的丘陵地带，沿途的山坡上除了民居，还有成片的葡萄园。沿着高速公路进入斯图加特，便能看到无数路标提醒你 Mercedes-Benz 对这座城市的影响。斯图加特的主购物街钟楼上旋转的三角星，仿佛是这座城市在无声而又极其夸耀地展示自己的辉煌。虽然，保时捷的总部也在这里，但是当你去过奔驰博物馆后，一般来说保时捷博物馆就不是必看景点了（当然，对于保时捷车迷就另当别论了）。我们的车跟着路标直接开到奔驰博物馆，然后泊车，购票，观展。

　　奔驰博物馆全称为"梅赛德斯 – 奔驰博物馆"，其历史最早可以追溯至

1923 年，当时奔驰的第一个小型工厂博物馆落成并启用。1936年，戴姆勒－奔驰公司成立，之后博物馆内的收藏品不断增加。到了 1961 年，戴姆勒－奔驰公司为庆祝公司成立 75 周年，建造了一座更大的博物馆。1986 年，公司百年华诞之际，博物馆再次大规模扩建。时间的长河流到了 21 世纪，2006 年

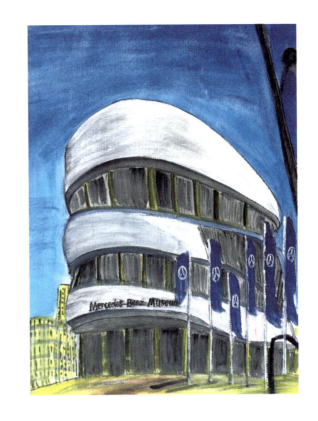

5 月，梅赛德斯－奔驰公司将汽车博物馆迁移到斯图加特，即奔驰品牌的诞生地。如此这般，就有了我们今天要参观的斯图加特奔驰博物馆。

　　世界上很多城市拥有汽车博物馆，但奔驰博物馆是世界上为数不多能够展示汽车 100 多年发展史的博物馆。在奔驰博物馆大门前摆放着奔驰先生的铜像——一位干练帅气的老头儿！他就是奔驰汽车的鼻祖，正在接受来自世界各地汽车爱好者的致敬！展馆上下几层楼摆放着 160 多辆奔驰车，有世界最早期的汽车、日本天皇的座驾、第一部被命名为 "Mercedes" 的汽车及新款跑车……琳琅满目，极尽奢华。除了一些珍品老爷车，参观者可以零距离感受和触摸其他展品，真正走进世界百年汽车历史。

这是一座令人神往且着迷的博物馆，一个跨越百年融汇古今的地方。你不仅能见到奔驰博物馆建筑本身令人叹为观止的设计，还能体验这个汽车品牌传奇的发展历程。奔驰博物馆不仅用实物向参观者呈现了人类汽车百年所走过的历程，而且展示了汽车工业未来潮流的发展趋势。在这里，从第一辆汽车的诞生到人类对于汽车工业发展的雄心壮志，都得到淋漓尽致的体现。在这里，人们能真正领略到整个汽车工业 120 年悠久的发展史！同样，只有在这里，才能看到一个完整的梅赛德斯－奔驰品牌发展历史。博物馆中的每一处陈设，每一个精妙的设计，都在诠释着品牌的精髓以及设计理念。 在这里，你能充分领略到什么是德国人的工匠精神。

参观王宫广场也是斯图加特之行的一个重要内容。位于王宫广场的新宫殿曾是腓特烈一世和威廉一世的官邸，于 1963 年修复，这座巴洛克风格的宫殿足以与凡尔赛宫媲美。王宫广场每年夏天和圣诞期间都要举行大型户外活动，如露天音乐会，新王宫自 1918 年起被辟为博物馆，如今这里是州政府财政部和文化部所在地。广场中央是著名的国王威廉一世雕像，喷泉、树木、音乐亭和纪念柱装点着宫殿广场，美不胜收。斯图加特老王宫坐落于王宫广场南侧，里面有一座符腾堡首任公爵的雕像。

接下来我和先生去距斯图加特约 30 千米远的小镇罗伊特林根的朋友家做客。女儿、女婿送我们至朋友家,然后驱车返回斯图加特,第二天下午来接我们一起回法兰克福。

我们的朋友是成都老乡,曾经在法兰克福附近的达姆斯达特居住,我也曾去她家里做客。后来她先生到斯图加特上班,于是他们搬到罗伊特林根,我们十几年未见面了。朋友请我们在小镇中心的中餐馆用晚餐,大家说着成都话,吃着成都口味的麻婆豆腐、回锅肉……感觉像家宴一样!饭后,朋友带我们逛圣诞市场。罗伊特林根圣诞市场在德国颇有名气,斯图加特和附近城镇有不少人专程乘火车来此逛圣诞市场。

圣诞市场设在罗伊特林根镇中心的步行街上,这里有建造于 1247 年至 1343 年的圣玛丽教堂,其为斯瓦比亚人最杰出的哥特式建筑之一,1988 年被

列为德国国家文化地标；有建立于 1966 年的市政厅、14 世纪的圣尼古拉斯
教堂、16 世纪的喷泉等。所有的古建筑都用圣诞彩灯、圣诞饰物装饰，建筑与
建筑之间也拉着彩灯和圣诞装饰。我们穿行于圣诞市场，摩肩接踵的人流，五
颜六色的霓虹灯，让人感觉仿佛穿越了数百年来到中世纪的德国小镇，真是一
次亦古亦今亦梦亦幻的圣诞之行……

据资料记载：罗伊特林根因拥有世界上最窄的街道 Spreuerhofstrasse 巷而知名，此巷最早建于 17 世纪，大火之后得以重建，原本最窄处只有 50 厘米，其后渐渐缩小到 31 厘米，从而成为全球最窄的街道。不过，因为时间关系我们没有见到这条街道，我倒是觉得，我和严先生这身材要从这条街通过应该问题不大，换了高大魁伟的人，就很难说了。

第二天清晨开门一看，朋友家前后花园一片银白，我高兴坏了，赶紧出门去看雪景。大街小巷静悄悄的，一个人影也没有，地上还没有脚印，看来我是第一个造访雪地之人，只见房顶、花园、大街小巷一片银装素裹。我真有些舍不得踏上这片洁白如玉、晶莹剔透的世界。

早餐后，朋友的先生驱车带我们俩参观霍亨索伦城堡。德国有城堡上万座，霍亨索伦城堡与新天鹅堡分列第一第二，论富丽堂皇要数新天鹅堡，论雄伟壮观当属霍亨索伦城堡。在德国之外，霍亨索伦城堡也位居欧洲五大和世界十大城堡之列。霍亨索伦城堡是普鲁士王国和德意志第二帝国的统治家族——霍亨索伦家族的发祥地。它始建于 11 世纪，后来被战火焚毁。现存的城堡是 1850 年至 1867 年间重建的，是德国最雄伟的城堡建筑之一，被视作 19 世纪堡垒建筑艺术中的杰作。

我们在山脚下停车场泊车，那里其实是观看或拍城堡的最佳位置。举头仰望，高高的山上，白雪皑皑的松林间矗立着一幢高大宏伟的古建筑——这就是我朝思暮想盼着一睹真容的霍亨索伦城堡。我们踏着皑皑白雪沿盘山公路登堡。城堡的城墙外围，视线所及之处全是层层叠叠的松树林，松枝被白雪覆盖，俨然一个冰雪的童话世界。城墙周边矗立着巨大的霍亨索伦家族人物雕像，尽显普鲁士的威严。其中就有腓特烈大帝雕像，从雕刻角度讲，和其他帝王没有太大区别，但是这座雕像还是很好地展示了腓特烈大帝的尚武风范。

走进城堡，中心广场安放着几门大炮，不知是否是当年霍亨索伦家族所用之原物。想当年，霍亨索伦国王金戈铁马气吞万里如虎，开疆拓土，大有征服整个德意志之气势，现今只留下这座城堡和这些雕像向世人展示着他曾经的辉煌和荣耀。接下来由导游带着参观城堡博物馆，展室就是曾经霍亨索伦国王、王后以及其他王室成员居住的地方，房间高大宽敞、装饰豪华，历经几百年沧桑仍然金碧辉煌、气宇轩昂。这里展示了腓特烈大帝的遗物、普鲁士王的宝物及王冠等，各种兵器收藏良多，通过这些展品，能深刻感受到霍亨索伦王朝尚武的传统。珍宝馆里陈列的皇室昔日使用过的金银器皿，多得数不胜数，金光闪闪，极尽奢华。

　　朋友的先生是公司的高管，在德国学习工作数十年，学识渊博，是最合适的导游人选。估计到他家做客的友人大多要来城堡参观，他也乐得当导游。虽然参观呈宫博物馆和珍宝馆都有导游带着，但导游讲德语，朋友的先生自然就成了我们的随身翻译，他不仅翻译导游所讲的内容，还不时给我们补充一些相关的德国历史，相较以往我们看城堡时连蒙带猜，大多数情况都是云里雾里，这次参观霍亨索伦城堡收获良多。

TOUR & PAINT
GERMANY

画游德国

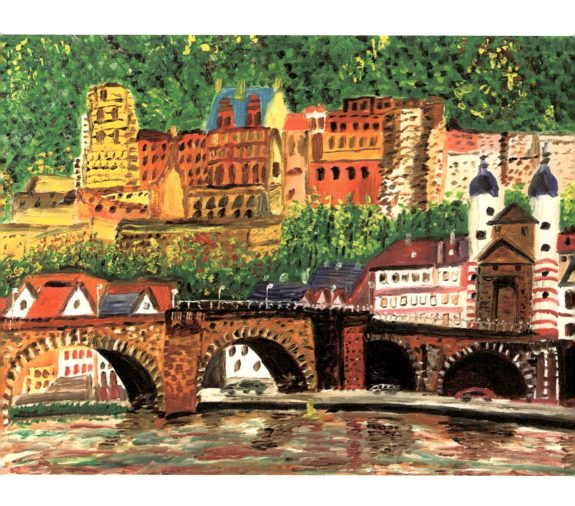

我与海德堡的不解之缘

女儿留学德国之前，我们全家对德国的了解少之又少，略知一二的德国城市，除了曾经的首都波恩和现在的首都柏林，恐怕就算海德堡了，因为这里有享誉世界的海德堡大学。1998 年女儿到德国凯泽斯劳滕留学，第一次出游就是去的海德堡，寄回来的照片上，15 岁的女儿，稚嫩的脸庞，笑眯眯的大眼，黑油油的短发别着一个蓝色的小发夹，站在海德堡著名的石桥上，身后是缓缓流淌的内卡河，背景是海德堡城堡对面的山坡，时值冬日，山坡上的草干枯发黄。时间又过去了几年，2003 年女儿毕业实习，选择了位于海德堡的奔驰公司，在长达 6 个月的时间里，每个工作日往返于海德堡和凯泽斯劳滕之间，妈妈的心也随着女儿不断地飞向海德堡。因此，与海德堡虽未谋面，但在我这个当妈的心里早就怀有一番特殊的情感。

等到我踏上海德堡的土地已经是 2005 年的夏天，女儿已在法兰克福工作和定居了。我们一行四人开车去海德堡游玩，我终于见到梦中无数次见到过的海德堡，并且在第一时间就爱上了这里。海德堡离法兰克福 80 千米远，大约 1 小时车程。每当我们的朋友从国内来法兰克福旅游，作为东道主，带友人游览海德堡都是我们多年的一个保留项目。迄今为止，我已经无数次地游览海德堡。但无论来了多少次，每次来海德堡都有新鲜的感觉。

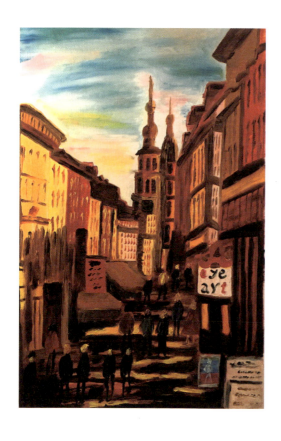

海德堡位于德国的西南部，坐落于奥登林山的边缘，整座城市傍内卡河而建。青山绿水间的海德堡，石桥、古堡、白墙红瓦的老城建筑、曲折而幽静的小巷，充满了浪漫和迷人的色彩。店铺鳞次栉比的步行街、中世纪建筑的大学校园、热闹的广场、安静的教堂，无处不充满着古老而现代的气息，空气中仿佛都飘浮着诗情画意。在许多人的心目中，海德堡是浪漫德国的缩影，没有一部世界文学史可以略过海德堡。19世纪，德国浪漫主义在海德堡发源和发展，从此海德堡成了德国浪漫主义的象征地和精神圣地。不知有多少伟大诗人和艺术家的传记中提及过海德堡，诗人歌德"把心遗失在海德堡"，马克·吐温说"海德堡是他到过的最美的地方"。

步出海德堡火车站，沿途景致一路看过来，转眼来到古老而现代的海德堡老城，由狭长斑驳的鹅卵石铺成的街道延伸至城市每个角落，皮鞋底敲打在鹅卵石上的声音，至今仍在我耳畔回响。刻满历史沧桑感的古堡残垣，和

尖顶错落的中世纪建筑，让人仿佛置身童话仙境，难怪歌德曾说，海德堡是个让他把心遗落的地方。这儿既是德国历史文化悠久的古城，也是闻名于世的大学城，是一个充满活力的传统城市。中世纪，它曾是科学和艺术的中心，如今的海德堡延续传统，在城市内和城市附近建有许多研究中心。曾在海德堡大学学习和工作的名人数不胜数，著名思想家黑格尔就是其中之一，于1817年发明自行车的卡尔·德莱斯也是海德堡大学的学生。二战时期，海德堡幸运地躲过了盟军飞机的轰炸，据说盟军空军中有些高级军官曾经是海德堡大学的学生，所以不忍心用炸弹毁掉古典而美丽的海德堡。

穿过繁华的步行街，不知不觉中我们就置身于海德堡大学的校园中，这是一座没有围墙也没有什么宏伟校门的大学。海德堡大学成立于1386年，早在16世纪，这儿就成为欧洲科学文化的中心，如今的海德堡大学声望不减当年。由于城内五分之一人口为学生，海德堡是全德居民平均年龄最小的城市。海德堡大学有新、旧两个校区，新校区建于20世纪30年代。校区建筑十分精美，园区绿树成荫，鲜花盛开，炎炎夏日，这儿俨然是城市居民和远道而来的游人避暑赏景的好去处。当然，参观海德堡大学不能不看这里的学生监狱，它位于旧校区东侧，至今仍然可以看到高墙上安装的铁丝网。所谓的学生监狱相当于学生禁闭室，不过的确是世界上绝无仅有的。始用于1712年的学生监狱，终于在1914年一战爆发时被停止使用。如果进到监房内，还可见到旧铁床和旧桌椅，而四壁和天花板上全是那时学生们的涂鸦。

再往前行就是集市广场，海德堡圣灵大教堂就在集市广场一侧、骑士之家的对面。1441年竣工的圣灵大教堂是海德堡老城内最大、最重要的教堂。教堂为巴洛克风格的建筑，有漂亮的尖塔，里面还有以日本广岛原子弹爆炸为题材的彩绘玻璃。在教堂的塔顶可以俯瞰海德堡的美景。这里既是一个旅游点，亦是一个让心灵可以短暂休息的地方。虽然欧洲每座城市都有教堂，但每座教堂也都有其与众不同之处。圣灵大教堂里烛光摇曳，人们静静做着祈祷；教堂外，泉水喷涌、鲜花绽放。集市广场上人声鼎沸，教堂内外形成一静一动、一暗一明的鲜明对比，给我们以别样的体验。

当然，人们来此几乎都是为了看闻名于世的海德堡城堡，它是海德堡的名片、海德堡的地标建筑、海德堡的风景线。海德堡城堡这座红褐色古城堡坐落在内卡河畔，雄踞于高出内卡河200米的王座山上，为选帝侯官邸的遗

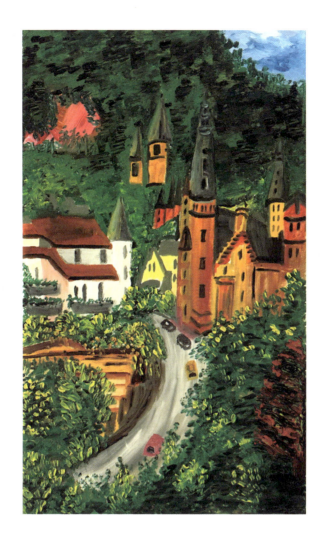

址。上山看堡有两种交通方式：第一，乘坐城堡专线缆车，从山下直达城堡，方便快捷；第二，沿城堡小路步行登堡。乘坐缆车省时省力，看到的风景是两侧茂密的森林以及山间蜿蜒曲折的登山小道。步行登堡，沿途可以欣赏自然景观，还可以在途中商店欣赏各种海德堡的工艺品，如明信片、各种杯具、挂件、摆盘、挂毯等等，所有的工艺品上都有海德堡城堡的图案。我将在这儿买的啤酒杯、冰箱贴、挂盘等陈列在家里或当礼品送人。

　　到城堡后我们先去了观景台，观景台一侧是城堡的残垣断壁，曾经辉煌的建筑只剩下了一面断壁，游客透过窗户看着碧蓝的天空，听着徐徐风声，思绪沉浮在它那不完整、埋进岁月的故事里。如今它既是海德堡的城市地标，也是德国建筑史上的一个传奇。观景台另一侧就是直面海德堡城和内卡河的最佳位置。从这里可俯视狭长的海德堡老城、清澈蜿蜒的内卡河、横跨内卡河的石桥，以及河对岸植被茂密的山坡，当然还有那闻名世界的哲学家小径。

　　购票入内正式参观海德堡城堡。城堡用红褐色的内卡河砂岩筑成，内部结构复杂，包括防御工事、居室和宫殿等。城堡始建于 13 世纪，历时 400 年才完工。因建筑风格不断变化，形成了哥特式、巴洛克式和文艺复兴式三种风格的奇妙混合，为德国文艺复兴时期建筑的代表作。该城堡曾经在中世纪两次被雷击，在后来的多次战争中损毁严重，城堡主人选帝侯家族也迁居曼海姆，被遗弃的城堡后来有一部分得以修复重建，至 19 世纪末主体建筑才恢复原貌并开始使用。

　　城堡里有两个特别的设备，一个是"大酒窖"，另一个就是"大酒桶"。大酒窖内装满了一桶桶的葡萄酒，这些大大小小的大酒桶，总共可以贮藏 28 万公升的酒。倘若一个人每天喝一公升的葡萄酒的话，连续喝 685 年才能喝完这些桶里的酒呢！此外，地窖旁有两个橡木桶，直径分别为 3 米和 1 米，当初之所以会建造这么巨大的酒桶，除为了应付城堡中众人饮酒的需求外，也是贵族们从佃农那收缴葡萄酒后最好的储存酒的方法！游人可以登上 3 米大酒桶参观，亲身感受一下酒桶的奇大无比，这样的大酒桶在其他德国城市也不多见。

　　城堡内还有一个药类博物馆，从馆藏的展品、制药设备及制药过程来看，

很像中国的中药。第一，也是中草药，用什么植物做成的药还附有植物照片。第二，制药过程很像中国人熬制中药的过程，熬煮植物后用提取蒸馏水的方式获得药剂，再制成药丸。怪不得德国人很相信中医针灸、按摩等。20 年前当我第一次到德国时，阿登纳中学的一位老师就很好奇地向我打听中国的针灸技术，并且令我惊奇的是，她对针灸的了解比我这个中国人还多。在成都中医药大学附属医院就医看病时，也总能看见中医药大学的老医生带着德国年轻的医学学生给病人看病的情形。

　　从城堡下山来，沿着内卡河畔走走，欣赏一下沿河的建筑和河上的风景，是一次难得的享受。内卡河作为莱茵河的一条重要支流，宛若飘带一般将整座城市一分为二。横跨内卡河的石桥——海德堡古桥——是海德堡美景和灵气的点睛之笔，是除古堡之外的海德堡的另一象征。海德堡古桥是海德堡横跨内卡河的第一座九拱石桥，建于 1786 — 1788 年间。桥上有两座雕像，分别是选帝侯以及希腊神话中的雅典娜女神。桥旁还有一个猴子铜像，猴子手中拿着一面镜子，下面还有两只小老鼠。经过此地的人大多要去

摸一摸镜子，据说抚摸镜子可以带来健康，抚摸老鼠可以让你多子多福。海德堡古桥横跨内卡河南北两岸，河南岸的桥头上一座有着两个高大塔楼的桥头堡巍然屹立。站在古桥上，山上那红褐色的古堡、脚下美丽的内卡河、两岸的秀丽风景，构成了海德堡最美的明信片。

走过海德堡古桥，位于圣山南坡的半山腰上就是著名的哲学家小径，这是一条长约两千米的步行小径，风光旖旎，清幽静谧，许多著名学者和作家如黑格尔、歌德、荷尔德林等，都喜欢在此散步，捕捉思想灵感，此径故得名"哲学家小径"。从山脚沿坡上行，在一个狭窄的路口，可以看到明显的入口标记，走进去，就踏上了著名的哲学家小径。这是一条隐藏在绿树丛中的道路，狭窄陡峭。空气中弥漫着青草的清香，石壁上的苔藓绿得发亮，石块历经岁月斑纹陆离。顺坡而上，来到半山腰，小路旁陆续出现供人歇息的长椅。山腰间有一块半圆形平地，被称为"哲学家小花园"，门口竖着一块奇特的手掌形纪念碑，掌心写着："今天你哲学过了吗？"花园周围还竖有许多纪

念碑供游人品读。这条小路仿佛带着游人穿越历史，见证人类的思考和进步，引领人类从黑暗走向光明。走在这条小路上，踩着先哲的脚印，越往前越能感受到历史与责任的深厚沉淀。顺着山腰道路继续前行，道路逐渐宽阔平坦。转头回望，老桥、古堡、山川，千姿百态，尽收眼底，宛如一幅古老神秘又波澜壮阔的全景画卷。

　　海德堡像一本无字的书，每读一遍都有新鲜而独特的体会。女儿和我与这儿结下的缘分还在继续，我们还会无数次地来到这里，续写我们与古城古堡的故事。

TOUR & PAINT GERMANY

画游德国

驾行莱茵河、摩泽尔河

　　今夏，姐姐、姐夫携十岁孙女蕴蕴来法兰克福旅游。作为东道主，女儿、女婿早在半年前就开始谋划带我们一行人出游摩泽尔河。旅游路线、游览景点、住宿酒店……一切交由女婿打理，我也乐得清闲，不用费周折做什么攻略，权且当一回甩手掌柜。

　　7月15日（周五）我们一行七人分乘两辆车，从法兰克福出发，开始我们的莱茵河、摩泽尔河之旅。大名鼎鼎的莱茵河无人不知无人不晓，但是知道摩泽尔河的人却不多。摩泽尔河，亦译为"莫塞勒河"，是仅次于莱茵河的德国第二大航运河流，被称为"德意志之母"。摩泽尔河区域是德国雷司令葡萄酒产地，沿河两岸的山坡上全是葡萄园。这条线路所经之地是德国人传统的度假胜地，这将是一次轻松惬意的家庭度假游。整个旅途都是两车两驾，我和严先生乘坐女婿的车，姐姐、姐夫和小蕴蕴乘坐女儿开的车，一前一后相伴而行。

　　从法兰克福驶出，不足一小时我们来到旅程的第一站 Gersir，Andernach。小镇位于莱茵河畔，Gersir 是"间隙泉"的意思。我们此行第一个景点就是

Andernach 小镇，看间隙泉。来到小镇，停车，登河畔古堡。

古堡外石碑上依稀可见的字迹记录着它沧桑的历史。古堡上，巍巍矗立着一尊女神石像，女神日夜俯瞰着德国第一大河——莱茵河在脚下奔流不息。数百年来，它静静伫立在河畔的古堡上，见证了莱茵河的春去秋来潮涨潮落。古堡下，莱茵河水匆匆流去，两岸青山倒映在绿水中，河面游轮来来往往，河畔人家红顶白墙点缀着绿水青山。

Andernach 小镇虽小，却有一座不一般的博物馆，馆内大量图片文字讲述了百年前人们钻井采矿的历史，我们随游人乘坐缆车深入地下矿井，体验当年采矿实景。最使人感兴趣的是大厅里有很多仪器设备演示间隙泉形成和喷发的原理，参观者可以自行操作，以观察间隙泉形成和喷发的情景。大人小孩兴趣盎然，争相参与操作互动。女儿首先尝试，小蕴蕴紧随其后，严先

生不甘落后，我们饶有兴趣地一个接一个玩着。

　　参观完博物馆，我们乘坐下午3点的轮渡上岛观看间隙泉。乘船的人不少，游轮不断驶过两岸小村庄，碧水蓝天下童话般的乡村生活，令人羡慕憧憬……

　　到达间隙泉，我们等待了大约10分钟后，间隙泉开始喷发。间隙泉喷发的最高高度估计有30米，喷发历时30多分钟，场景蔚为壮观！我曾经去冰岛看过位于雷克雅未克附近黄金圈的盖歇尔间隙泉，那里的间隙泉是温泉，每隔几分钟喷发一次，持续两三分钟。这里的间隙泉是冷水泉，一天只喷发三次，但水量大得多，喷发高度也更高。

　　喷泉旁专门备了一桶泉水供人们品尝，我当然不会放过这样的机会，舀了一瓢水倒在手心里尝了尝，有点咸咸的味道，用手摸一摸，滑滑的，水里应该富含多种矿物质。喷泉四周矗立有好几个标牌，上面图文并茂地记载着哪一年喷泉水量多少以及达到的高度，我们虽然不懂德语，看图也能知道一个大概，总之这个喷泉的水量和高度似乎在缓慢增加。

看完间隙泉喷发，大家乘船离开小岛。现正值暑假期间，全家老小出动的不在少数。游人五颜六色的衣装与清清的河水交相辉映，煞是好看。船行途中，看着岸边山坡大片大片绿油油的葡萄园，我心中又是一番感慨——但求一幢房，面向莱茵河，背倚葡萄园，绿水门前过，青山绿油油，该有多幸福啊！

下船，回到小镇，城门右侧一尊高大的雕塑吸引了我的注意力，含着烟斗的老将军似乎想给过往行人讲述历史故事呢。历经百年沧桑的城墙，当年的雄姿仍在。千百年来，铁打的城门，流水的过客。

德国人喜欢读书，无论在公园长凳上还是火车或地铁上都常看见他们

捧读书籍的身影，所以城堡公园设立有书柜也不足为奇。

城堡一侧掩映在树丛中的教堂大约也有上百年历史了。虽然城堡已经是残垣断壁，只留下颜色发黑的城门、城墙和空空的塔楼，曾经的华丽辉煌已不在，但园内的绿树红花仍然年年岁岁红红绿绿。我们走走停停，随手一拍皆美图，这就是自由行的乐趣。

Andernach 小镇虽小，也不是什么有名的旅游景点，但这里的路牌仍然清晰地给游人指路导航。路牌旁边还矗立着小镇的镇徽。

再见，Andernach 小镇！美丽而恬静的小镇！

我们再度上路。

傍晚时分，我们驱车来到了今晚的住宿地——科布伦茨。摩泽尔河在此汇入莱茵河，两河合流之处被称为"德意志之角"或"德国之角"。莱茵河被德国人民称为"父亲河"，摩泽尔河被称为"母亲河"。莱茵河辽阔浩瀚一泻千里，像父亲宽阔的胸怀、厚实的肩膀，担起了养育德国人民的责任；摩泽尔河婉约大方，似母亲温暖的怀抱，用甘甜的乳汁哺育着德国儿女！

这是我第二次科布伦茨之旅。三年前的夏天，我与朋友乘坐游轮从美因茨起航，花了六个半小时到达科布伦茨。据说这一段河道是莱茵河最美的一段，两岸全是葡萄园和几乎与河面齐平的小镇，小镇大多是德国典型的木桁架结构房屋，两岸还高高低低矗立着大大小小数十座城堡，风景别致。正所谓，丘陵葡萄，深山峡谷；古堡高耸，教堂林立；木桁架民居，鲜花怒放；风景秀丽，山水相融。

今晚的住宿地 Mecure Hotel 立于河畔高处，米色大楼十分醒目，我们的房间在十楼，直面莱茵河，河畔景色尽收眼底。放下行装，我们开始今天的压轴项目——登城堡、听音乐会。酒店前方不远处，河畔石碑上写着：科布伦茨被联合国教科文组织列入世界文化遗产名录。穿过城门洞，我们准备搭乘缆车上城堡。

最吸引我们注意的是河畔的木桁架房屋，木桁架房屋是典型的德国房屋建筑式样。凡到过法兰克福罗马广场的国人，对那里的木桁架房屋一定有很深刻的印象。不过，法兰克福的木桁架房屋都是二战时期被炸掉后重建的，科布伦茨也未能幸免，只有在一些不太知名的小镇，可以看到古老的木桁架房屋。这次摩泽尔之旅让我大饱眼福，欣赏了小镇数不清的木桁架房屋。

在莱茵河的滋养下，参天大树随处可见。矗立河畔的石像，是守护神还是出征的将士，不得而知。在两江交汇处的德意志之角对岸山坡上，高高矗立着科布伦茨城堡，岁月抹不去它的辉煌历史，滔滔江水带不走它的富丽荣华……

缆车跨江而过直达科布伦茨城堡。此刻，缆车高高运行在江上，俯瞰滔滔不绝的莱茵河水在脚下流淌，心中油然而生一番壮志凌云的感觉！我姐不禁感叹："人要多旅游，到了另一个地方就好像又过了一生，多走一个地方就是多过了一生！"想想有道理！虽然我已经来过科布伦茨，但时隔千日，昨日携朋友，今日与家人，感觉不同，恍若又一生！

从缆车上俯瞰夕阳照耀下的德意志之角，正下方宽阔的河流是莱茵河，远处弯曲流淌的为摩泽尔河。这次来正赶上一年一度的科布伦茨城堡音乐节开幕，历时三天的城堡音乐节今日开幕，赶得早不如赶得巧！女儿、女婿酷爱音乐，尤其女婿为甚，从高中起组建重金属乐队，业余排练演出，历时近二十载，参加音乐节当然要纳入他的旅游计划！

德国人一年四季各种节日数不胜数，除了大家熟知的圣诞节、复活节、母亲节、父亲节等，还有河岸节、音乐节、狂欢节、嘉年华……还有很多很多我们叫不上名的节日。我这十几年在德国大大小小的城市见识了不少不同节日，加入其中或是纯

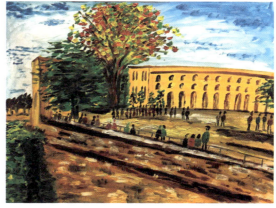

粹旁观，都很受欢乐气氛的感染。音乐节宣传册上的城堡地图，最醒目的地方就是 WC，多人性化！山顶鲜花盛开，我们顾不得细细欣赏，迫不及待直奔城堡。

城堡内舞台上乐队正在演出，台上台下嗨翻了天！小吃摊上最抢手的还是德国人最爱的啤酒，来音乐节当然少不了一杯啤酒。临河的城墙是观河上风景的最佳地点，人们端着杯子，品着小吃，站立城墙上，德意志之角的风景尽收眼底，夕阳把金色的光芒尽情抛洒在莱茵河面上。

夜色朦胧，广场上的人们仍欢歌劲舞。天色渐渐暗下来，对岸市区隐没在璀璨的灯光中。德国的 7 月正是一年中白天最长的月份，晚上 11 点，天也还没有全黑。音乐节是年轻人的世界，女儿、女婿自然要玩到夜深，我们老老小小先期打道回府。残阳如血，缆车掠过朦胧的莱茵河。

闻鸡即起，我要好好享受一下清晨的科布伦茨，湿润的空气，袅袅的轻烟，赤脚踩一踩带着露珠的青草，看看晨跑和遛狗的人们，在莱茵河畔静静地走一走……

上次来科布伦茨只能算过客，蜻蜓点水般掠过这山这水这城这堡。今天有半日闲暇时光，女儿、女婿补昨晚的瞌睡，我约上姐姐、姐夫、小蕴蕴到处走走看看，严先生自顾自拿着单反去各处拍照。

丹赫凯勒博物馆位于科布伦茨莱茵河的西岸。清晨八时许，博物馆自然

没有开门迎客，但我们意外发现博物馆庭院的门开着，便试着走入。庭院很大，整齐对称的花园，一看就是昔日的皇宫改建的。鲜花姹紫嫣红，树木葱绿繁茂，草地露珠晶莹，喷泉、雕塑错落有致……昔日的皇家园林今为黎民百姓观赏休闲所用。周六的清晨，偌大的庭院任由我们恣意享用。姐姐、姐夫各自拍照，我乐得当一回摄影老师教小蕴蕴选景拍照。

前方这幢建筑是有名的科布伦茨军事技术博物馆大楼，据称里面有很多坦克和其他武器珍品，颇受军事爱好者的青睐。建筑正面，威严庄重气宇轩昂，

看这模样就不是一般的建筑。

曾经看过一些资料讲，德国很多大中城市建筑在二战中毁于战火，战后，德国妇女自觉走上街头，捡拾每一块残砖断瓦，后来这些残砖断瓦全被用于重建。我见过特里尔的城墙，一半是黑乎乎的残垣断壁，另一半则是新建城墙。德累斯顿市中心的皇宫、圣母教堂也都是战后重建，整个建筑新旧掺杂，那些黑乎乎的残砖分明还残留着当年燃烧弹扫过的痕迹。往事并不如烟！

河畔建筑右上方的三颗星，向过往行人亮出了它的身份。这里一处残垣断壁，是不是当年炮火留下的痕迹，我们不得而知。断壁旁鲜花盛开，绿树成荫，前方教堂尖顶直插云天。每当人们走过这里，心里是否会荡起一丝涟漪？

这是怎样的雕塑？设计师是否就是让人们自己去解读？小山坡顶上有一堆横七竖八的金属制品散落在一角，有些像长矛大刀，有些就是纯粹的几何图形，有些分明是人的眼睛。虽然不解其中含义，但我们仍然好奇地揣度着作者想要传递的信息。

我们不知不觉来到德意志之角最著名的建筑——威廉一世的骑马雕塑前，雕塑总高 37 米，其中骑士像高 14 米。第二次世界大战即将结束的 1945 年 3 月 16 日，威廉一世骑马雕塑被美国军队的大炮严重损坏。据史料记载，是艾森豪威尔下令摧毁的，因为他担心德国士兵以纪念雕塑为掩护进行反击。

在美国军队的炮火之下，散落的雕塑从底座上摔下，掉进莱茵河，铜制雕塑
最终被完全拆除，仅存的威廉皇帝的头像现存于科布伦茨的莱茵河中游博物
馆中。20 世纪 90 年代，两德统一后开始重建，1993 年 9 月 2 日，新雕塑落成。
9 月 2 日这一天在德意志帝国时期是"色当日"，以纪念 1870 年 9 月 2 日普
鲁士军队在普法战争中在法国城市色当附近的决胜一战。2002 年，德意志之
角作为莱茵河中上游河谷的一部分，被列入联合国教科文组织的《世界遗产
名录》。

　　登上 37 米高的威廉一世骑马雕塑，俯瞰德意志之角，右侧为德意志父亲

河——莱茵河，左侧为母亲河——摩泽尔河。两河交汇于此！莱茵河，游船驶过，汽笛声声；摩泽尔河，蜿蜒曲折，静静流淌。

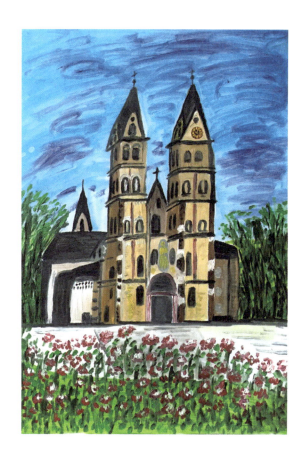

高层建筑在科布伦茨也是不太多见的，基本都是一两层高的房屋，有的是民居，有的是商铺，街上到处都是雕塑，颇有情趣。店招很有创意，墙上涂鸦也很艺术。周六上午人们大多睡懒觉，休闲在家，仿佛整个科布伦茨街道就我们几个人影在晃动。

11点，酒店退房，然后去餐馆，喝杯咖啡，再来块蛋糕、比萨、烤肉……早餐、午餐一块儿解决。临近中午时分，我们再度出发，沿着摩泽尔河向前驶去。半小时车程，驶过一不知名小镇时，两岸风景秀丽，小镇建筑别致典雅，我提议下车看看。自驾出游的好处就是可随意安排行程。

摩泽尔河畔，小游船依次停靠在码头。相较于莱茵河的宽阔浩瀚，摩泽尔河小巧玲珑，这儿没有莱茵河那样繁忙的水上交通运输，是供人们度假休闲的水域。所以，摩泽尔河畔到处都能看见这样停靠游艇的小码头。对岸，火车飞驶而过。已经过了中午，店铺才陆续开门迎客。摩泽尔河畔人们的生活慵懒而惬意。

大约用了半小时，我们随便转了一圈之后上车离去，前往下一个目的地，来到小镇咖啡店，咖啡、热巧克力、冰激凌、蛋糕……各取所需，吃饱喝足，出发登山看城堡。

前方，几个上了年纪的人穿着皮鞋、拄着棍，就这样也叫登山？！对于我们这些四川人，登这种山小菜一碟。女儿、女婿走在前，我们紧随其后。中途遇到几个小朋友，自己走路不说，还打着赤脚，真的佩服老外，会走路的孩子家长就不会抱。

看到城堡了，胜利在望！要知道这座城堡在德国数千座城堡里排名第三（或者第四、第五，总之，前五没问题），它就是大名鼎鼎的埃尔兹城堡。埃尔兹城堡坐落在埃尔兹巴赫河畔，始建于公元 12 至 16 世纪。它就像童话故事里的

古代城堡一样，带有尖顶、塔楼和神秘的建筑线条。埃尔兹城堡是德国保存最完好的古堡之一，它是少有的从未受到人为破坏和战争摧残的城

堡，在第二次世界大战中也躲过一劫。如果你有收集钱币的习惯，在原来的德国马克上也能见到它的身影，500马克正面就有它的雄姿！

今天天气不好，上山的路上没有见到很多人，结果登堡后发现人还不少！休息一下，再来杯咖啡。德国人走到哪儿都先找咖啡店，再说接下来的行程。

堡内墙上悬挂着一枚硕大的徽章——金色的皇冠，代表王权；狮子，当然是勇气和力量的象征；字母Z代表什么，我们不得而知。

站在城墙上远眺，堡下一条小河蜿蜒流过，崇山峻岭树木葱茏，野花野草恣意生长。

没有进堡参观，有些遗憾。本来女儿问我进不进去，如果我去，她就陪我。我看大家都不打算去，不好意思让大家久等，只好作罢。不过，大家对礼品店的冰箱贴和明信片倒是很感兴趣，毕竟曾经的德国 500 马克上就有埃尔兹城堡。不知是对 500 马克感兴趣，还是对城堡情有独钟，抑或兼而有之。女儿给我买了一张 500 马克的明信片，给她婆婆也买了一张，一碗水端平。我另外买了两个，准备送梓烨和然然两个小朋友。蕴蕴也买了冰箱贴和明信片，说是送同学。大家满载而归！

看过埃尔兹城堡后，大家下山，上车，马不停蹄奔向下一个目的地——Geierlay 大吊桥。

驶离了摩泽尔河畔，车沿着弯弯曲曲的盘山路往上行驶，两旁全是茂密的森林，满目翠绿，心旷神怡。我最喜欢德国公路两旁的树木，德国森林覆盖率高达 40%，名不虚传！

突然，迎面而来一个摩托车队（四五辆黑色奔驰摩托车），风驰电掣般呼啸而过，吓得我心惊胆战，差点叫了起来。说实话，在德国这么多年，还是第一次见到这般情景。想来也只有在这样僻静的公路上才可能上演如此飙车一幕！

盘山公路一直往上，三四十分钟光景，我们来到小镇。我说是小镇，女婿纠正说是村庄，而且村庄可能都谈不上。路旁十几幢房屋，每一幢建筑都独具匠心，每一家人的花园都令人赏心悦目，到处都鲜花盛开、绿树成荫。村子中心有一座小小的教堂，十字架立于屋顶，它属于最高建筑，教堂旁边

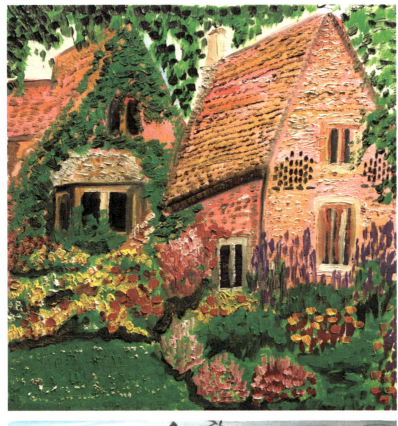

的墓园干净整洁，绿树掩映，红花点缀。

穿过村庄，扑面而来的是大片大片金黄色的麦田，微风吹拂，麦浪滚滚。美丽的风景，多彩的生活。麦田金色一片，田边红红的罂粟花在风中摇曳。"看，风能发电杆！"我们第一次与风能发电杆亲密接触，连连惊叹。平日里，在德国高速公路上，时不时会看见路两边有这样巨大的风能发电杆，都是一闪而过，还从没有这么近距离地仰视它。

2015年1月7日，德国《世界报》网络版援引柏林知名能源智库Agora Energiewende的消息称，2015年德国可再生能源发电量再创新高，占比增至32.5%，较2014年（27.3%）增加了5个百分点，风能发电较上一年增加50%。风能发电，清洁能源，带给人们的不仅仅是光明与动力，还有别样的风景，别样的美丽！

　　到了大吊桥，哇，有点吓人！1000米长的大吊桥敢走吗？！考验每个人意志的时候到了！女儿、女婿奋勇向前，严先生紧随其后，我本来有恐高症，看看姐姐上去了，小蕴蕴也上去了，我只好强装镇定，战战兢兢跟随其后。刚开始时，两手紧紧抓着两边的钢绳，一步一步挪动脚。一会儿工夫，好像没那么可怕了，慢慢放开双手，居然还忍不住掏出手机拍桥下的风景！

　　总结一下，这次过桥不害怕的主要原因有三。第一，对德国制造的高度信任，只要看看德国厚重敦实的门窗，就可知德国产品的质量，绝对可靠！第二，虽说这往返千米的大吊桥也有几百米高，但下面全是茂密的森林，树高就有好几十米，感觉就不那么高了。第三，绿色使人安静平和，视线前后左右一片又一片绿色，深绿、浅绿、油绿、墨绿，自然令人心旷神怡。看，小蕴蕴一点儿也不胆怯地走过来了！严先生过来了，姐姐过来了，我也走过来了。只有姐夫一个人留在对岸，没敢走。我想他要是和我们大部队一起走，估计也过来了。真可惜！

大吊桥 2015 年才建好，崭新的，怪不得刚才我们行驶在路上，上山的公路崭新，想必是专为大吊桥而新建的配套设施。我们算不算是第一批来此地探险的中国人呢？如果今后国内有朋友要来摩泽尔自由行，一定不要错过了此地。

天色渐暗，我们抵达今日的住宿地摩泽尔河畔小镇科赫姆，入住依山傍水的 Moselstern Hotel Brixiade。

对照这幅图，看看我们今晚驻地的地理位置。横着的那条是莱茵河，竖着的是摩泽尔河。绵延550多千米的摩泽尔河发源于法国东北部，沿着卢森堡边境进入德国，从特里尔开始，经过一番蜿蜒曲折在科布伦茨与莱茵河相遇。

摩泽尔河景色最迷人的河段就位于我们今晚下榻的科赫姆和贝恩卡斯特尔之间，长约72千米。科赫姆是沿河旅行者经常会停留的城镇。这里的赖希斯城堡（又被称为"帝土城"）值得一看，因为没有几座十字军城堡能像这座城堡般精致浪漫，保存完好。

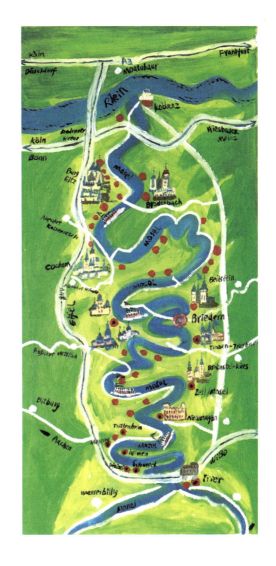

入住酒店，房间阳台直面摩泽尔河，阳台上鲜花盛开，风景绮丽。我们坐下来，打开一瓶摩泽尔河的雷司令酒，看河景观落日，酒不醉人人自醉！入夜，对岸科赫姆城华灯初上。蓝色夜空中科赫姆莱希斯城堡屹立山顶，在德国数千座城堡中唯有这座十字军城堡最浪漫迷人。赖希斯城堡角楼众多，

夜空下灯火闪烁，显得更加璀璨、浪漫、神秘！

前方高处右边的光亮点是矗立山顶的巨大十字架，那是我们明天的又一个登项目标。

夜更深，天更蓝，灯光更璀璨！这是一个童话般的世界！摩泽尔河畔最后的一片落日余晖，半江瑟瑟半江红。快午夜了，我还舍不得进房入睡。夜深人静，倦鸟归巢，摩泽尔河睡了，我也要睡了。

有人说，酒香四溢的摩泽尔河像一位贵妇人，优雅而高调，仿佛金色的酒液般流淌……今夜，我醉了！

新的一天开始啦！

清晨的科赫姆恬静优雅，摩泽尔河静静地流淌，哥特式晚期风格的赖希斯堡君临于老城之上。

我一直以来都以为：认识一个地方最好的方式就是看它的一早一晚，清晨的宁静，夜晚的灯火，一个人或两个人漫无目的地游逛。

早餐八点开始，还有一个多小时的光景，我和严先生同时出门，各奔东西，寻找各自的欢喜。科赫姆老城中有多个中世

纪广场、经良好养护的桁架木屋和凸现摩泽尔地区风格的华丽建筑。2000 年的历史不仅为科赫姆及其周边地区留下了宝贵的建筑遗产，还有许多珍贵的民俗和葡萄酒酿造的传统。窄窄的小巷，空中的藤蔓，空无一人的街道……这里的清晨静悄悄！看，绿色的阳台、心形的葡萄藤，这里一定住着一位优雅时尚的女主人！在河畔长椅上静静地坐着，什么都不想……

八时，回到酒店，一顿丰盛的早餐后，我和姐姐、姐夫、小蕴蕴出发登堡。从酒店过桥，再经过老城区。穿过小小的城门洞，走上了窄窄的小道。要上城堡，先过此关！一直上行就是赖希斯堡。

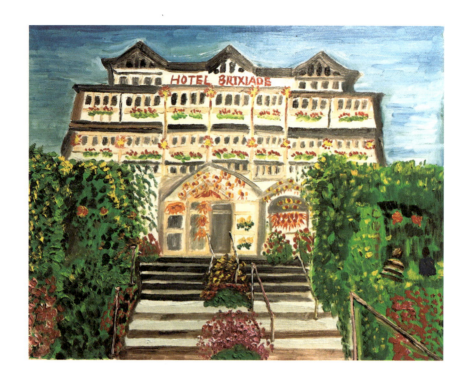

　　我和姐姐、姐夫、小蕴蕴登堡，走到半路姐夫走不动了，姐姐留下陪他，最后就我和小蕴蕴两人登上了城堡。其实，姐姐他们已经离堡很近了，往上再爬几十米就可以看见城堡大门。有时候，胜利就在眼前，坚持一下就好。

　　我和小蕴蕴进城堡探秘！城堡由三堡组成：下堡——城门洞进来就是下堡；中堡——由旗堡的"老皇宫"和有八角楼塔的"新皇宫"组成；浪漫的上堡，它和城堡的主塔、露天塔是城堡最古老的部分。

　　城堡需购票进入，由一名解说员带领着一个房间一个房间参观。我们一行七八个人，讲解员大叔倒是尽职尽责地讲解，只可惜我和小蕴蕴一个字也听不懂，但还得耐着性子做聆听状。好在，大叔先问我是不是韩国人，我回答自己是中国人，他居然从一沓资料里取出来中文版的讲解给我和小蕴蕴。所以，我们边听讲解边看资料，知道他讲解的内容的大概意思。

　　豪华的饭厅里有一个 4.5 米宽、5 米高的巨大碗橱，哥特式房间里陈列着 15 世纪的装饰柜，罗马式房间天花板上装饰着四项基本道德的象征图——勇敢、节制、正义、智慧。夫人房、小姐房，青花瓷的大壁炉用于取暖。我仔细看了一下，青花瓷的大壁炉上每一幅图都不相同，不简单！房间墙上和过道墙上都挂着 18 世纪意大利的绘画艺术作品，王后公主们的娱乐活动跃然画上。天花板上枝形吊灯上的女性，是中世纪时抵挡恶魔的象征。大客厅有好几百平方米，陈列有来自日本的大瓷瓶、精致的雕塑、17 世纪意大利绘画。城堡内最大的一个房间，集各种珍贵的绘画、雕刻制品、壁画、挂毯于一室。狩猎屋有一个珍稀的 16 世纪的柜子。墙上四周挂着鹿头。

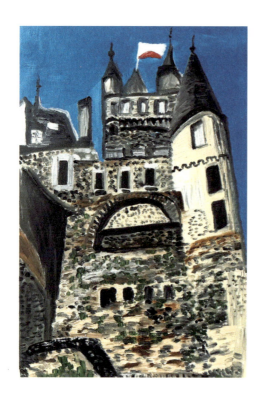

站在城堡阳台，脚下就是摩泽尔河，你就会明白为什么在 1000 年前在此建一座城堡。原来城堡建在此地，可以居高临下控制整条河流的运输业，中世纪的摩泽尔河是联系德国和法国的主要水上通道。赖希斯城堡曾是一座海关城堡，用一条锁链封锁摩泽尔河，锁链由绞车和绳索控制升降。一夫当关，万夫莫开，留下买路钱方能通过。

城堡与河面垂直高度 100 多米，登高望远，摩泽尔河风光一网打尽！从城堡出来，城墙根儿下有一方水井。听说水井深达 50 米，水质当然是最优良的，这里曾是城堡里唯一的饮用水来源地。

告别城堡，回到河边，与姐姐、姐夫会合。女儿他们退房后出来与我们会合，我们一行人向着另一个山坡进发！昨晚看见山坡上那亮着灯的十字架，就是我们的下一个目标。右边那条弯曲的山路是另一条登山路线，山在哪里，我的心就在哪里！

可惜大家都要坐缆车，我也只好跟随。其实山不高，山路也好走，如果是我一个人，根本不会选择乘缆车。现如今，年轻人比不上老年人。女儿经

常开我玩笑："哪个敢和你比？你是超人妈妈！"到了山顶，鸟瞰科赫姆城，赖希斯帝王城堡在右前方。身旁就是昨晚从房间里看见的矗立山顶亮着白光的巨型十字架。随手抓拍了一张严先生和女儿的美照，老帅哥和小美女相当抢眼。

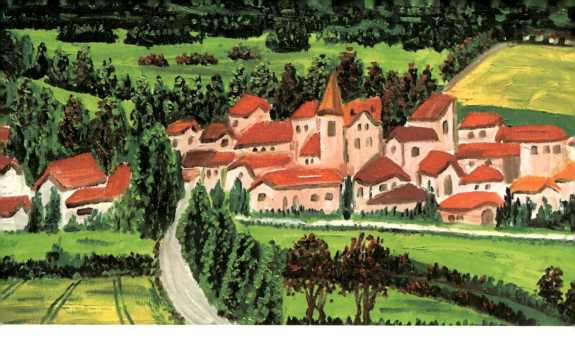

　　乘缆车下山，奔下一个目标！女婿说有一个神秘的地点在等着我们，那里应该算得上 20 世纪德国最大的一个秘密基地！胃口吊起来了，每个人都充满了期待！

　　驱车离开科赫姆市区，大约半小时光景，经过几幢散落的村舍，车停了下来。我很奇怪，不是要去看二战后冷战时期德国最大的藏金地吗？转念一想，嗯，车停在这儿，准备登山吧！停好车，看见路边有一个指示牌，我随口一问："这是什么？"女婿说："这儿就是我们要看的金库啊！"我有些茫然了，原以为金库不在深山老林，就在幽静峡谷，再不就是悬崖峭壁上，怎么可能藏身于民居里？原来，故事情节是这样展开的，20 世纪冷战期间，为了应对核战，德国在位于科赫姆市的这个小村庄修建了德国央行紧急储备金库。这样幽静的小村庄，居民怎么也没有想到他们住在一座巨大的金库上，每天踩在金库上生活，每晚枕着成堆的钱睡觉！

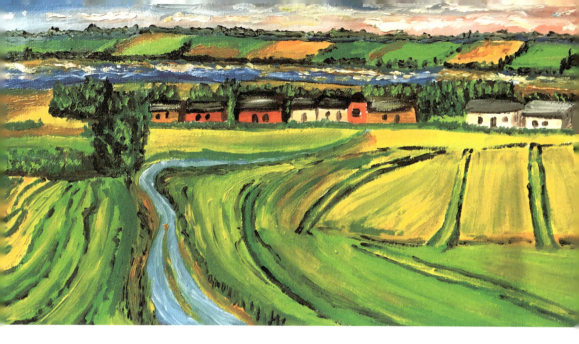

　　最早金库所在地是一位牙科医生的诊所，政府买下来后建成秘密金库。如果发生核战争、大规模通货膨胀或假钞大量涌入的情况，西德央行就将动用它们。金库 1964 年开始使用，1988 年停用，历时 24 年。沉睡 26 年之后，2014 年，当地一对夫妻买下金库，把它改造成博物馆，2016 年 3 月 18 日才正式对外开放。

　　感谢女婿用心做功课，让我们这次摩泽尔之旅跌宕起伏、精彩纷呈，昨天在大吊桥的经历算得上历险，今天是一次完全意义上的探秘！

　　进入金库必须有讲解员带领，带领我们参观的这位讲解员，年纪不小。今天上午在赖希斯城堡参观的讲解员也是一位大叔，德国人的退休年龄现在是 65 岁，再过些年会达到 70 岁。所以，我们不仅会遇到德国大叔讲解员，完全可能见识到德国爷爷讲解员！

金库位于地下30米深处，最低温度零下10℃。金库由一套隧道系统组成，总长度大约300米，总面积超过8000平方米（包括管理员办公室，卫兵住宿地、食堂、浴室等设施）。它的墙体为厚度达一米的混凝土构成，隧道内的门重量达一吨，以抵御核爆炸冲击波。

讲解员告诉我们，当年金库的选址颇有深意。这个村子位于河谷中，一旦西德遭核弹攻击，村子幸免于难的可能性较大。修建金库时，政府告诉村民这是民防设施。在隧道入口处故意设置了一些长凳，说那就是给民众躲避战火用的。直到金库废弃后，村民们才知道自己20多年来一直被蒙在鼓里。

这段讲解算是解开了我刚开始的疑问！一道又一道铁门进去，每一道都有一吨重。严先生是我们家的专业摄影师，随时随地摆开姿势拍照，一副很专业的样子！看，这道重达八吨的门是金库最后的防线。进入装钱的仓库，地面架空以防潮，编了号的装钱纸箱整齐排放之上。金库里存放着联邦德国中央银行特别印制的钞票，与当时流通的钞票不一样。这里存放的钞票多达116亿马克！！！折合多少人民币？应该有500多亿！办公室里存放着当年使用的打字机，一字千金恐怕都不止！墙上贴着的是金库结构示意图。

出了金库，我仍然觉得有些不可思议，还一个劲儿地问女儿，这么多钱运进来肯定有荷枪实弹的士兵守卫，难道村民一直都没有怀疑过吗？德国人是不是太好糊弄了？！政府说什么就是什么！

参观德国秘密金库，极大地满足了我们的好奇心，一路上大家都很兴奋地谈论着此事。

　　接着，我们驱车来到摩泽尔河畔租船处，准备划船。来摩泽尔河畔的人一般就做三件事——登山、跑步、划船。德国人的生活比较简单，也比较健康，在德国住久了，我越来越喜欢这样的生活方式了。

　　我们精神抖擞，整装待发，行船靠右，各行其道。前几天，我与女儿、女婿去美因河，算是第一次在德国河上划船。大船经过时，大浪推过来，我们的船左右上下颠簸，吓得我脸色都变了。今天，我已经算是老手了，不惊不诧稳稳当当地坐着，有点小小的得意。遇到逆流时四人同心协力用力划，顺流时不用使劲儿，悠哉游哉看风景。

　　划船结束，我们直奔酒店。Bomers——今晚入住的酒店，外观不错，是镇上唯一的酒店！酒店大堂虽然不大，但温馨别致！橱窗有点情调，这里也是酒店的餐厅，明天的早餐就在这里享用。酒店院子鲜花盛开，旁边还有一个沙龙，十分惬意。

晚餐后，我们出门转悠。走过小镇广场，街道两旁的房屋的墙上和横着的架子上都爬满了葡萄藤，空中横着的也是葡萄藤，藤上密密匝匝结满了葡萄。摩泽尔河畔漫山遍野都是葡萄园，摩泽尔小镇的家家户户都种葡萄。葡萄是摩泽尔人生活的必需品和调味品。

酒店是百年前的建筑，墙上清晰地标着"1862"字样，小镇肯定没有经历二战炮火的践踏，一切都保存完好。小镇比萨店为了招徕客人，墙上摩托车的店招很扯眼球。再往前，桥上站立着一个铜人，突然，铜人猝不及防往河里吐了一口唾沫。我开始还以为看花了眼，再仔细看，一两分钟的光景，铜人就吐口水一次。立这么一个铜像在这儿，究竟是好玩，还是教导人们不要往河里吐口水？不得而知！

走走看看，天色渐暗，快十点了，回酒店休息，明天爬山！

吃过早餐，出发登山，目标——山顶瞭望塔，看摩泽尔河畔漫山遍野的葡萄园。

一行三人——姐姐、小蕴蕴和我。出门旅游，我是什么地方都想去看看，什么活动都想尝试一下。昨天上午我和小蕴蕴去看科赫姆赖希斯堡，小蕴蕴大开了眼界。尝到了甜头的小蕴蕴，自然今天又跟我走。姐姐昨天未能登堡，

还是挺遗憾的，今天也选择跟我登山。女儿、女婿两个年轻人是夜猫子，晚上不睡早晨自然不起。严先生和姐夫留旅店，论走路，一般来说男的都拼不过女的。用严先生的话来说：一个易老师已经很厉害了，我们家有两个易老师！

今天我们要深度考察摩泽尔河，充分领略"2000年的迷醉"——摩泽尔河的奥秘！我们迎着朝阳，沿着上山的路，向山顶瞭望塔进发。

摩泽尔河孕育了摩泽尔的葡萄，养育了摩泽尔人。有人说，摩泽尔河像风情万种的贵妇人。摩泽尔河畔的人家自然也是风情万种。小镇只有两条小街，一进一出，居民不足百户。估计平日里游人亦不多，我们住的酒店是镇上唯一的酒店。昨晚游小镇，我已经初步领略了小镇美景。每一户人家房门口都是一个小小的景观——缤纷的花朵、绿色的藤蔓、雕塑、盆栽……正所谓"送人玫瑰手留余香"，摩泽尔人的生活是美好的，也把美好传递给来这儿的每一个人。

上山路途中的房屋建筑很美，鲜花簇拥，芬芳四溢，让人迷醉。偌大的庭院，中间一个别致的小凉亭，凉亭顶就是一顶系着蓝色丝带的白色遮阳帽，充分体现了摩泽尔人生活中的浪漫情调。船帆式的建筑，配上精美的装饰、圆形的拱门，每一处都是精致的。那边人家建筑外墙上有美丽的拼图，别墅四周花团锦簇；这家别墅花园门开着，任由我们步入其间，静静地观赏。别墅花园面积很大，鲜花盛开、绿树成荫，雕塑喷泉一应俱全，儿童游乐设施也不能少。花园里一只黄褐色带花纹的懒猫，抓耳挠腮摆弄姿态，骄傲得一塌糊涂！花园一角有石雕马头，桌子上有鹿头木雕，花园一侧有一个小小的瞭望台，可俯瞰脚下流淌的摩泽尔河，对面山坡上有绿色的葡萄园、横跨摩泽尔河的大铁路桥。

这样偏安一隅之地，随处一幢建筑都是一件艺术品，每一家都令人流连往返。怎一个"美"字了得！这边，玫瑰花门迎客；那边，路灯、门牌、鲜花、藤蔓……这样一个偏僻的小镇，家家户户居然有这样的闲情逸致，真的没法想象！

前面又是一处河畔观景台，此观景台位于一片墓地的边上。欧洲人的墓地绿树成荫，常年鲜花盛开，走入墓地尚可见燃烧着的蜡烛，可见常有人前来祭奠。在欧洲，去墓地缅怀长辈亲友亦是人们日常生活的一部分。走累了，歇一歇，看看河岸风景，这样的设计很人性化！转过一个弯，又看见脚下的摩泽尔了。按岔路口指示牌的方向，大约500米，到了一处修道院。走进细看，房间倒是蛮多，且干净整洁，就是不见人影，已经是上午10点了，不会还在休息？是不是闭门修行？尚不得知。

修道院平台算是一个相当不错的观景台，可把摩泽尔河岸葡萄园一览无余！据资料记载，摩泽尔产区的葡萄酒产量虽位居德国十三大产区中的第三位，但其国际知名度却领先于其他所有产区。蜿蜒曲折的摩泽尔河两岸，所有的葡萄园几乎都位于陡峭的河岸上，坡度一般在60度以上。在这里，手工操作是唯一可行的办法，葡萄树必须独立引枝以适应如此陡峭的坡度。因此在葡萄园间作业非常困难，工人短缺也是造成当地酒价高昂的原因之一。

用这里的葡萄酿出的顶尖雷司令白葡萄酒称得上德国酒的巅峰之作。清新淡雅的苹果、小白花和蜂蜜香气怡人，坚韧如钢丝般的锐利酸度，冷冰冰如钢铁般的冷峻口感，喝上一口，让人感觉如身在寒风凛冽、陡峭坚硬的河边岩石上，最知名的酒庄 Egon Muller 就位于此地区。由于摩泽尔葡萄产区位置向北，相对凉爽，受大西洋的影响，气候变化也不大，有十分理想的温度和降雨量，这使得酒中的果酸十分丰富。又由于土壤富含钾，果酸得到了些许综合。

从修道院折回，重新寻找瞭望塔。刚才来时，我们路过此地，但是路旁茂密的树林遮挡了视线，因此错过了。在去修道院的路上遇到一对德国老夫妻，大家打招呼聊了几句，老人问我们到过瞭望塔没有，这才知道我们刚才与瞭望塔失之交臂。返回的路上，终于看到瞭望塔啦！登塔，观景，拍照，留影，久久不愿离去。刚才去修道院路上碰见的老

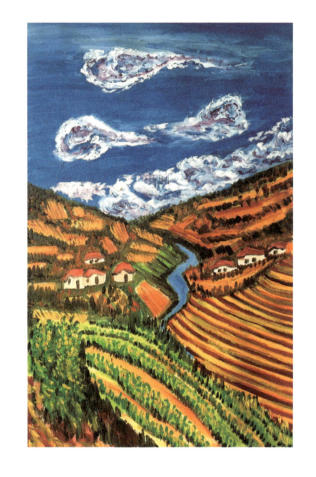

夫妻也在塔上，大家欢乐地打着招呼，仿佛久违的朋友！镜头下的"U"字形的河湾太美了！

我们仨走走看看，不知不觉快十一点了。正准备下山返回酒店，手机铃声响起，原来严先生和女儿、女婿正向我们走来，他们也要来登塔。好吧，我们等你们！我们仨躺在草地上，仰面朝天，看头顶上的蓝天，蓝天下的绿树，绿树上结的果子。姐姐说，多少年没见过这样蓝的天、这样绿的树，闻到这样清新的空气，这是我们小时候的味道。我们思绪万千，仿佛回到了遥远从前……

他们仨上山与我们会合，大家登塔，观景，玩够了，然后驱车去布莱姆小镇——最著名的雷司令葡萄酒产区。街心的石头雕塑浑身上下都是葡萄，水龙头流出来的是葡萄汁还是葡萄酒？摩泽尔河不光孕育了甘甜的葡萄，这儿的玫瑰还更娇艳。我们在摩泽尔河畔布莱姆街上找家酒楼吃午餐，当然最重要的是品这里的顶级雷司令葡萄酒。

吃饱喝足，出发登山！山路弯弯盘旋而上，我们不一会儿工夫便抵达山顶。这儿，天更蓝，云更白，空气更清新。停车，开始步行，沿途全是遮天蔽日的森林。据资料记载，德国现在的森林全是二战后人工种植的，并且以飞快的速度发展着。2002 年森林覆盖面积就已经超过 11 万平方千米，覆盖率达到整个国土面积的 31%，之后每年都在递增，目前已经达到三分之二的国土都有森林树木覆盖，毫无争议地跨入环境保护世界领先的行列。

德国人非常喜爱森林和动物，他们认为二者不可分割。因为有了森林，

动物才有了生存的环境。德国人酷爱在森林中徒步或骑自行车旅行，呼吸新鲜的空气，亲近各种小动物和昆虫。无论是城市还是村庄，家家户户前庭后院都有绿树环绕。我居住的楼房前后绿树成荫，每天清晨在公园跑步，可看到草地上三三两两的野兔奔跑，小松鼠在树枝上蹦蹦跳跳，花喜鹊、小鸟在空中飞来飞去。我们行进在绿色的森林里，聆听着鸟叫、蝉鸣，闻着树木散发出的清香……

看，山顶瞭望台台标巍然屹立，直插云天！在小镇上用望远镜应该都可以看见它的身影。我试了一下，若站在瞭望台长凳上可以拍到布莱姆宣传册上摩泽尔河的景观图。不过我们还是没敢站在长凳上，毕竟我们在这儿代表的是中国人。不要让人家老外说咱们中国人没素质。

本来还打算去另一个瞭望台，看看指路牌，还远着呢，算了，下山！路边停车，稍事休息。看前方，有一座桥断了，靠近一点，只是看不到热火朝天的施工场景，甚至人影儿都未见。在德国这么些年，虽然没见过德国人造桥，但见过他们建房。建筑工地基本上看不到几个工人，除了打地基时弄出较大噪声，平日里工地静悄悄的。看他们建房有时候像小孩子搭积木一样，吊车把墙板吊来一块一块安上就是一间屋子。难不成这桥梁也是一段一段弄好后用大吊车运来安装好就成了？

下一个目标——伯恩卡斯特·库士（读音拗口，又不太好记，就叫"伯城"吧，算我的独创），是个依山傍水、风景秀丽的小镇。

进了伯城，首先看见连接新城和老城的大桥，桥下是摩泽尔河，两岸是城市建筑，山上全是葡萄园，是一个盛产优质雷司令葡萄酒的地方。桥上路牌指示一边通向特里尔，一边通向科布伦茨，直线距离 90 千米。

这是葡萄酒之乡！街上最多的店铺是挂着葡萄装饰的酒吧、餐馆，一家又一家与葡萄息息相关的商业地产，无处不在的葡萄装饰点缀着伯城大大小小的建筑。街边一幢幢老建筑，中世纪的建筑风格，无论是颜色还是建筑材料都有些年月了，估计是二战后修复的。鲜花盛开，绿意葱茏，古典建筑比比皆是。当夜幕降临的时候，小店会有一番繁忙的景象。鲜花迎客，这里是教堂还是博物馆？碧蓝的天空下，典型的德国木桁架型房屋随处可见。

前方这幢金碧辉煌的大楼，称得上是伯城最现代化的高楼了，底楼是商铺。旁边 Burgblick Hotel 就是我们今晚住宿的酒店，外观挺现代的楼，居然没有电梯，行李箱得自己提上去，当然老板也帮着提。没有电梯的酒店大抵也有一段不算太短的历史，多半是二战前建的。据介绍，伯城曾驻扎了美军的坦克师，二战时期定是经过炮火洗礼的。

酒店大堂登记入住。墙上的钟指着 6 点 44 分，天色尚早，7 月的德国，此刻艳阳高照，算是下午时分。旅店餐厅淋漓满目的葡萄酒，让你无法抵住诱惑。晚餐吃什么不重要，重要的是必须有酒，且必须是当地产的葡萄酒。尝了一口，酒甜甜的，像是果酒，我觉得自己可以喝一瓶，但不敢造次，洋酒好喝，也醉人！

晚餐后，兵分三路，各自为政。我和姐姐早打算好了，去河边漫步；严先生与女儿、女婿一起看街景。小蕴蕴大抵爬山累了，选择和爷爷待在酒店。晚上回来听姐夫讲，小蕴蕴还做了作业。哎，孩子也辛苦，出国旅游随身携带暑假作业，一有时间就得抓紧。

漫步在河边，一下子就被河中倒影迷住了！风景这边独好！朋友说我的摄影作品可以去参加摄影大赛。其实不是摄影技术多好，而是风景好。酒不

醉人人自醉，这山这水这城，随便一拍就是一张伯城的明信片。公元340年，著名拉丁诗人奥索尼厄斯这样描述罗马人最爱的摩泽尔河："比尼罗河更大，比台伯河（穿过罗马城的著名河流）更高雅……"如果能在摩泽尔河畔有一处不大的房子，与姐姐每晚散步，一起慢慢变老，该有多好啊！

一艘荷兰驶来的游轮静静地泊在河畔，"Amsterdam"（阿姆斯特丹）字样写在船尾。船靠岸，船上的人们大约都上岸享受伯城夜晚的灯红酒绿去了。

在河畔长椅上坐下来，静静地观赏，轻轻地说话，不忍打破这儿的宁静。夕阳西下，太阳把金色的余晖尽情地挥洒在对面远处的千年城堡上。看到城堡我就有一股冲动，恨不得立即登堡。到德国旅游，少不了看城堡。德国被誉为"城堡之国"，从某种意义上说，城堡和香肠、啤酒一样，早已融入了德国文化的血液中。

德国为什么有这么多城堡？德国人为何对城堡情有独钟？这还得从城堡的历史说起，城堡最早的功能是军事防御。自石器时代开始，人们就一直使用防御工事和土木工程。1871年前，说德语的诸侯国家最多有300个。这些诸侯国修建城堡除了出于军事防御的考虑之外，还兼有赢利目的。所以，德国的小城堡都建在交通要道，其主要目的是向过往商旅收取关税，科赫姆赖希斯堡在中世纪就曾经是一座海关城堡。沿莱茵河、摩泽尔河而下，我们一路经过的无数城堡，就是这段历史的见证者。在德国，游城堡，写城堡，画城堡，我已经成了德国城堡迷了。

夜深了，人静了，空气中弥漫着淡淡的葡萄酒香味……

　　清晨，我和严先生第一个目标就是泽尔堡。昨晚就想去，一直压抑自己等到天明。有人问登山者：为什么登山？答曰：山在那里。你问我：为什么登堡？我说：堡在那里！

　　走过一段街道，我们就开始登山。盘山小路上只有我们两个人的身影。小巷这一段相对平缓，路面是德国小镇惯常铺设的小石块。这种小石块是像钉子一样竖立着往下打入地面的，经久耐用，越磨越光滑。穿过小巷就是上山的葡萄园，路边的葡萄已经成熟了！有一段路比较陡峭，路旁的葡萄园也十分陡峭。我们俩一前一后一直不停地往上爬。真正爬起山来，我不是严先生的对手，他50岁还可以篮球打全场，60岁打两小时羽毛球没问题！

　　看见城堡了！登山大约半个小时，好像汗都没怎么出，居然就到顶了。

历经百年风雨战火，城堡只剩下框架了！残垣断壁，另一种美！我突发奇想，在这里设立一个明信片自动售货机，游人可买一张明信片寄给藏在心里的人，上边只写一句话："某年某月某日，我在某地，想你！"美好的风景总能引起人们美好的情愫。

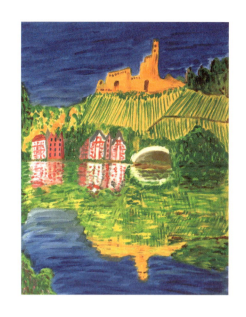

昨晚在河岸看见一个大吊车，就知道城堡在大修。登上城堡，看着大吊车移动，知道修堡的工人已经上班了，只是看不见谁在操作这个庞然大物。有一个非裔小伙子正在收拾垃圾桶，我们经过时，他非常有礼貌地给我们让路，我们也主动向他问候早上好，并向他表示感谢。

德国所有的堡都建在一个制高点上，故所有的堡都是一个观景台，如果能够抵达堡内最高点，那就是一个瞭望台，是一个看城看风景的绝佳位置。这下知道了我为什么喜欢登堡了吧！脚下，摩泽尔弯弯曲曲，墨绿色的河水，宁静的城市，岸边歇息的游船。远处，河道里的驳船小得像是孩子们的玩具。近旁，仿佛有笑声从那郁郁葱葱的藤蔓里传过来，那是酒庄人家正在采摘今年收获的第一串葡萄。摩泽尔高地小径蜿蜒曲折，始终与河水相伴。感触最深的就是这里每一个场景都可以入画，或者说它本身就是一幅画。中国为什么盛产水墨丹青，因为中国的山水风光就是一幅幅水墨画；而欧洲的山水画，浓墨重彩，因为这儿的风景本身就是五彩斑斓的油画。

虽然城堡只剩下残垣断壁，但我还是想进去参观参观，可惜城堡正在修建，大门紧闭。墙上有个安民告示，依稀可见日期，大约是来年 6 月重新开放。下次再来吧！

8：15，回酒店吃早餐啦！一场酣畅淋漓的登山后，一顿丰盛的早餐在等着我们。摩泽尔河谷不仅盛产优质葡萄，由于水量充足、阳光充沛，这儿的水果也是特别香甜可口。我们昨天在布莱姆附近的超市买了一盒葡萄，大家都说比在法兰克福超市买的葡萄好吃多了，又脆又甜。

早餐毕，我们再度出发，这次同行的是姐姐、姐夫和小蕴蕴。我带他们

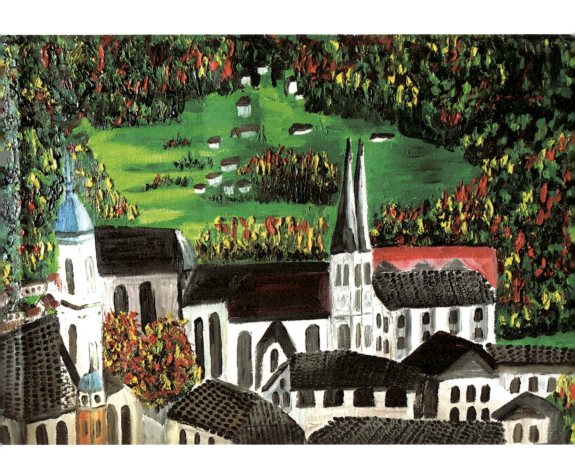

转老城区，顺便买点纪念品。这幢建筑上的大力神是个和蔼可亲的老爷爷，这是典型的中世纪城堡式建筑。虽然说河的西岸是新城，但也有不少这样具有古典韵味的建筑。路边大大小小的雕塑，无处不体现伯城人民的浪漫情怀。河畔小道静悄悄的，蓝天下墨绿色的摩泽尔河缓缓地流淌，白色的天鹅自由自在地享受着上午和煦的阳光。

上桥，过了河就是位于东岸的老城，今天我已经第二次光顾这里了。老城广场四周都是窄窄的街道，呈放射状向四面八方展开。一方水土养一方人，摩泽尔的水滋润了伯城人，方有了如此美丽的老城。葡萄藤蔓就是这儿最美的装饰。这条小巷通向城门，整条街空无一人。城墙上"1891"字样标志着此城门建于1891年，100多年的历史了！城门外就是漫山遍野的葡萄园。

街心中央的雕塑是两只憨态可掬的狗熊。一只仿佛在说："上来吧，我给你吃葡萄！"另一只说："下来吧，不要顽皮了，我们回家吧。"再仔细看看，水龙头做成狗熊爪子样，甚是有趣！

我们路过一家商店，店面很小，仅十几平方米，木地、木墙、木门、木窗，店里所售的玩具基本也是木制品，且很多是手工制品，每一件都那么独特，那么精巧！买一个放家里，就是独一无二的装饰品。每当看见它，就会想起我的摩泽尔之旅，想起伯城。

清静，就是伯城最好的名片，即使是在夏季，即使是在老城，即使是上午10点了，街上还是清清静静的，游人稀少。在街头闲逛，每一步都可能遇到打动你的细节。浪漫，浪漫，还是浪漫！历史在这里凝固。

中午时分，人们开始陆陆续续出来转悠了。满大街的小店，不喝酒也行，随便点一杯咖啡、一份甜点，度过一段悠闲的时光。这里镌刻的几组数字，分明是要告诉所有的人这儿曾经发生的事，摩泽尔河发生洪灾的日子。最近的一次发生在1993年；再往前是1892年，100多年以前；最高水位发生在1784年，近三米高，看此高度，那时老城大部分房屋都泡在水里；最久远的记载是1651年，洪水也有两米高。看来，摩泽尔河不仅美丽高贵如贵妇人，有时也发脾气像顽皮的小孩，甚至大发雷霆，像狂怒咆哮的疯汉。

玩具店是孩子的最爱，小蕴蕴进去就走不出来了。不仅孩子喜欢，我们也喜欢！玩具店旁这个小巷通向山上的葡萄园，左边这幢房屋外墙涂鸦应该是有意为之，房屋有点资历。木桁架房屋的老城街道十分狭窄，建筑都不高，各具特色。

这样的店招，这样的铜门，这样的墙饰……一路走来都是艺术欣赏。摩泽尔河人们的生活本身就是艺术！

城堡登了，老城游了，纪念品也买了，该回酒店退房了！

别了，摩泽尔河！别了，伯城！我们乘坐的车驶过伯城的跨河大桥，穿过涵洞，往山上驶去，驶往我们下一个目的地。

人生亦如此，一个终点意味着另一个起点。我们去往的每一个目的地，都不是终极目标，所以，目标并不重要，重要的是过程。让我们尽情享受过程吧！

上到山坡顶，遇到修路，怎么办？没有关系，哪儿停下来，哪儿就是我们的目的地。女儿、女婿从车后备厢取出飞镖、飞盘、风筝，风和日丽，绿草如茵，绿树成林，正好来一场酣畅淋漓的体育锻炼！

女婿手里拿的是他在澳洲买的飞镖，此飞镖非彼飞镖，飞出去转一个弯再飞回来。那是需要一点技巧的，女婿玩得不错！起风了，是放风筝的好时机。

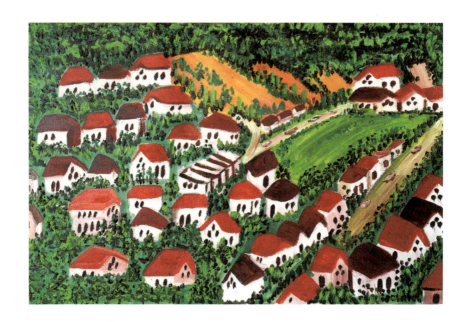

女婿开始带着小蕴蕴放风筝。

玩够了，我们重新规划路线。下山，下一个目的地是巴特克罗伊茨纳赫（简称"巴城"）。巴城徽章上部的狮子是普法尔茨州徽章上的狮子，下部的花格子来自斯蓬海姆伯爵的徽章，因为该地历史上属于普法尔茨和斯蓬海姆伯爵管辖。

巴城有一条穿城而过的河流——纳赫河。纳赫河产区堪称德国葡萄酒的乡村之星，它位于摩泽尔和莱茵河之间，虽然不如摩泽尔河宽阔，水量也没有摩泽尔河充沛，葡萄园面积也较小，但其土壤的丰富多样，不亚于德国

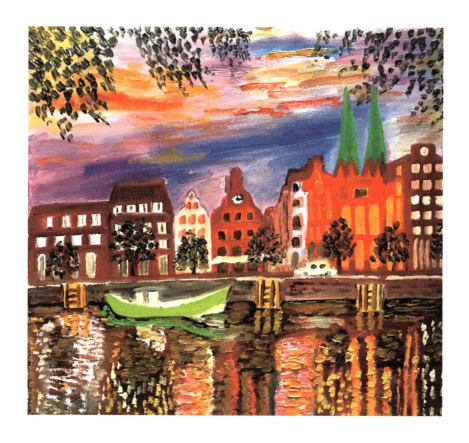

任何一个产区，这也是为什么它能够用少量的葡萄品种酿造出多姿多彩的葡萄酒的原因。

据称德国最精彩的葡萄园位于 Schlossbockelheim 与 Bad Kreuznach 城（即我现在所在的巴城）四周，陡峭的梯田由板岩、石英与砂岩构成，酿造出的葡萄酒口感坚实、带着浓烈的矿物和香料风味。这里产出的 1/4 的红葡萄酒使用的葡萄是丹菲特，大多销售在德国境内。女儿说：其实德国的葡萄酒一点都不逊色于法国的葡萄酒，但是国人好像只知道法国的拉菲却不认识德国的雷司令。这是不是归于法国人的浪漫、张扬的个性。而德国人太过内敛严谨，为人低调的"做派"。

我们边走边看，这儿的建筑有点陈旧，但墙上雕塑还是蛮有趣的。这组雕塑，几个铜人张牙舞爪，像是喝醉了酒，又像是在跳舞。说德国人内敛严谨，看了这组雕塑感觉未必如此！纳赫河畔桥上有两座桥头堡，多年之前，不知是不是当地收税码头。铁架木板桥正在维修，要上纳赫河桥，只能走通道了。巴城城市不大，建筑分布在纳赫河两岸。步行街上葡萄、皇冠和酒，缺一不可。

曾几何时的城门洞，一夫当关万夫莫开！这个碑上的文字，德语、英语都不是，不知道是什么文字，介绍了一处博物馆，大约是一个叫什么的名人（1792—1863）曾经对这个地方做出过巨大贡献，故建馆纪念之。德国很多城市都有名人纪念雕像或博物馆，虽然德国人并不一定买这个账，但是这个东西属于历史，仍然得到很好的保存和尊重。

这一片红顶白墙的建筑不怎么富丽堂皇，但色彩鲜艳也给人一种视觉享受。河上饭店现在空空如也，到了晚上一定是一位难求。山上有一段老城墙，

据记载是 1749 年的。一般来说，德国城墙大多建在河边山头上，易守难攻。老城墙上的建筑有点像个咖啡馆，在历经百年风雨的古城墙的咖啡馆品一杯咖啡，又是另一番滋味。

纳赫河流经巴城，河道不宽，水流十分平缓，我们租了一艘小船，蕴蕴跟着女儿和女婿去划船，我和姐姐去城里游逛，严先生和姐夫在河边休息。女婿在后，女儿在前，蕴蕴坐在中间，看样子已经比较老练了！

巴城看够了，划船也结束了，我们驱车来到巴城公园。这里与其他公园类似，有森林、草地、运动场，不同的是这个公园被称为"天然氧吧"。对面过来几个戴着黄色安全帽的老师，带领着一群小学生正从公园里出来。按理说学校已经放暑假了，难道德国学校也组织学生夏令营？德国小学共四年，一二年级不分班混合上，想来老师不会教多少书本上的知识，倒是经常带着小学生参观博物馆、教堂等地方，我在很多博物馆都看到过这样的情形。至于什么警察局、消防署，德国孩子上幼儿园时就已经光顾过了。

我们接着往里走，女儿、女婿介绍了一种很久以前德国人用卤水生产盐的装置给我看，写到这里，我专门上网查了一下关于制盐方法，什么海水制盐、岩盐制盐、湖盐制盐、地下天然卤水制盐，有晒卤、真空蒸发、离心机沸水、沸腾床干燥……没有看见这种制盐装置的。算了，我就不去深究德国制盐技术了，我们大老远跑到这儿来的目的只有一个——吸氧，呼吸这儿富含负氧离子的空气！

其实，德国到处是森林，即使在城里也有不少的大公园绿树成荫。城外就更不用说了，连绵不断的大片大片的森林，还用得着到这儿来吸氧？可是

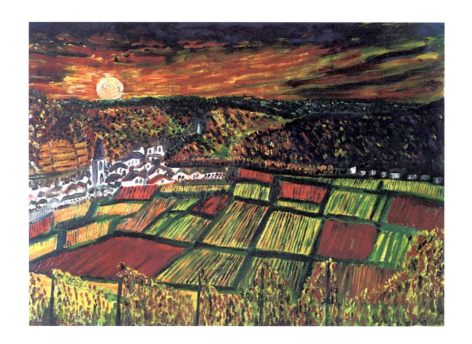

就有人专程来这儿吸氧，我们就看见有坐轮椅被人推着来这儿的。我们直接躺地上，举目蓝天，背躺草坪，大口吸氧。吸够了，该回家了！从公园返回巴城，经美因茨，向着法兰克福驶去。

再长的路程都有终点，再精彩的演出都有谢幕的时候。傍晚时分，我们回到法兰克福，精彩纷呈的莱茵河、摩泽尔河之旅就此画上了句号！时不时想起那山那水那城那人，就像摩泽尔河一样，只要微风吹过，就会泛起阵阵涟漪……

受邀游 杜塞尔多夫 和伍珀塔尔

　　初夏时分，我和严先生受我高中学生之邀去杜塞尔多夫玩。杜塞尔多夫人口 57 万，位于莱茵河畔，是欧洲人口最稠密、经济最发达地区北威州的首府，是欧洲物流中心城市。之前我们也曾来过几次杜塞尔多夫，但都是路过仅做短暂停留而已。

　　这次，我们搭乘火车，早晨 6 点出发，9：30 就到了杜塞尔多夫，学生润立一家三口在火车总站接我们，然后开车直奔伍珀塔尔。说到伍珀塔尔，大多数国人肯定不知道，我也是第一次听说，但是说到恩格斯的故乡，就迫不及待地想去看看。伍珀塔尔坐落于伍珀河畔，伍珀河流经市区段约为 33.9 千米。我们的第一目标——恩格斯故居。泊车后走了不长一段路就看见路旁白色路牌上写着"弗里德里希·恩格斯大道"。前面就是恩格斯广场，广场中央竖着一尊全身雕像——被锁链捆绑着的工人的塑像。英德双语介绍："1981 年在恩格斯家门前的广场上，建起了一尊争取自由的工人塑像，高 3.2 米，重 8 吨。"广场另一侧是恩格斯家族的纺织公司，纺织机器以及恩格斯祖父母的房子，至今保存完好，供游人参观。

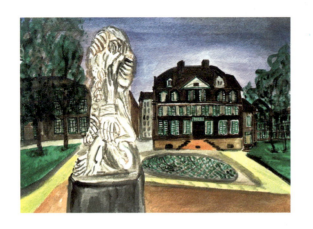

到伍珀塔尔最主要的是参观这儿的悬挂列车，伍珀塔尔最著名之处就是它拥有德国独一无二的悬挂列车。与一般列车不同的是，悬挂列车的轨道位于车辆顶部，列车看上去就像挂在半空中一样。伍珀塔尔悬挂交通系统由 944 条"钢腿"撑起的 472 座架设在伍珀河两岸"八"字形钢铁支架上铺就的悬挂轨道（轨道约长 13.3 千米），以及 19 座空中车站组成。大部分悬车轨道架设在伍珀河上，比河面高出 12 米，另有 3 千米长的悬车轨道架在路面上，被称为"陆路轨道"。列车悬挂在铁轨上，腾空行驶，在河面上、桥梁上、大街上飞驰而过，全程运行需 35 分钟。

伍珀塔尔悬挂列车 1901 年开始正式运营，它是世界上第一列采用这种方式运行的有轨电车。我们身临其境，观赏这一举世无双的交通系统，饱眼福的同时算是涨了一点见识——伍珀塔尔悬车无疑是德国人因地制宜的一个天才创造。百年前这一带已是人口稠密的工业区，迫切需要短途交通工具。但是，伍珀河只是一条几米宽的小河，不能通航，且河谷狭窄，两岸山坡早已被市区覆盖，找不出空地修建新的交通设施。聪明的德国人从无到有创造出了当今世界唯一的悬车交通系统。这条独具特色的悬车铁路 110 多年来一直吸引着无数的游客慕名前来，争相体验"天马行空"的感受。伍珀塔尔现在使用的是第三代电动悬车，有现代化的信号、监视和驾驶系统，安全可靠，每天运送 7 万多名乘客。我们兴致勃勃地登上架设在空中的悬车车站，不由得感慨车站设施十分现代化。观看悬挂列车空中驶进驶出，既感觉新奇，又觉得十分震撼，时不时空中红色列车奔驰而过，场面蔚为壮观。

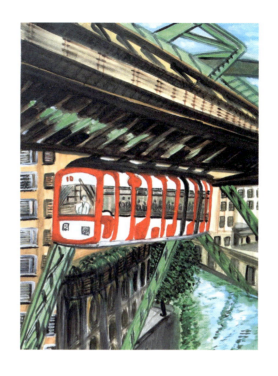

接着我们又去参观位于伍珀塔尔的一家生产汽车配件的家族企业的办公大楼，那是润立的先生马丁工作的地方。从大门开始，大厅、过道、楼梯间、办公室，悬挂陈列有众多雕塑、绘画，感觉到处都是艺术品，这里哪像一家公司，简直就是一个艺术场馆。今天公司正举行 90 周年纪念活动，我们来参加公司举行的电动自行车、电动滑板的骑行活动，还体验了一把最新型的电动汽车 Tesla 的乘车感受。

下午驱车回到杜塞尔多夫，我们先去老城。老城位于莱茵河边，这里完整地保存有德国传统的木桁架型民居建筑。德国以啤酒闻名，杜塞尔多夫的老城有众多啤酒馆。在不到半平方千米的范围内，有啤酒馆、酒吧及各国风味餐馆200 多家，这号称是欧洲餐馆、酒馆最密集的城市。杜塞尔多夫当地特产的啤酒是 Altbier，意为"老啤"。这种老啤是黑啤酒的一种，为德国西部所独有。老城中最大也是最著名的啤酒馆是 Urige，这里可饮到现场酿造的新鲜黑啤酒。位于老城的中心是集市广场。说是广场，其实很小，旁边的古老建筑是杜塞尔多夫的市政厅，相比德国其他城市的市政厅要小很多。广场中央竖立着 1711

年雕成的约翰·威廉大公爵的青铜骑像,是他造就了杜塞尔多夫文化名城的地位。

　　杜塞尔多夫宫塔是杜塞尔多夫的标志建筑,位于莱茵河畔。造型独特的古塔下半部为圆柱形,上半部为八角形。此地原有一座1380年建成的公爵城堡,后被宫塔取代。莱茵塔也位于莱茵河畔,是杜塞尔多夫最高建筑,塔上设有餐厅 Rheinturm Top 180,塔身上的灯表分小时、分钟、秒三段显示。杜塞尔多夫奔阿特城堡属于巴洛克风格城堡,城堡后面是法国式的花园,周围被森林环绕,穿过森林不远就是莱茵河。城堡旁是杜塞尔多夫高档别墅区,还有帆船餐馆,据说拿破仑曾经到访此地。传媒港在20世纪50年代是杜塞尔多夫的主要河运码头。20世纪末政府开始聘请美国和德国建筑设计师对这片荒废的区域进行大规模的改造,如今,码头区成为杜塞尔多夫乃至德国现代化建筑最集中的地区。

到了杜塞尔多夫，即使不购物，也不能不去国王大道，这儿是杜塞尔多夫著名的高档名品店街，商店外部装修豪华绚丽，建筑本身也是精致的艺术品，商品琳琅满目，令人目不暇接，简直就是一个巴黎香榭丽舍大街的缩小版。今日正值周末，又是欧洲杯半决赛，德国对阵西班牙，无论在国王大道的名品街还是在老城，均是人来人往摩肩接踵，特别是穿着各种鲜艳服装、身披德国红黄黑三色国旗、留着五颜六色头发的年轻球迷，一群一群在街上走来走去。

莱茵河畔更是络绎不绝的人群，有我们这样看热闹的游人，有一家老小的当地人，更多的是结伴而来的年轻人。河畔几乎都是酒吧，人们大口喝着啤酒大声说话，大屏幕上滚动播出上几场比赛的精彩进球画面……集市广场上有乐队演出，台上台下舞成一片。一辆金色的加长悍马在国王大街驶来驶去，伴随着巨大的音乐声，穿着耀眼的年轻乐手透过天窗演奏着器乐，场面极其炫目拉风。过去好像没有听说过杜塞尔多夫球迷如此疯狂，今日得见简直大开眼界。我们讲，这还不是足球主场就疯狂成这样，要是在这里上演欧冠决赛或半决赛，不知道会出现什么样的场景。

我们毫无目的地在老城、河畔、国王大道溜达看热闹，走累了找个地方坐坐，街边有座椅，河畔有草地，吃面包、蛋糕，喝可乐、芬达，一直到深夜。凌晨，我们回酒店路过集市广场，看见舞台上乐手还在卖力地演出，乐声震耳

欲聋，台上台下汇成一片欢乐的海洋。估计这些人会通宵狂欢，今晨听见一批球迷回酒店还在大声喧哗，仿佛意犹未尽。

我们今日在润立家里吃了午餐，然后出门看美术馆。杜塞尔多夫的 Kunstsammlung Nordrhein-Westfalen 艺术收藏馆有两座著名的建筑：K20 和 K21 美术馆，其中的字母"K"是德语 Kunst（艺术）的缩写，"20"代表 20 世纪，"21"代表 21 世纪。K20 艺术收藏馆的馆藏档次高，在众多博物馆中地位显赫。展览重点陈列有西欧现代派和美国现代派的绘画，藏品包括毕加索、克利、博伊斯、康定斯基、贝克曼的重要作品，这些大师都曾在杜塞尔多夫艺术学院任教多年。我是第一次见到达利艺术精品《带抽屉的米洛维纳斯》的真品，这里毕加索的作品有很多，还有野兽派代表人物马蒂斯的作品。德国表现主义代表人物贝克曼的作品给我留下了深刻的印象，画作的内容很多都是法兰克福的建筑，看着倍感亲切。看着众多著名的绘画作品，好像又来到了巴黎奥塞博物馆。

我是一个进了美术馆、博物馆就迈不开腿的人，参观 K20 的时候和润立全

家一起，五岁的小米拉不可能在博物馆待很长时间，脾气极好的马丁爸爸马上抱着米拉出去玩，在外面等我们很长时间，所以看完 K20 后我们就此告别。我和先生去 K21 美术馆，继续观展。

　　K21 美术馆则是一座当代艺术的博物馆，展示有 20 世纪 70 年代晚期到现代的作品。K21 美术馆坐落在杜塞尔多夫城市中心偏南的地方，有一个巨大的玻璃穹顶，因此采光效果非常好。美术馆前门有一个美丽的人工湖，被命名为"恺撒池塘"。美术馆的前身是 1880 年的普鲁士莱茵河省份的众议院大楼，然后是北威州的州议会大楼，再到如今的当代美术馆。拥有玻璃穹顶的 K21 美术馆高 35 米，是一幢围成四合院形式的三层楼房，每一层的每一个房间都展示着一位当地艺术家的作品，如同安吉列科的小"禅房"，作画，布道。

　　观展前我们商量好，严先生按他的节奏行动，先看完就出去在一楼的咖啡

馆喝咖啡、吃蛋糕等我。这样，我就完全没有了心理负担，安安心心地看展。

这里的展品不是常规意义上的绘画作品，这里仿佛什么都可以成为艺术品，如：有的房间里布置有层层叠叠的各色帷幔；有的房间里是大大小小的蜘蛛网；有的房间里摆放着各种旧家具和各式各样《圣经》读本，这些《圣经》读本有的打开、有的合上，

其中有手抄版、绘画版、加注版等；有的展室几乎都是血淋淋的人物造型，加上一些奇特的背景装饰，感觉有点恐怖。

突然，我在回廊环顾四周时发现楼顶巨大的玻璃穹顶上有人影在移动，像蜘蛛人一样。我很好奇，也搭乘电梯去了楼顶，工作人员说可以穿上特定的服装，系上安全带在玻璃穹顶钢架上行走（准确说是爬行），还可以在上面跳蹦床。我想既然有这样的机会为什么不试试呢？！我把随身携带的物品放好，穿上特定的服装和鞋，跟着一对年轻男女走上穹顶。刚爬了一段，看到下面就感觉眩晕，我本来就恐高，赶快往回走。不过，总算是体验了一把在玻璃穹顶钢架上行走的感觉。

下午五时许，我们离开 K21，告别杜塞尔多夫，乘火车去科隆，开始我们的下一段旅程。

TOUR & PAINT GERMANY

画游德国

科隆
浪漫游

　　告别杜塞尔多夫,我们按原计划乘火车去科隆。到了火车总站售票处一问,几分钟就有一趟去科隆的火车,我们随即购票上车。从杜塞尔多夫到科隆也就半小时光景,思绪还没有完全调整过来,就远远地看见跨越莱茵河的大铁桥,跨过铁桥,科隆就到了。从科隆火车总站到酒店大约十分钟路程,放好行李立即出门,直奔科隆大教堂。

　　夕阳西下,整个科隆大教堂沐浴在金色的阳光下,那两座直插云天的哥特式尖塔仿佛有万道金光闪烁,正是拍照的最好时光。严先生举着单反一阵狂拍,喜不自胜。科隆大教堂是一座天主教主教座堂,作为科隆市的标志性建筑物,当之无愧,无论你从哪个方向看科隆,最先映入眼帘的都是科隆大教堂哥特式的双子尖塔。论高度,科隆大教堂居德国第二、世界第三;论规模,它是欧洲北部最大的教堂,集宏伟与细腻于一身,被誉为哥特式教堂建筑中最完美的典范。科隆大教堂始建于1248年,耗时超过600年,建筑时长堪称世界第一,时至今日仍修缮工程不断,我来了四次,每次都看见科隆大教堂搭有建筑工程的架子,只是位置不同而已。

关于科隆大教堂还有一段传奇的故事。话说二战即将结束时德军节节败退，盟军大规模轰炸德国领土。盟军飞行员受命轰炸科隆，当他驾驶着装满炸药的战机飞临科隆上空时，看见大教堂两座直插云端的哥特式尖塔，被深深震撼，决定停止轰炸，随即返航。战后，这名飞行员被授予"科隆荣誉市民"的称号。这个故事是否真实尚待进一步考证，不过我确信无疑。

看过教堂，漫步来到莱茵河畔，这里人很多，骑车的、步行的、看风景的，络绎不绝，河畔草地上、长椅上都是观景的人们，我们也加入其中，静静地观看河岸来往的人们和河上往返的船只。突然一辆警车开过来，一男一女两个年轻警察从车里出来直接走向河边站着的一位三十多岁男性，男警官掏出手铐把他铐住，整个过程迅雷不及掩耳，我们看呆了。紧接着走过来两个年轻女性，二十来岁，男警官对她们进行问话，女警官拿着一个本子记录。十来分钟之后，那个男子被警车带走，两个年轻女性自行离开。我们观看了整个过程，相隔不足十米，虽然听不到他们的说话内容，但可以猜想这个事件的大体过程。我们算是亲眼看了一次德国警察的执法过程，整个过程比较平和，没有什么惊心动魄。四周的人也没有围观，只是像我们一样远远地看着。

夕阳的余晖慢慢消失，夜幕降临，大铁桥上灯光如昼，橘红色的灯光倒映在水中，美丽动人的画卷令人陶醉……我们一直留在河岸，德国的 6 月大

约晚上 11 点天才能黑尽，人们才会慢慢散去。

　　今日清晨，我们再次来到莱茵河畔。和煦的晨光洒在科隆大桥、大教堂上，天鹅在莱茵河里自由自在地游弋……科隆大铁桥全名为"霍亨索伦铁桥"，跨越莱茵河，距莱茵河上游源头 688.5 千米。该桥原为公路、铁路两用桥，但于 1945 年被盟军炸毁，战后重建，此后仅能通行火车及行人。这座大桥是连接科隆火车总站和科隆道依茨的大铁桥，被称为"德国最繁忙的铁路桥"。

　　走上铁桥，不仅可以看到宽阔壮丽的河景和两岸的建筑，而且可以看见铁桥上挂满各式各样五颜六色代表永恒爱情的爱情锁。据说从 2008 年开始，用于隔离铁轨和人行道之间的铁丝网上开始出现各式各样的爱情锁，不断增多的大小锁为这座 409 米长的铁桥增添了浪漫气息，也吸引了越来越多的游

客。两年前巴黎爱情桥上的爱情锁被巴黎市政厅拆除，说是因为锁太多太沉，影响桥身的安全性。而科隆大铁桥上密密匝匝的爱情锁，科隆市政厅并没有拆除。我对先生说，即使承受这么多铁锁的重压，大铁桥仍然巍然挺立，可见还是德国制造世界第一。

上午九点，沐浴着金色阳光的科隆大教堂又是另一番景象。严先生举着单反拍照意犹未尽，我一个人去登顶科隆大教堂。这应该是我第二次登顶科隆大教堂了，第一次是在 2008 年。据说从楼梯上顶共有 500 多级台阶，上次与友人、先生及女儿一起登顶，中途还休息了一两次，这次我一个人登，憋着一股劲儿一口气爬上来，简直爽翻了！教堂顶四周是用铁丝网围住的，记得上一次来好像没有加这层密集的铁丝网，只是外层有一圈一人高的铁栅栏保护游人的安全，想必这十年来大教堂一定发生了什么事，才有了这样的装置。我举着手机绕着塔顶 360 度边摄影边发视频给朋友们看，她们直呼过瘾，大有身临其境的感觉！

接下来，我们去科隆美术馆，看美术馆是我到每个地方的必修课。科隆美术馆由瑞士建筑师彼得·卒姆托设计，坐落于在二战中被炸毁的哥特式教堂的旧址上。科隆美术馆建筑本身就是一件艺术品，在赋予现存遗迹和历史应有的尊严方面非常成功，从而成为人们反思的地方。在这里，特殊的砖墙使空气和光像镂空的纱帐，每一种精心挑选的材质所散发出的美深深打动着访客，光和影为博物馆各个房间提供供人遐想的意境，在这些场景下，宗教和世俗的艺术作品均被赋予精致的展示空间。之前来过科隆三次，每一次都来去匆匆，这次住下来就是为了一睹科隆美术馆真容，可是当我们兴冲冲赶去，居然吃了闭门羹。我们忘了今天周一是闭馆日，看来还要来科隆第五次、第六次。

　　我们返回大教堂参观附近的科隆巧克力博物馆，巧克力博物馆又名伊穆霍·施多威克博物馆。博物馆创建于 1993 年，由德国著名的巧克力制造商施多威克投资 5300 万德国马克兴建。展品主要是巧克力制作工艺和设备，同时也展示了许多艺术品。一块石头雕刻的作品，名叫可可先生，制作年代在公元 682 年到 744 年之间。人们并不确定它就叫这个名字，只是根据上面雕刻的象形文字猜测，同时也说明可可在巧克力制作过程中有不可或缺的作用。

此外，博物馆里还有一幅 1740 年绘制的油画。画中的人物衣着华丽，三五成群，一边聊天，一边饮用巧克力饮料。许多品尝巧克力的器具也被收藏于此展示给访者看，包括古老的木制勺子、饰纹华丽的银制杯子。临近展览结束时，可以看到金色的巧克力喷泉，这是博物馆的标志之一。一棵人造可可树上面，结满了金黄色的可可豆，而这些可可豆又凝聚在一起，外观上看又像是一个更大的可可豆。在可可树的下面，有水形成的喷泉，巧克力浆液也在不停地流动。在喷泉的旁边，还放着一些威化饼干，供游客动手制作品尝。

巧克力博物馆同时也是巧克力专卖店，有像我们这样慕名而来看稀奇的人，也有旅行社带来参观的游客。德国的巧克力世界著名，来到巧克力博物馆人们自然不会放过这样绝好的购买巧克力的机会，随意挑上一些带回去也是不错的礼物。

晚上六时，我们乘火车回法兰克福，三个小时顺利到家，结束了我们的杜塞尔多夫—科隆行。

TOUR & PAINT
GERMANY

画游德国

卡塞尔艺术之旅

　　卡塞尔之行的准备工作做得很仓促，出发前几天偶然看到一则信息说卡塞尔威廉高地宫殿有一批出自伦勃朗、鲁本斯、凡·戴克、席勒等世界绘画大师的名画，于是我立刻决定前往卡塞尔看画。在 Booking 上分分钟搞定酒店，出发当天买黑森州州票，34 欧元 / 天，可以 2~5 人同时出行，涵盖黑森州范围内城市与城市之间的列车（高速列车 ICE 除外），还有市内交通（包含轻轨、地铁、公交车）全部费用。我们一行四人，每人几欧元，不仅含了从法兰克福到卡塞尔的火车票，而且包括法兰克福和卡塞尔两个城市的市内交通，真是非常合算。

　　卡塞尔市是黑森州内继法兰克福以及威斯巴登之后的第三大城市，也是黑森州联邦劳工法院和联邦社会法院以及行政法院的所在地。卡塞尔是黑森州北部的文化和经济中心，18 世纪是卡塞尔历史上的黄金时代，前后几位君主有个共同特点：酷爱艺术，广修宫殿园林，遍寻名雕名画，短短几十年就使卡塞尔赢得了"艺术名城"的美誉。正是因为这里名胜古迹众多，博物馆馆藏丰富，吸引了大批游客，所以各种会议也乐意选在这里召开，卡塞尔又被称为"艺术与会议之都"。再则，卡塞尔山清水秀，到处是公园、森林、草坪，绿地面积超过全市总面积的60%，因此又被喻为"绿意盎然之城"。

对于格林童话，你一定不会陌生吧！像《灰姑娘》《小红帽》《白雪公主》这些脍炙人口的故事不仅在德国家喻户晓，妇孺皆知，在世界上也广为流传，给千千万万世界各国儿童带去了欢乐和启迪。当年格林兄弟就是在卡塞尔这块美丽的土地上写下了这些童话故事。

列车一到卡塞尔，我们就直奔格林兄弟博物馆。在所有格林兄弟博物馆里，这座博物馆规模最大，展品最丰富，也最吸引人。博物馆里展示有《格林童话》的最初版本，格林兄弟亲笔书写的原稿，以及被翻译成世界多国语言的童话集等珍贵资料。除此之外，还陈列有保存完好的格林兄弟当年使用过的生活用品和写作文具。博物馆收藏的《格林童话》演出影像资料数目众多，参观的人们可以随意选择播放。展室内还有一些演出场景非常逼真，参观者可以和《格林童话》故事里的人物互动，这自然吸引了不少的儿童和年轻人参与其中。观展的年轻人居

多，他们中不少人戴着耳机静静地观看影片。虽然我们不懂德语，但是看一些影像资料还是能够大致明白其中内容。

　　第二站是位于卡塞尔市中心的弗里德里希阿鲁门美术馆，我们来之前就知道这是欧洲最古老的美术馆，自 1955 年以来，这儿每五年举行一次国际现代艺术展——卡塞尔文献展，由于这个原因卡塞尔又被称作 "documenta 之城"。弗里德里希阿鲁门美术馆位于广场一侧，这是一幢典型的古希腊式建筑，三角形的门楣下面一根根粗壮挺立的希腊柱，庄严肃穆使人震撼。购票入内，偌大的展馆里游人模样的就我们俩，而大学生模样的年轻人倒是挺多，有几个展室里面有不少人，像是老师带学生一边观展，一边在讲解什么活动内容。美术馆上下几层楼，展品中有实物有画作，更多的是各种音控影像，甚至参观者也可以入画，成为画中人物。我们一边看一边调侃说，正是这些我们看得似懂非懂的东西在未来五年内会引领世界艺术发展的潮流。

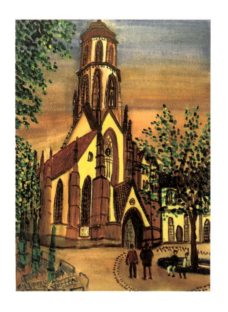

从美术馆出来后我们就在市中心步行街、购物中心闲逛。大街一侧接连有好几幢庄严雄伟的古希腊式建筑，我们猜想大概这里就是联邦劳工法院和联邦社会法院以及黑森州行政法院的所在地。天色渐渐暗下来，整条大街灯火通明，人来人往，一派繁忙的景象。我们很感慨，过去无论在德国还是在中国好像都没听人说起过卡塞尔，这次来了才发现这儿不仅环境优美，而且市中心的热闹程度与法兰克福采儿大街、歌德大街相比也毫不逊色。

今天一早，我迎着初升的朝阳在酒店周围随意地溜达。酒店所处位置不在市中心，周围大多是居民房，房屋或新或旧或大或小，但建筑风格各异、房顶墙体颜色很鲜艳，我尤其喜欢各家各式各样的窗户、房顶的烟道、房前屋后的花园和窗台上盛开的鲜花……充满了诗情画意，令人神往和陶醉。在第二次世界大战期间，卡塞尔是德国飞机坦克的制造中心，被盟军空袭轰炸过，整座城市成为一片废墟。战后重建，卡塞尔迅速发展成了一座经济文化发达的现代化都市，也算是一个奇迹。今天的卡塞尔是德国重要的工业城市，火车机车、卡车、公共汽车等产品享誉全球，德国的高速火车就是在这里制造的。

早餐后，我们乘有轨电车去游览位于卡塞尔郊外的欧洲屈指可数的大规模公园——威廉高地宫殿公园，这里最有名的建筑当属雄伟壮观的威廉高地宫殿。在威廉高地宫殿外，我们

偶遇卡塞尔电视台记者做访谈节目，我欣然接受了采访。主持人的第一个问题都是固定的："请问你来自哪里？"我回答来自中国成都，然后补充说，成都是大熊猫的故乡，成都大熊猫繁育研究基地有很多很多可爱至极的大熊猫。这样的回答自然引起了主持人极大的兴趣。接着，主持人问我的职业，我告诉她我是一名教师，任教的学校是一所具有2160年历史的中国名校，这是主持人始料未及的答案。看着他们惊讶的表情，我当然是挺得意的。

接下来就是我们此行的重头戏——参观这里的威廉高地宫殿博物馆（即威廉宫）。威廉宫曾作为拿破仑弟弟的王宫，后来拿破仑三世也被囚禁于此。如今这座宫殿已被辟为宫廷博物馆和美术馆，收藏有世界著名的艺术作品。这里有德国杰出大画家丢勒1499年所作的妇女肖像画《图赫》，像国宝一样珍贵，被印到20马克的钞票上。此外还有17幅伦勃朗的真品，最著名的就是《雅各布的祝福》，鲁本斯8幅真品，凡·戴克11幅真品，均是世界名画。这里的古典绘画馆共收藏了15—18世纪的荷兰绘画共计280多幅。威廉高地宫殿美术馆收藏如此丰富，令人目不暇接、流连忘返。馆藏除绘画外，雕塑也不少，其中以希腊神话中的太阳神阿波罗塑像最为出名。同行的朋友夫

妇不喜欢看博物馆，我们约好三个小时后博物馆门口见。宫殿美术馆大楼上下三层，如此众多的世界名画，每一幅都令我着迷，三个小时的时间似乎转瞬就到了。

　　我们会合后一起游玩卡塞尔最有名的游览胜地——威廉姆斯赫厄公园。这是欧洲最大的巴洛克式山林公园，占地2.5平方千米。它建于1701到1717年，由意大利著名建筑师设计，依山势而筑。公园太大，一眼望不到边，以威廉宫为起点，中间一条对称轴，两旁的花园草地树木呈对称图形，一直延伸到山顶，整个公园气势磅礴，蔚为壮观。我们决定先从右边往上一直登顶，然后从左边下山。一路上有鲜花盛开的苗圃，有绿草如茵的草坪，有泉水淙淙、小桥流水，还有大片大片的树林。

　　走了一两个小时，我们爬到了威廉高地宫殿公园最高处。山顶上有一座八角形的宫殿建筑，其上又筑起金字塔形的高塔。塔顶上耸立着8米多高的希腊神话中的大力士海格立斯的塑像，现已成为卡塞尔的标志。宫殿建筑顺山坡修建有阶梯，共885级台阶，被称为"人工瀑布"阶梯，每年5月1日—

10月3日期间每逢周二、周四以及节假日，有流水顺着885级台阶奔泻而下，形成空中瀑布的景观。流水环绕公园，最后喷出高达50米的喷泉。可以想象这是一个多么壮观的景象。可惜我们今天没有看到这样的奇观，当然这又为下次的卡塞尔之行留下一个期盼！突然回想起刚才在宫殿博物馆底楼有一个很大的厅，中间有讲台及上课使用的电教设备，讲台下面有座椅、画板，四周有不少大大小小的油画，画作题材就是这儿壮观的"人工瀑布"和喷泉场景。

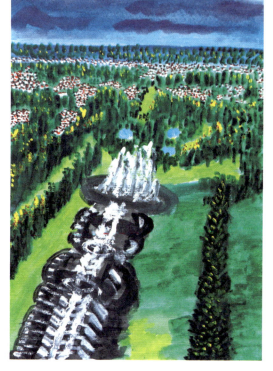

从山顶下来跟着指路牌来到了狮堡，这是一组古色古香的建筑群，是仿照英国中世纪的骑士堡垒而建的，富有浪漫色彩。我们当然进堡参观，亲身体验一下中世纪骑士堡垒的生活场景。接着，我们马不停蹄赶往下一个不能错过的景点——奥林治宫，该宫所在的园林占地1.6平方千米，园内到处绿草如茵，四季鲜花不断，湖水荡漾微波涟漪，彩帆点点，风景如画，这里曾举办过两

次联邦园林展。位于公园半山腰的雷温堡像极了格林童话世界里的小宫殿，怪不得格林兄弟在卡塞尔创作了《小红帽》这样的童话故事。

卡塞尔艺术之旅就要结束了，给我们入住的这家酒店 Hotel Credé 打个广告——位置好，出门有两家超市，吃的用的尽情买；交通便利，有轨电车带你去往卡塞尔各个地方；房间宽敞明亮、舒适安静；还有价钱十分便宜，双人间每晚 59 欧元（含税）！特别印象深刻的是每个房间和走廊过厅都有绘画作品，而画作内容就是附近的建筑与风景。在前台接待处有一面易拉宝墙，上面贴着客人留下的五颜六色的便条或简笔画，随便看了几张，都是一些赞扬酒店的话语，感觉很温暖。

TOUR & PAINT GERMANY

画游德国

北德行（汉堡、吕贝克、什未林）

汉堡

　　终于盼到了北德行，首站——汉堡！不夸张地说，汉堡行 N 年前就已经被列入我德国游日程中了。这些年无数次在书籍、杂志、电视、网络上见到汉堡易北爱乐音乐厅，每一次都引起心里一阵悸动，她是那么美丽动人，让人充满无限遐想，参观音乐厅，在音乐厅看场歌剧是我去汉堡的最大动力。当然，还有汉堡美术馆，那里丰富珍贵的名家大作每每想起就令我有一种迫不及待想一睹为快的冲动。但是，一次又一次的计划却因这样那样的原因而搁浅。

　　2020 年，一场突如其来的新冠肺炎疫情打乱了几乎所有人的旅行计划。年初，我们虽然身处德国，但中国国内疫情每时每刻牵动着我们这些海外华人的心，一会儿忙着帮国内亲友购买医用口罩，一会儿又是帮忙收集从欧洲各国采购来的医用防护服，并打包寄给国内一线医务人员。眼见国内疫情有所缓解，还没回过神来，欧洲也开始遭受新冠病毒的攻击，先是意大利，再是西班牙、德国、法国、英国……几十天就招架不住，各国开始封国封城。好在第一波疫情持续时间不长，不到两个月就解封了。五月下旬，我们与女儿、女婿就忍不住冲出家门，去往德国与捷克边境的巴德山道度假。回来后我们准备下一次旅游就去汉堡，可惜汉堡是大城市，只能等疫情进一步缓解后再出发。没想到一等再等，到了 11 月第二波疫情来势汹涌猝不及防。接连着第三波疫情，时间已经从 2020 年年末到了 2021 年年中。谢天谢地，我们终于打了两针疫苗，7 月欧洲开始实行疫苗护照，我们可以凭疫苗护照自由行了。

　　说了一大段题外话，现在切入正题。汉堡是德国第二大城市，也是德国最重要的海港城市和最大的外贸中心、德国第二金融中心、德国北部的经济和文化大都市。汉堡被誉为"德国通往世界的大门"，世界各地的远洋轮来德国时，都会在汉堡港停泊。汉堡还是世界上第二大飞机制造区，是"空中客车"的重要生产基地。汉堡大多数工业和外贸有关，所以，汉堡是与中国打交道最多的城市。

　　清晨六时许，我们从家里出发乘 17 路有轨电车去火车总站，6：58 搭乘高速列车 ICE774，从法兰克福途径卡塞尔、哥廷根、汉诺威，直达汉堡。说到哥廷根，我有一个多年的心结，几十年前，读到季羡林老先生自传书籍《留

德十年》，记得书中记述季先生二战时期留学德国时，由于突如其来的战争，德国与中国交通中断，信息隔绝，季先生因此一直滞留德国。《留

德十年》描写德国留学生当时的留学生活和关于德国人以及二战的种种情景，我因为此书最早也最真实地近距离接触了德国，因此对哥廷根这座德国小镇记忆深刻，自然就有了要去哥廷根走走看看的愿望。来往于德国和中国二十年了，这次也只是路过，在列车停靠站台时拍了哥廷根总火车站站牌，算是勉强给自己一个交代，哥廷根，我来过了。

德国 ICE 高速列车上一般都会有工作人员查验车票，但并未如原先设想的有任何相关人员检查甚至过问一下乘客有无感染新冠病毒或是否已经打过疫苗。车厢里乘客不多，是七八月旅游旺季的一半吧。除了一家人和结伴乘车的旅客坐在一起外，大家都分散而坐。人人都戴口罩，时不时有人摘下口罩喝水、吃东西。车厢里很安静，窗外风光绮丽，ICE 有免费 Wi-Fi。不知不觉间 3 个小时过去了，10：35 列车正点到达汉堡火车站。

到了汉堡，我们直奔主题——参观汉堡美术馆。出了火车站往右侧看去，宏伟壮观的汉堡博物馆就在不远处，谷歌地图指示步行两分钟即可到达。建于 1868 年 的

汉堡美术馆，是一座历史悠久古色古香的欧式建筑，占地两万平方米，是德国著名的美术馆之一。美术馆由新旧两馆组

成，旧馆中展出的是中世纪到 20 世纪中叶德国以及荷兰的艺术珍品，重点是德国浪漫主义时期的绘画和传统的现代绘画。1997 年扩建而成的新馆，也叫现代艺术馆，展出 1960 年迄今为止的现代绘画国际艺术作品。这里宛如一个艺术宝库，静静等待大家的发现。

封闭了一年，终于又可以在欧洲看名家真迹了，我确实很激动。从上午到下午好几个小时我一共看了六个不同年代、不同形式、不同风格的画展，除了上面所说的美术馆常规展——古代馆和现代馆，另外还有四个特展：Früher War Schindler Immer Jetzt–Malerei sent 1947 aneurysms Prsentiert（以前总是现在 – 始于 1947 年的绘画），Serien–Druckgraphik Avon Warhol Bis Wool（系列 – 印刷图形，沃尔夫羊毛制作），Out Of Space（外太空），以及 Raffael——Wirkung Eines Genies（拉斐尔——一个天才的影响）。在我大饱眼福的同时，随行的严先生有点吃不消了。长达四五个小时，虽然其间在馆内餐厅吃午餐稍事休息了，但一直走着站着观看画作还是挺累人的，更何况他一直端着沉沉的单反在拍照。

在欧洲著名美术馆都能看到我们平日里熟识的著名画家的珍品，无一例外。在这里我也看见了法国巴比松画派最著名画家米勒，以及 20 世纪著名画家毕加索、莫奈、高更等耳熟能详的印象派和立体画派代表人物的画作，只是未见梵高作品，有点遗憾。另外，这次看展还有一个重大收获，就是发现这里有两个展室专门展出马克斯·贝克曼的巨作。马克斯·贝克曼（1884—1950）是德国最具代表性和影响力的表现主义画家，是我最近几年在德国看画展过程中逐渐喜欢上的一位画家。贝克曼出生于德国的莱比锡，逝世于纽约。20世纪80年代以来，他的作品得到全世界人们的广泛喜爱，在纽约、苏黎世以及巴黎的回顾展都获得极大的成功。他的早期表现主义手法即无理性的画，通常风格奇异，运用比喻手法的油画，获得越来越多的人的喜爱与赞誉。曾经一位朋友跟我谈到德国表现主义画家的作品，感慨地说：以严谨理性著称的德国人怎么会创造出那么无理性的表现主义绘画手法呢？！

看完画展，乘12路巴士直接去我们的民宿所在地——圣保利区。待一切

安顿好，已是傍晚时分，我们外出吃饭，顺带观光。圣保利区是汉堡夜生活的中心，在最有名的绳索街（因曾经拉满百米长的绳索而得名）上，有欧洲最大的红灯区。各种色情服务场所、窥视秀、酒吧、夜总会都可以在这里找到，晚上灯火通明十分热闹。我们当然仅仅是路过，远远观看不敢靠近。

说到红灯区，阿姆斯特丹红灯区可以说闻名全球，我们已经三度到访阿姆斯特丹，几乎每次都会去红灯区看看。当然，有着"亚洲第一红灯区"之称的新加坡芽笼也有着不小的知名度。不过，这两个红灯区其实范围都不大，阿姆斯特丹红灯区只有几条街道和小巷，加上一些商铺、餐厅等，其实没有多少妓院。要说到面积，德国汉堡红灯区才是欧洲最大的，而且知名度也很高。德国是风俗行业大国，这个给人以严谨、深沉印象的国度，在性观念上面却显得相当的开放。早在2002年，德国就实现了风俗业的合法化，从此妓女成了合法职业，需要像其他行业的从业人员一样缴税和购买养老保险，这样做的目的之一，就是保护性工作者的权益，避免她们受到歧视。

走过绳索街，我们来到老易北河公园，远远就看见高高矗立的俾斯麦雕像。此雕像始建于1906年，是现存最大的俾斯麦雕像。目前，这座雕像四周全是搭建的

钢架和高高的吊塔，据说由于底座已经出现垮塌，雕像整体倾斜了9厘米之多，德国将投资650万欧元对雕塑进行加固和修缮。俾斯麦是德国最伟大的政治家之一，曾担任普鲁士王国首相和德意志帝国首任首相，被称为"铁血宰相"。他在担任普鲁士首相期间通过一系列战争完成了德国的统一，又在随后通过立法建立了世界上最早的工人养老金、健康和医疗保险及社会保险制度。

圣保利区还有汉堡鱼市、达姆门火车站、戴维警局、披头士博物馆……我们民宿对面就是一年一度的汉堡游乐节的主场，目前正在紧锣密鼓安装高空观览车、摩天轮、旋转木马……再过几天，这儿会是一个热闹非凡的场所。毕竟新冠病毒的存在还是一个不争的事实，我们最好远离人群，保护好自己不受感染为妙。

吃过早餐出门，今日的重头戏是汉堡海港区，我们直奔第一目的地，即汉堡地标建筑——圣米歇尔大教堂。该教堂原名圣米夏艾丽斯大教堂，被汉堡人亲切地昵称为"米歇尔"。圣米歇尔大教堂建造过程和大多数欧洲教堂一样，历时多年，久经磨难。它最初建造于1647—1669年，1750年被雷电击中而烧毁，其后人们在被毁的教堂基座上修建新教堂。而现在我们所见的建筑是后来重建的，教堂钟楼的铜木装饰是在1786年完成的。二战时该教堂有幸被保存下来，仅顶部和圆拱形部分受损，1952年得到修缮。

与德国其他几座著名教堂哥特式的建筑风格不同，圣米歇尔教堂是巴洛克风格，而巴洛克风格最鲜明的特点就是华丽而优雅。比较科隆大教堂和圣米歇尔大教堂钟楼的造型，可以看出它们有明显的区别。科隆大教堂哥特式的钟楼是尖三角形，像利剑一般刺向天空，而圣米歇尔教堂的钟楼是方形塔身，数根圆柱撑起半圆形穹隆顶，构成眺望台，圆帽上再竖小尖塔。钟楼高 132 米，与梵蒂冈圣彼得大教堂钟楼高度一样。钟楼四边的大钟，钟盘直径达 8 米，指针 3~4 米，据说为德国之最。

早晨 8 点，金色的阳光从东面直接打在圣米歇尔大教堂的正面外墙上，整幢红砖建筑呈现鲜艳明亮的红色，既华丽优雅又庄严肃穆。教堂 132 米高的尖顶直插蓝天。大教堂的正前方地面上镶嵌着一排排整齐的金属板，上面记述着几百年来长眠此地的大主教的生卒年月，我一边看一边想：这下面会有大教主的遗骸吗？大教堂右侧有一尊数米高的硕大青铜雕塑，走近细看，雕塑下方基座上刻着"马丁·路德（Martin Luther，1483—1546）"。马丁·路德是 16 世纪欧洲宗教改革运动发起人、基督新教的创立者、德国宗教改革家。

教堂侧门前有几个人在站着聊天，估计他们是在等教堂开门。我走过去看了看教堂大门右侧墙上的时刻表，教堂对公众开放时间为周一至周六9：00—18：00，还有十几分钟就到9点，我们决定等一会儿。到了9：00并没有开门的迹象，又过了几分钟，大家逐渐散去。反正我们也不急，我们的民宿就在附近，每天出入路过随时都可以再来。

从教堂向下穿过公园、喷泉、草坪，经过一幢造型新颖的玻璃大楼，走过过街天桥，对面就是汉堡港口区，左前方就矗立着汉堡易北爱乐音乐厅。汉堡港坐落在易北河边，被称为"通往世界的口岸"。作为德国最大的港口，汉堡港的历史可以追溯至1189年，神圣罗马帝国皇帝弗雷德里克将此处建设成为当时欧洲中部最主要的港口。现在的汉堡港不仅是汉堡市政建设的一项重要工程，也是汉堡最著名的旅行胜地。在河畔不仅能看到各色船只，享用美味小吃，还有水族馆和著名的鱼市可供参观。

港口停泊着几艘大船，一艘大船明显是古船样式，船体红、绿、白相间，异常醒目。船上矗立着三根粗大的桅杆，数十根牵拉船帆的绳索，两块张开的三角船帆，船帆上有着海事博物馆的广告。大船上载有小游船，不知是否可以放到水里单独航行，还是仅仅作为装饰之用。总之，整艘船装备齐全、功能完善，我们能感受到昔日它驰骋海洋的气派。并排停泊的另一艘船是一艘大型货轮，船身上白下红，船中央位置有四层船体房间和一个顶层平台，船上安装有大型吊塔，大约是用来起吊货物的。我们估计这两艘船应该是用来装饰海港，供游人拍照用的。

远处近处是一排排深入水中的码头，我们边走边看边拍照。路过一艘装饰着彩带的小型轮渡，见船上驾驶员一直在招呼我们上船，我们盛情难却，登船，开始今日的汉堡海港游。轮渡围绕音乐厅航行，此刻的阳光直射在音乐厅整体建筑上，我们又是拍照又是录像，

留下了一段段美好记忆。船停泊到音乐厅站，我们下船登岸准备去参观这座向往已久的神奇建筑。

　　易北爱乐音乐厅是德国北部音乐之都的新心脏，其别具一格的建筑风格和精彩纷呈的各类音乐活动互相映衬，将卓越艺术和开放包容融为一体。音乐厅由赫尔佐格和德梅隆建筑事务所设计，矗立于城市与港口之间，并将从前的码头仓库与新颖的玻璃结构和弧形屋顶合为一体。音乐厅是一个建筑综合体，包含了一个交响乐音乐厅、一个室内音乐厅、一个可以看见汉堡城市全景的观景平台，以及各种餐厅、酒吧、公寓、酒店和停车设施。港口仓库城和音乐厅在功能上虽格格不入，但是建筑师却做到了二者的有机结合，充分展现了建筑内部空间的丰富性。一方面，古色古香的红色港口仓库基座保持了整个建筑和港口的关联；另一方面，晶莹剔透的宝蓝色的音乐厅建筑又表现了另一个奢华梦幻的世界。两者之间，充斥着振奋人心的公共和私密空间，变换着空间个性和尺度。巨大的港口仓库露台，就像一个公众广场，延伸向远处，默默望着交响乐音乐厅。

我们排队购票准备登观景平台饱览汉堡港，我要了两张票，问："多少钱？""免费！"我以为没听清楚又问了一句："多少钱？""免费！"居然就是免费，不要钱！我笑了，售票员也笑了。汉堡人真是不缺钱，太大方了。我们乘直达电梯上到平台，绕平台一圈，可全方位无死角地看到汉堡港和汉堡市风景，这样开放式的设计突显出汉堡这座德国新地标建筑作为"一个面向所有人的音乐厅"的特点。音乐厅观景平台开放时间是10：00-24：00，要是晚上来这里看海港和城市灯火辉煌的夜景，应该又是另一番风景。

昨晚有一场高水平的钢琴音乐会在这里举行，原以为疫情还未完全过去，看演出的人不多，提前两个月应该可以买到门票。待我们确定行程后上网一查，钢琴音乐会门票已经告罄。女儿说可以到时去音乐厅门口碰碰运气，看会不会有黄牛卖票，结果还是没有。

紧挨着音乐厅的仓库城就是两年前刚被收录进世界文化遗产项目的"汉堡仓库城和包括智利之家在内的船运大楼"（简称"仓库城"）。到仓库城走一圈，一定是许多游客来汉堡的必备项目。仓库城，顾名思义，是用来存储汉堡港货物的地方。这里位于汉堡城内的运河边上，是世界上最大的仓储式综合市场，拥有超过30万平方米的存储空间。仓库城拥有100多年的历史，

16 世纪时，这里居住着因宗教问题而被驱逐出境的荷兰人。当时，这里只不过是传统的民居而已，当然也有商业用房。1888 年，由于俾斯麦逼迫汉堡纳入关税区，因此有了建造仓库城的动机。在威廉二世时期，临水而建的 17 座占地面积共 30 万平方米的哥特复兴式红砖结构建筑群静立在数千根木桩上，构成了长长的仓库城街区。厚实的深红色墙壁后面，曾储存着来自世界各地的"珍宝"。

仓库城之所以吸引世界各地的游客，或许就是因为这一区域老式的红砖房还保留着 19 世纪的气息。在运河中间的多个小岛上，许多桥梁将楼房及道路连接起来，运河和路的两旁都是哥特式的多层红砖建筑。漂亮的桥、漂亮的红房子，运河水倒映着蓝天白云，时不时有载着游人的

游船在桥下经过，桥上的游人和桥下船上的游客互为风景，竞相拍照。

前面就是智利之家（又名智利屋，1922—1924），与仓库城同时被列为世界文化遗产。这是一座占地6000平方米、10层高的办公大楼，其外形酷似一艘乘风破浪的轮船，"船首"部分呈三角形，"船身"部分是流线形的墙体，红褐色砖墙间的一扇扇白色窗户就像是巨轮的客房。大楼用接近500万块深色的奥尔登堡砖堆砌而成，建筑使用的红砖不只代表德国的红砖建筑的再次兴旺，也体现出了设计师的良苦用心。这是德国著名的表现主义红砖结构建筑的典范，这种建筑风格强烈地影响了19世纪20至30年代的北欧建筑。游客普遍喜欢的是从东面欣赏大楼，在这里可以看到大楼最美的一面，在此隆重推荐。

接下来我们参观了海事博物馆。2008年，汉堡政府斥资3000万欧元，将仓库城其中的一幢9层建筑改造成了号称世界最大的海事博物馆——汉堡国际海事博物馆。在这个世界最大的海事博物馆里珍藏着23000件以1:1250比例建造的船只模型，1000条大比例（1:100，1:150，1:300）的船只模型，涉及全球绝大部分知名船公司珍藏的100万张关于航海的照片，12万册关于航海的图书，5000多幅1570年至今有关航海的油画、水彩画和版画，2000部关于航海的电影，还有150套各国海军制服，大量船旗、勋章、奖章、手稿、证明文
书、航海日志、明信片、
菜单、航海家遗物、航海
仪器等各种各样具有纪念意
义的物品，几乎记录着整个
人类航海史。

在入场观展之前，工作
人员给我们说参观票是当日
票，当日可以随时出入。我
想看两三个小时够了吧，还
需要整天泡在这里？殊不知
我们看了三个小时才看了不
到一半，我数了一下，整幢大楼展厅共七层，每层还含有一个夹层。不要说细看，就是走马观花，也不是两三个小时就可以完成的任务。我们只好出去吃饭休息，然后接着观展。最令我开心的是今天不仅看到世界几百年历史上各种类型的大小船只模型，而且还看了5000多幅1570年至今有关航海的油画、水彩画和版画，相当于看了一个专题美术馆，大饱眼福的同时也大开了眼界。在即将结束这场视觉盛宴的时候，我意外发现在最上层展馆玻璃橱窗里除了陈列有金、银、琥珀制成的船只，甚至还有世界上独一无二的骨船。看到象牙雕刻的中国小船船模时，着实令我大吃一惊。

值得一提的是，这么大的一个航海博物馆，主要展品居然来自私人收藏，这一切起源于一个小孩的礼物……1934年，彼得·塔姆从母亲那里收到一份礼物：一只小小的船模。从那以后，彼得·塔姆收藏航海珍品的热情便一发不可收，人生也因此而改变。时光荏苒，到了 2008 年 6 月 25 日这一天，汉堡国际海事博物馆建成开放，而该馆的主要藏品就来自彼得·塔姆建立的航海基金会。

回住地时路过圣米歇尔大教堂，正好看见教堂侧门开着，进去一问，才知可以购票登顶俯瞰汉堡全景。欧洲的城市，无论大小，都有一座大教堂，而且都地处市中心，且都可以登顶看全景。我每到一城，只要时间允许，都要在大教堂登顶。只不过现在处于新冠病毒疫情期间，电梯一次只能允许一个人或一家人乘坐，等待时间自然就长了许久。不过还好，不到半小时我们就乘电梯登到教堂尖顶下的观光平台，360 度无死角地俯瞰汉堡全城。首先看到的就是易北爱乐音乐厅、海港区，然后是远方的尼古拉大教堂和周边的市中心商业区，最后看到白色摩天轮，它的对面就是我们居住的民宿。

来到汉堡，当然要乘船游一下汉堡港，我们乘坐玻璃顶观光船，登上露天甲板，看到的汉堡又是另一种味道，海港新城和古城相映成趣，一栋栋充满创意的大楼拔地而起。我们选择乘坐夜晚游船观汉堡海港的夜景。晚上 10 点，游船启动先是朝出海方向行驶，开了好几千米，我们原以为是

不是要驶出海港了，但后来发现离出海口还比较远游船就往回走了。游船驶过一些货轮停泊的地方，也包括万吨货轮，这是我们第一次近距离观看万吨货轮，目测有二三十万吨，也算是开了眼界。从货轮港口返回又驶入市中区仓库城一带的运河。整个航程中，夜景下的两岸码头和建筑在霓虹灯下闪烁耀眼，各种游轮、货轮、大船小船在水中来来往往，我们的游船在波浪中颠簸着，时不时我还有些小紧张，"游船会倾覆否"这个念头不时在脑海中浮现。整个航程历时近两个小时，高潮迭起精彩纷呈，给人如梦如幻的感觉。汉堡这是座舒适的海滨城市，它用那闲庭信步的节奏和活色生香的氛围，抚慰着人们孤单的灵魂，使他们放缓了匆匆前行的步子。

　　第三天的行程从一大早参观汉堡微缩景观世界开始。我们前一天去购票，以为马上就可以观看，没想到当日的票已经告罄，第二天的票只有两个时间段，一是早晨 8：30，一是晚上 8：30，我们当然选择早场。所以今天一早起来吃过早餐就上路，好在步行半小时即到。汉堡微缩景观世界，是被选入《吉尼斯世界纪录大全》的杰作。微缩景观世界是一项极其浩大且不可思议的工程，请看下面一堆看似枯燥实则意义重大的数据：模型区 1499 平方米；主题世界 9 个；火车 1040 列；货车、小车超过 10000 辆；信号灯 1300 个；最长的火车 14.51 米；开关 3454 个；灯 47900 盏；人物 269000 个；树木 130000 棵；施工时间 947500 小时；建筑成本 36000000 欧元。60 多台电脑来控制世界上最大的数控铁路模型，树木、桥梁、房屋、人物与动物雕塑搭建出各种场景，惟妙惟肖，令人眼花缭乱、叹为观止。

这样举世无双的工程居然是由双胞胎兄弟格瑞特和弗瑞德利克·布劳恩共同创建的。很多年前就听说过这俩兄弟用乐高建造了一座 20 万小人居住的城市，现代城市的功能应有尽有，甚至有汽车、火车行驶以及飞机起降的实景。没想到这座微缩城市居然就在汉堡，今日得以一睹为快，实在心满意足。我也算是见识了德国人的工匠精神，4000 多平方米的展场，共三层楼，各种能够想到的场景应有尽有，甚至以白天黑夜两种模式交替展示，除了震撼还是震撼！

看完微缩景观世界，我们就在二楼用午餐，咖啡加上牛角面包就算一顿，然后出门按计划乘汉堡城市观光大巴看汉堡城市风景。观光大巴为上下两层，游客基本都在上层，我们上去时已几乎座无虚席。大巴上可以用耳机听讲解，十几种语言，中文也在列。沿途每到一个名胜古迹就有较详细的讲解，乘客一边观景一边听讲解，我们先乘观光车看汉堡，绕汉堡一圈大约 1 小时 30 分钟，终点站也是起点站，就在海港区。

第二轮游览开始，我们在汉堡市政厅站下车。汉堡市政厅是一座漂亮的文艺复兴式建筑，外观雕刻精致，富丽堂皇，内部装饰华贵高雅，地下餐厅声名远扬。市政厅用砂岩作为建筑材料，描绘有汉堡守护神汉莫尼雅的镶嵌画就安放在市政厅大楼端面（正面）上方半圆形壁龛内。金色的拉丁文意为："先辈赢得的自由，后人应加倍惜之。"市政厅建于 1886—1897 年之间，取代了 1842 年被大火烧毁的旧市政厅。汉堡市政厅是汉堡著名景点之一，内设房间 647 间，比英国白金汉宫还多 6 间。其内部装潢风格是新文艺复兴、巴洛克和古典风格的混合体。市政厅的大厅由 16 根石柱支撑起，立在石柱上的 64 处人像浮雕是为了纪念各位汉堡名人，大厅庄严肃穆。

　　我们正在市政厅门前寻找最佳拍摄地点，突然看见警察在两边路口摆上交通三角柱阻挡车辆通行。开始以为会有什么重要人物出现，结果是一场游行示威活动，参加者都是一些年轻人，他们打着标语：Fridays for Future。这是一个关于环境保护的议题。2019年我在葡萄牙法鲁市中心也看见人们举着"Fridays for Future"游行。游行队伍演奏着乐曲，一边行进一边喊着口号。在汉堡市中心市政府广场偶遇游行，严先生开玩笑说，这算是旅游的副产品！

　　还有热闹在后面。我们转到市政厅内院，正好看见从里面出来两个女孩，站在门口，手里牵着一条白色横幅，上面画着两颗大大的心，还写着名字，当然还有丘比特之箭了。然后两个帅哥手持DV走出市政厅的门，摆开架势在门口准备拍摄，接着新郎、新娘闪亮登场，伴随着鲜花掌声，然后伴郎、伴娘出场。新郎、新娘开始用剪刀剪那两颗画在白横幅上的心，全部剪下来之后中间就空出了两颗心形的位置，然后新郎、新娘携手从中间钻过。接着观礼的嘉宾开始向新娘献花，祝福，整个过程持续了十几分钟吧。祝福完毕，新郎、新娘登上花车而去，亲友们在中央喷泉广场拍照留念。一般情况下，德国城市市民在市政厅登记结婚，有的登记之后就直接去婚宴现场，有的错开日子举行婚宴。

从市政厅直接往下走就是素有"汉堡明珠"之称的阿尔斯特湖。阿尔斯特湖分为内外两个湖区，内阿尔斯特湖位于市政厅广场以东，像一颗明珠镶嵌在市区的中央。湖面四周林木苍郁，花香袭人，人们可坐在椅子上休闲观景。蓝色的湖面上，天鹅优雅地穿梭在波光粼粼的湖水中。湖滨有精美的雕像、古老的教堂、豪华的宾馆和商业大街。湖水倒映着沿岸形态各异、五颜六色的建筑，风景如画。与内湖相比，外湖大了许多倍，我们乘观光车沿着湖边游览，看见湖面白帆点点，解说员描述帆船运动是外湖最受人喜爱的运动项目，还说没有在阿尔斯特湖里翻过船的不能算是真正意义上的帆船手。在两湖之间的大桥 Kennedy brucke 和 Lombards brucke 上可观赏汉堡全景。

　　市中心有一座免费开放的花卉植物园，这是汉堡人民的骄傲，也是市民闲暇时最喜欢去的地方。园内遍栽各种花卉、植物，并建有花坛、温室、图书馆、展览厅等。从汉堡市区的各个地方乘坐地铁都能到达这里。观光车也在此停靠，下车就能看到汉堡的州议会大楼以及紧邻议会大楼的丽笙酒店，而花卉植物园的入口就在酒店旁边。进入花卉植物园后，里面绿树成荫，小桥流水，来这里的基本上都是当地人，正值暑假，许多孩子在家长的陪同下，或是玩沙戏水，或是观赏各种花草树木，一派祥和安逸的生活景象。

　　汉堡天文馆在阿尔斯特湖以北，是现如今世界上最先进的天文馆之一。该天文馆所在建筑原本是一座水塔，建于 1912 年至 1915 年。1929 年时，汉堡国会最终决定将天文馆设置在此水塔之中。1930 年，汉堡天文馆正式对外开放。它在自己巨大的圆屋顶上采用先进的多媒体技术制造出了一个庞大的宇宙环境，游客步入其中犹如步入了浩瀚的宇宙之中。除此以外，天文馆还利用图像、声音和现场表演等全方面地展示宇宙的神奇。这种直观且极具代入感的展示模式，令游客了解宇宙奥秘也变得直观而容易。在汉堡天文馆中，循环播放着各种科普的 3D 影片，参观者可以躺在舒适的座位上享受这令人称奇的视觉盛宴。

圣尼古拉教堂曾经是世界上最高的建筑（现在仍是汉堡第二高建筑，第一高是汉堡电视塔），初建于 12 世纪。它先是在 1842 年 5 月 5 日被焚毁，然后在 1876 年改样重建，重建为哥特风格，可不幸在二战中再次蒙难，在 1943 年盟军的空袭中被炸毁。在此之后这教堂就没有再重建，而是保持了废墟的形式以警示后人，不要再重蹈战争的覆辙。我们去尼古拉教堂时还闹了

一点小小误会。谷歌地图指示到了尼古拉教堂，因为我事前做攻略时知道教堂被炸毁后没有修复只留下了塔楼，这会儿抬头一看，教堂尖塔高耸入云，十分壮观和震撼。我就对严先生说：弄错了，这不是尼古拉教堂，这哪里像是残垣断壁呢！可走近细看，发现尖塔上的窗户空空如也，才意识到这里确实就是尼古拉教堂。站在这些被硝烟熏黑的塔楼和残垣断壁前，仿佛能听见炸弹在空中呼啸的声音。教堂塔楼被幸运地保存下来，也是一个奇迹，147.3 米的高度使其成为德国第三高的教堂塔楼（第一为乌尔姆敏斯特教堂，有 161.53 米高，第二为科隆大教堂，有 157.4 米高）。塔楼配有电梯，可以乘电梯上到尖塔顶，俯瞰汉堡全景。

我们乘观光车游览汉堡，好几次经过汉堡第一高建筑汉堡电视塔。汉堡电视塔被称为"海因里希·赫兹电视塔"，属德国十大电视塔之一，塔高 280 米，排名第五。此塔完工于 1968 年，名字来自著名物理学家海因里希·赫兹。海因里希·赫兹在电磁学方面做出了很大贡献，频率单位"赫兹"即取自他的名字，而他的故乡就在德国汉

堡。不得不说，这座塔的外观跟我们熟悉的法兰克福电视塔真的很像，不过它的建造年份比法兰克福电视塔要早十一年。登上电视塔顶端看汉堡全景应该也是不错的选择。

当然，在汉堡国立歌剧院看一场上乘的德国歌剧也是一个不错的选择。我们乘观光车经过这座古典的歌剧院时，讲解员说汉堡是德国伟大作曲家门德尔松和勃拉姆斯诞生的地方，这里有着深厚的音乐传统文化根基。17 世纪初，德国的各大城市都有歌剧演出，但主要上演的是意大利歌剧，只有汉堡例外，在这座当时的文化中心城市产生了德国的歌剧。1678 年，赖因肯在德国汉堡建盖了一座对市民开放的歌剧院，这就是汉堡国立歌剧院。歌剧院落成开幕的那天，上演的第一部歌剧就是德国作曲家泰勒的一部取材于《圣经》故事的《亚当与夏娃》。以这个歌剧院作为土壤，早期的德国歌剧就此开花结果。

严先生最感兴趣的是观光大巴经过的汉堡富人区。这些隐于林间的别墅位于汉堡州备受欢迎的布兰克尼兹镇境内，坐拥易北河美景。布兰克尼兹镇是汉堡著名的富人区，该地区历史悠久、环境优美，小山上有很多风格各异的古老房屋。整个地区绿树成荫，处处是幽径小巷，加上紧邻易北河，这一切为布兰克尼兹镇营造出了清新浪漫、舒服轻松的生活氛围，难怪吸引了很多富人和精英居住于此。生活在这里，无论是教育还是生活，都非常方便。镇内有许多漂亮的建筑，拥有发达的基础设施，建有学校、餐馆、商店和公共交通站点。多人口家庭也毫无后顾之忧，可以尽享这块高素质人才聚集区的种种便利和舒适。

　　人们常用"我走过的桥比你走过的路还多"来说明我见过的世面比你多，我的知识面比你广。然而，走过的桥比走过的路多，这就是汉堡人民的真实生活状态。我们这几天的经历也是如此，出门三步就过桥。汉堡是欧洲著名的"水上城市"，不仅有易北河的主道和两条支道横贯市区，还有阿尔斯特河、比勒河以及上百条河汊组成的密密麻麻的河道网遍布整个市区，城市中心则有内阿尔斯特和外阿尔斯特两个人工湖，汉堡桥梁的数量甚至超过了威尼斯、阿姆斯特丹和伦敦这3座城市桥梁的总和，以2500多座的纪录成为世界上拥有桥梁最多的城市，因此有着"世界桥城"的美称。这些

桥梁如一件件艺术品装点着汉堡这座古老而现代的城市。汉堡现存最古老的石桥是建于 1633 年的关税桥，仅 10 多米长，造型简单，朴实无华；最现代化的桥是横跨易北河的柯尔布兰特公路桥，建于 1974 年，长约 4000 米，高50 多米，桥面可并行 4 辆汽车，号称"百桥之首"。我们乘船夜游汉堡港时，夜色中柯尔布兰特公路桥灯光璀璨，如一条蜿蜒的长龙在水中游弋，奇幻而壮观。

汉堡被誉为"通往世界之门""海洋明珠"以及"北方的航运桥头堡"，至今依旧保留着汉萨同盟印记。这里既是德国工业重镇，又是德国最美丽的城市，红砖的仓库城建筑和高耸的教堂，保留了历史的原汁原味。慢节奏生活着的汉堡人个个都有艺术细胞，记忆最深刻的就是讲解员多次说道：汉堡有两怪——地铁天上跑，轻轨地下行；汉堡人早晨看晚报，晚上看晨报。

明日，我们将告别汉堡去往吕贝克古城。

吕贝克

吕贝克距汉堡 60 千米，慢车大约 45 分钟到达，我按惯例在手机上提前购票，这次购票出现了一段小插曲。在 DB（德铁网站）上购票，完成整个操作程序后邮箱会立即收到 DB 发来的信件，乘车的时间、车次、站台等必要信息都有。这次购票收到的信件全无这些必要的内容，我心里犯嘀咕："会不会操作有误？"赶快把 DB 的信件转发给女儿。后来我们大致弄清了情况，因为汉堡到吕贝克每天来往车次很多，随便搭乘哪趟车都可以，故不需要注

明搭乘车次的详细信息。

　　我们上午 8 点过从汉堡出发，9 点就到了吕贝克。从火车站到我们的民宿只需步行 5 分钟，但是民宿中午 12 点才能入住，所以我们就拉着行李箱先去逛吕贝克老城。

　　吕贝克位于特拉沃河畔，距波罗的海 14 千米，人口 22 万，算是座小城，但却是欧洲北部第一个被列入联合国《世界文化遗产名录》的城市，可以想见这座小城一定有段不平凡的历史。几百年前，吕贝克比今日的汉堡还要风光，它曾是中世纪叱咤风云的汉萨同盟首府，有"汉莎女王"之称。汉萨同盟，由德意志北部城镇的商人社团创建，旨在保护彼此的海外贸易利益，

拥有武装和金库。13世纪同盟关系逐渐形成，14世纪达到兴盛，加盟的城市最多达到350个。记得2013年在挪威卑尔根见到河畔66幢色彩艳丽的房屋，那就是汉萨同盟时的建筑。

多年前，在德国驻成都总领事馆签证等候厅内随手翻了一本介绍德国的杂志，吕贝克霍尔斯腾门的图片深深地吸引了我。来到吕贝克，首先映入眼帘的就是霍尔斯腾门。这个13世纪建成的古城门一直是吕贝克城的象征。它建于1464—1478年，为晚期哥特式风格，远远望去就像童话故事中城市的入口。它的造型独特，两侧高耸的圆柱形城堡，顶端像绿色帽子的尖塔直插云天，两个尖塔之间是牌坊式建筑，整座城堡呈现深红色，颇具中世纪风格。它既是吕贝克的标志，亦是中世纪晚期德国最著名的城门，宏伟壮观，令人称奇。几个世纪以来城堡保存完好，现在是吕贝克城市博物馆。城堡前方是大片绿地，绿地四周鲜花盛开。城堡的背面就是通向老城的中央大道，像一根中轴线，把吕贝克老城一分为二。

沿中央大道走了几十米，右边小巷有一座高耸入云的教堂尖塔，正值天上飘洒雨滴，我们赶紧去教堂避雨。教堂比较小，大厅的座位全都搬空了，估计正在进行修整翻新工作。教堂可以登顶，虽然有一点下雨，估计视线不会很好，但我仍然不愿放过登顶的机会。没想到登顶后太阳突然从厚厚的云层中射出万道霞光，老城街道层层叠叠的红色房顶和城中央高耸入云的玛丽恩大教堂绿色的尖塔在阳光照耀下分外美丽，刚才看过的霍尔斯腾门矗立在红房绿树中异常耀眼，两张油画的构图就这样形成了，我异常兴奋。

360度俯瞰吕贝克旧城，椭圆形的老城，四周绿水环绕，景色宜人。吕贝克老城分为三部分，第一部分是老城东部和北部区域，第二部分是老城的西南区域，第三部分是圣玛丽亚大教堂及市政厅。城中坐落着许多古老而美丽的建筑，有哥特式的圣玛丽亚大教堂、罗马风格大教堂、哥特式与文艺复兴式相结合的旧市政厅以及中世纪城堡、城门、塔楼等。城中分布着许多中

世纪富裕市民的红瓦住宅，有古典式、哥特式、巴洛克式、洛可可式，风格各异，美不胜收。古城内的名胜古迹非常集中，到处都有珍奇景点。城里的五座著名大教堂共有七个尖顶，因此吕贝克也被称为"七尖顶城"，享誉德国。这些建筑展现着它昔日的文明和辉煌，表现了吕贝克城市艺术的成就高度。

沿着步行街我们来到市集广场，广场正面坐落着褐色砖墙的市政厅，巍峨壮观，上有五个小尖塔。1230年落成的市政厅，是德国最古老和最美丽的市政厅之一，内有哥特式和洛可可式两种建筑风格，具有独特的汉萨城市气质。在后来的几个世纪，吕贝克市政厅一直是远近城市争相效仿的典范。一般说来，欧洲的市政厅在上班时间都是可以参观的，吕贝克市政厅也不例外，周一到周五上午十一点、中午及下午三点可以入内参观，不过要提前预约。今天是周末，我们就在市政厅广场转悠拍照，市政厅楼下有两个鼓手正在表演架子鼓，围观者众多，不少人往他们身旁的帽子里放硬币，我们也一样，算是给演奏者一些鼓励吧。

市政厅北侧是圣玛丽亚大教堂，这里的管风琴及它的演奏家都很有名，音乐家巴赫曾徒步远道而来，聆听演奏。圣玛丽亚大教堂是德国第三大教堂，高 125 米的姊妹尖顶直指苍穹，是哥特式砖构大教堂的典范。教堂最著名的除了巨大的管风琴，还有它破损不堪的钟鼓，这是二战期间经过一次炮弹袭击后留下来的遗迹，现在是象征和平的纪念物。来到圣玛丽亚大教堂，人们进进出出。严先生留在门外拍照，我进入教堂看看，没有发现可以登顶的通道，硕大的管风琴倒是给我留下了很深的印象，还有主教座后面墙上的石雕和壁画，高大的彩绘玻璃人物图案形象生动、色彩艳丽，令人震撼。突然，一阵悠扬的钢琴声响起，我急忙走过去观看，只见一位身穿黑色西服的高大男士正在弹奏钢琴，旁边不远处站了两三位穿戴整齐的男士、女士，我猜大约这儿要进行音乐演奏，急忙发信息让严先生进来。结果弹奏一曲后他们很快就离开了，估计刚才的弹奏只是试音吧，我们只好作罢。看看时间已经 12 点过了，先去民宿，下午再来。

下午的观光游览从步行街开始，这时步行街人来人往，市政厅门前有四五个穿警服的男女警官站在街边，应该是在执行公务，但看样子又不太像执行公务，三两个站着聊天，一副休闲模样。圣玛丽亚大教堂北面蒙街 4 号是 1929 年德国诺贝尔文学奖获得者托马斯·曼的故居，它的文学巨作《布登勃洛克一家》就是以吕贝克为背景写的。《布登勃洛克一家》既是他的成名作，也是他的代表作，一经发表便引起轰动，奠定了他在德国乃至欧洲文坛的地位。

说到诺贝尔文学奖得主托马斯·曼的故居，当然少不了介绍一下另一位诺贝尔文学奖得主君特·格拉斯，他的故居地址：Glockengiesserstasse 21，这里陈列着他的作品，还有一些关于他生平事迹的介绍。格拉斯为德国当代重要作家，因其语言新颖，想象力丰富，写作手法独特，在当代世界文学中占有一定地位，获得1999年诺贝尔文学奖。他原本学的是艺术，并且一直没有放弃绘画与雕刻，因此他的故居是一个极具审美价值的文学博物馆，在这里你能看到他的诺贝尔文学奖获奖作品《铁皮鼓》的第一份打印稿。

这一带坐落着许多中世纪富裕市民的住宅，有古典式、哥特式、巴洛克式、洛可可式，美不胜收，我们几乎对每一幢建筑都十分感兴趣。同一条街还有卡塔琳娜天主教堂，再往北是雅各比教堂，它的前面是13世纪修建的圣灵养老院，院内威严的礼拜堂内有古老的壁画。一直走到老城南端，那里是吕贝克大教堂，在吕贝克最明显的感觉是，安插在一片红色的瓦顶之间的是不计其数的高高的绿色的教堂尖顶。

大教堂前是美丽的吕贝克广场，偌大的广场仿佛是一片花的海洋，各式各样的花卉植物被摆放成各种造型，穿过红色玫瑰花做成的花门，进入中心花园，四周五颜六色的花朵竞相开放。我发现很多花盆里插着小牌，上面写

着"献给心爱的×××"字样。广场一侧有一家中餐馆，门楣上很醒目地写着"上海饭店"，上海菜略带甜味，与我们成都人好辣的口味不合。再往下行，远远就看见古城门，我们游兴大增。城门塔楼古色古香，城门外侧就是横跨运河的桥梁，桥下船只驶过，桥上车来车往，一派繁忙景象。椭圆形的吕贝克老城四周被特拉沃河水环绕，蓝天下碧水中游船来往，乘船观小镇是欣赏城市风貌的另一种方式。当然还有一个不得不去的地方，那就是吕贝克瓦尔内明德海滨浴场，100米宽的沙滩和海边林荫道、灯塔、鱼市、渔民们住的漂亮小房子，味道独特的海鲜馆可以让你饱餐一顿，价格还特别亲民。

河畔矗立着一巨大的观景台，在观景台上环顾四周可见另一番风景。过了观景台，我们在小巷中漫无目的地闲逛。老城北区是中世纪城镇特色的代表，而这些特色主要通过当地独特的砖造房子和阶梯形的山花建筑显示出来。中世纪由于对空间的需求增长，建筑结构上出现了内院和背街，临街的房子用内院与大街隔离开来，形成了相对封闭的空间，同时也造就了旧城的独特

风貌。城东区保存了一些手工艺人的朴素住宅，这些住宅大都设有内院，有一定的虚实开阖变化。城内的贵族宅邸则较为讲究，它们结构坚固，设施完备，空间富于变化，装饰精巧细致，艺术价值很高，其中颇具特色的有：变化丰富的大厅、古色古香的壁炉、彩绘的木制天花板和拉毛粉饰的吊顶等。旧城的西南区是幽静而略显拘谨的区域，也有一些浪漫的田园风光，吕贝克人将这里称为"画家角"。吕贝克大抵没有经过二战炮火的洗礼，加之当地居民对这些建筑都加以保护，精心修补，所以，直到今日，人们仍然能够看到原汁原味的汉萨同盟时期的吕贝克古镇。

　　我们游走在小镇东南西北纵横交错的大街小巷，细细看细细品，每一幢建筑都是一件艺术品。每个街头都隐藏着宝藏，路过拐角一个不知名的古董店，店里就放置着经历了几个世纪的欧洲玩物。小镇还有很多隐而不显的展览，大多是免费的，就算付钱也就 3 欧元、5 欧元，只要有时间不妨进去瞧瞧，或许会有别样收获。

　　吕贝克，这是一个可以徒步走完的安静小镇，有的游人可能半天时间就

逛完了，但我们还是安排了整整一天。我特别喜欢欧洲小镇，尤其是它早晚不一样的风景，早看晨曦暮看日落，不一样的风景不一样的心情。

什未林

什未林，居民人数不足十万，是德国最小的联邦州梅克伦堡－前波美拉尼亚州（简称"梅前州"）的首府。 吕贝克因城里的五座著名大教堂共有七个尖顶被称为"七尖顶城"，而什未林市内池沼、湖泊星罗棋布，其中较大的就有七个湖，故被称为"七湖之城"。两座古城，各具特色且相得益彰。

从吕贝克到什未林没有直达列车，中途在巴德克莱恩转车。看看地图，巴德克莱恩位于什未林湖的边上，可以说到了巴德克莱恩基本上已经到了什未林地界。果然，换车后 6 分钟就到了什未林火车总站。虽说什未林人口只

有吕贝克一半，但毕竟是州府所在地，单看火车站就有很大的不同。两个火车站虽然规模都不大，巴洛克风格，古色古香，但什未林火车站门外有一个偌大的中心广场，中央喷水池里矗立着一个巨大的青铜雕塑，四个方向有四只海狮向着雕塑喷水，喷水池四周草地环绕、花团锦簇，与吕贝克火车站相比就气派宏伟多了。

在什未林火车总站下车，寄放行李后我们轻装上路。从火车站出来，穿过中央广场直接往下走一两百米便到了中心湖边。这儿湖水清澈、波光粼粼，湖畔树木茂密，浓荫重重，橡树、榆树、槭树、柳树……树木青葱、绿荫掩映，天空中鸣鸟成群自由飞翔，湖中野鸭、天鹅悠然戏水。湖中央冲出高高水柱的喷泉，像天女散花般把泉水洒落湖面。我看过瑞士日内瓦 140 米高的喷泉，什未林的喷泉虽然没有那么高大宏伟，但也在百米上下。

湖四周分布着各具特色的历史建筑，城中心位置矗立着一座高大宏伟的大教堂，红砖瓦的教堂钟楼上那 117 米高的绿色尖顶高塔，直插云霄。大教堂建于 1270 年，是什未林唯一的中世纪建筑，为德国东北部最重要的教堂之

一。历经数百年的风云变幻，被誉为"七湖之城""北方的佛罗伦萨""大教堂之城""王宫之城"的什未林如今更加妩媚迷人。

沿湖边往教堂方向走，就来到市中心的步行街。因为周日

商店关门歇业，上午时分街上当地人很少，有的只是像我们这样的旅游者，东看看西瞧瞧。石板街道并不宽阔，两侧店铺和食肆林立，街边房子古色古香，时不时吸引我们的眼球。穿过大教堂旁的小街，我们来到市集广场，在广场一侧看见什未林主教座大教堂。一般来说，欧洲教堂都是可以入内参观的。我推开教堂大门，门内站着的人说现在正进行主日崇拜，礼拜完毕方可进入。大约半小时后我们再度来到教堂，主日崇拜刚好结束。一个身材高大、头戴白帽、身穿白教袍的大主教走出教堂，站在门外左侧，教徒们挨个上去与他握手，有人请求签名、拍照等。看了墙上的海报才知道，今日是什未林大教堂 850 周年庆。

市集广场除了大教堂外，还有市政厅。路过广场，在大沼泽街，可参观历史博物馆，街南面是国家剧院，东面是国家博物馆，其中最有名的收藏是荷兰画家的绘画。我去过荷兰阿姆斯特丹三次，在阿姆斯特丹梵高博物馆和荷兰国家博物馆看了很多荷兰著名画家诸如梵高、伦勃朗的名画，故不打算在此参观了。这一带见到的游客不少，还有成群结队的旅游团。虽然现在德国仍然处于疫情防控阶段，人们的出行受到一定程度的影响，但是从汉堡、吕贝克到什未林，只要是市中心或游客打卡的地方，便是人头攒动熙来攘往，只是很少见中国面孔的人。

当然，此次我们远道而来的主要目的是看什未林宫（亦称为"什未林城堡"）。什未林城市四周景致如画，数个湖泊深入城区，倒映着北德干净的天空和飘浮的白云，在所有的建筑中，什未林宫首屈一指，堪称什未林城市的象征。什未林宫被人们称为"水上的新天鹅堡""北方的新天鹅堡"。什未林宫被无数文人墨客赞许，她如同一位美丽端庄、高贵优雅的贵妇人，恰如其分地体现出整座城市的气质。

据史书记载，早在公元 965 年，这里的淡水湖中央就修建有一座城堡，不过今天的历史学家普遍认为，直到公元 1160 年，什未林才初具城市雏形。什未林宫最初于公元 965 年在什未林湖中的一座小岛上建成，环状结构是最初斯拉夫人城堡城墙的遗迹。从约 1500 年开始，许多文献和图像记录了城堡的改造，1000 多年漫长岁月的修建与改造，才形成了现在的城堡规模。这座位于市中心的岛屿宫殿，过去长期是梅克伦堡家族的王宫，今天它是梅前州州议会的会址。

从老城步行街向湖区下行，远远就看见这个气势宏伟的城堡建筑了。城堡由两座石桥与老城相连，桥头两侧巨大的战马雕塑凌空腾起、栩栩如生。城堡前方是偌大的广场，广场一侧有巨大的立柱，立柱上的金色雕塑在阳光

下熠熠生辉，另一侧台阶上气势恢宏的古建筑一看就知是城市博物馆。我们跨过石桥，进入小岛，随着游人的脚步顺时针环绕什未林城堡一圈，一边欣赏一边不停地赞叹："太美了！"无论从哪个角度拍，都是一幅幅经典的画面。当年的建造者为这座建筑选择了最佳的位置，什未林城堡在外表上是那么的漂亮，那么的气势恢宏。它的独特魅力，要归功于建筑与四周环境的和谐统一，城堡矗立于碧水蓝天下，更增添了童话气质。

城堡四周大大小小的雕塑，虽然不知作者之名，但我想也一定是出于名家之手，既有气势轩昂的大力神青铜雕塑，也有女神飞天的飘逸身影。一块草地上的雕塑乍一看有些惊悚，一个十几岁的男孩一手拿刀一手提着一个成年男子的头颅，不知是否出自希腊神话中的故事。当然，看城堡的同时也欣赏什未林湖，湖光山色中白色帆船、红蓝相间的小游轮在碧波中穿行，湖面倒映着蓝天、白云、游轮、白帆，一幅幅经典油画在眼前呈现。天空中时而蓝天白云，时而黑云压顶，在天光云影的映衬下，湖面显得更浪漫。

我们随后排队购票进城堡参观。城堡按出一个人、进一个人的节奏组织进场，虽然进行得比较缓慢，但还算顺利。既然是曾经的宫殿，每个房间自然都是金碧辉煌，王室曾经的家具、用具，王室成员的画像……——按原样保留着供世人参观。不过相对

于我们看过的巴黎凡尔赛宫、维也纳的美泉宫、柏林的夏洛滕堡宫等，什未林宫内的陈列确实是小巫见大巫。

突然，一阵优美的旋律从窗外飘进来，从楼上往下看，庭院中央恰是一个剧场，场内坐满了观众，舞台上一支管弦乐团正在表演。我们参观完皇宫就坐在一楼阳台上休息，欣赏音乐会。观众是提前购票看演出的，我们隔着窗户，也算是勉强欣赏了一场高水平的管弦乐表演。

出了皇宫我们步行去民宿，输入地址，显示 2.9 千米，步行 32 分钟，距离似乎有一点远，但还算是在可以接受的范围内，如果乘坐巴士只需要几分钟就可到达，但今天是周日，每小时才有一趟巴士，我们选择步行，一边走一边看街道两边的建筑。每一幢建筑都是不同风格不同颜色搭配，每一张照片都是一幅美丽的画面。与吕贝克相比，什未林要新得多，建筑似乎都是新建的，包括刚看过的教堂、城堡，大街小巷都呈现崭新的面貌，可见什未林人对城市的保护不是一朝一夕的工夫，那是数十年数百年如一日的呵护。

到了民宿，我们刚进房间就突降大雨，外面一时间昏天黑地，雨滴打在房顶上噼噼啪啪作响。我们太幸运了，晚几分钟就会被浇成落汤鸡。一会儿工夫又雨过天晴，我们外出吃饭。谷歌地图显示 6 分钟路程有一家中餐馆，正合我意，几天没吃中餐了。这是一家写着 "China&Japan" 字样的餐馆，但餐馆老板和老板娘是纯粹的华人。厅堂很大，有梅兰竹菊、纸扇装饰，背景音乐是纯中国民曲。老板是大厨，老板娘是跑堂的，典型的欧洲小镇中餐馆格局。闲聊中得知他们 1993 年就在此开餐馆，近 30 年了。老板娘说已经做不动了，孩子们也不愿接这活儿，现在暑期都出去旅游度假了，也不来餐馆帮忙。

饭后，我们先在湖畔别墅区闲逛，每家院前院后鲜花盛开，好一派生机勃勃的景象。然后沿湖畔散步观风景，我们绕着湖走了很久，慢慢走慢慢看，湖畔码头坐一坐，看看湖四围茂密的森林和对岸湖畔建筑，心情格外放松愉悦。

说说我们什未林的民宿吧，在一幢三层别墅的底楼，前院有好几百平方米，院子中央居然放着一张标准的乒乓球桌。后院草地上有孩子们玩耍的

蹦床，以及室外休闲所用的桌椅板凳。我们卧室外面就是后院，窗户正对着湖。我们住房单独进出，与房东互不干扰。前后院没有围墙或围栏，绿草如茵花团锦簇，有天竺葵、夹竹桃、挂满葡萄的葡萄藤，还有许多不知名的鲜花，停车场除了汽车之外还有一个大游艇，看来这是一个热爱生活热爱大自然的殷实之家。

傍晚时分，我一个人静静地坐在湖畔，四周静悄悄的，只有风吹湖面，湖水拍打的声音和湖边芦苇沙沙的声音。什么是幸福？有的人"面朝大海，春暖花开"就是他向往的幸福生活，我呢，"画与远方"是我现在最佳的生活，在可以预见的将来很长一段时间也是！

次日清晨 6 点，迎着朝霞我再次来到湖区，站在码头听湖水轻轻拍打，海鸥时不时掠过湖面发出阵阵清脆悦耳的叫声。一位女士急急走来码头，脱下泳袍直接跃入湖中。彼时气温大约15℃，我穿薄毛衣还觉得有丝丝凉意，问她冷不冷，她笑答："水是暖的。"我问："你每天清晨都来游泳？"她答："是的，每天5~15分钟。今天是梅前州开学的日子，孩子们去上学了。"六点半，走这么早？前方水面上传来一阵阵像极了小婴儿啼哭的声音，我寻着声音看去，只见一群水鸟在湖中追逐扑打，是它们嬉戏玩耍发出的欢快叫声。一切很快过去，湖面归于平静！

　　游艇俱乐部在湖畔一字排开，我数了一下我们住地附近就有十一个游艇俱乐部，每一个游艇俱乐部都有单独的房子、花园、码头，我觉得这很像我们在法兰克福看到的，很多居民有一个一亩三分地的花园，种植花草树木，春季劳作，夏秋在院子里赏花、野炊，与家人、友人聚会、聊天、喝啤酒。昨晚我们就看见有人在湖畔自家码头烧烤聊天喝酒，而我们只能在公共码头观湖。

　　沿湖畔小路走过儿童游乐场，早晨没有孩子们在此嬉戏

玩耍，显得有一点冷清，想起刚才那位女士说今天是梅前州新学期开学之日，估计只有中午放学后才会有孩子在此玩乐了。德国中小学错开时间放假和开学，这样假期出行就不会过于拥挤，这是一个值得借鉴的好方法。

我们边走边观赏湖区风景，时不时与遛狗的、散步的当地居民打招呼，一声问候给彼此带来一天的好心情！

今日的重头戏就是乘游船看什未林湖。我们大约10点从民宿动身，先搭乘10号线公交巴士，在什未林城堡站下车，到达湖畔。码头上已经有人在排队购票了，我们立即加入其中，很快身后就排起了长队。刚购票完毕，突降大雨，我们随即登船。其他人也陆陆续续登船，很快船舱便座无虚席，我们旁边来了两个小孩，一男一女，女孩开始戴着口罩，过一会儿把口罩取下来放在桌上，和男孩一起吃起了爆米花。

接着我们发现满船的乘客都取下了口罩，聊天的聊天，吃东西的吃东西，只剩下我俩还戴着口罩。我们笑着说："刚才外面购票人人都戴着口罩，进了封闭的船舱居然都把口罩取了，这是哪门子防控措施？！"

11：30，游船开动了，雨也停了，我们急忙登上观景阳台，一来可以看风景拍照，二来也是避一避拥挤的船舱。游船分两条线航行，一条是小湖线，一条是大湖线。考虑到我们民宿就在小湖畔，昨晚、今晨已经美美地欣赏了小湖风景，所以我们选择的是大湖线游船。大湖有一个中央岛，游船沿中央岛航行。中央岛树木茂密、郁郁葱葱，如果时间允许，到岛上去走走看看应该是不错的体验。湖面很开阔，四周有茂密的森林和各种各样的建筑，最开阔的一面就是什未林城，高耸的什未林城堡和大教堂的尖塔永远是人们聚焦

和拍照的中心点。一个半小时的游船航程很快就过去了。

1：30，游船到岸，我们步行到市中心，然后来到喷泉湖畔咖啡厅，一边喝着咖啡、吃着午饭，一边欣赏湖畔风景。下午 4 点我们即将离开什未林，结束此次的北德之旅。面对什未林，人们从不吝惜赞美之词，而什未林也当之无愧：自然美景、人工建筑、大大小小的艺术景观以及漫长的历史脉动在这里完美融合。

　　谁承想我们离开什未林时，还闹出一段插曲。前面谈到我们刚到什未林时，就把行李箱寄放在火车站行李寄存箱内，当时还觉得是明智之举动，不会像前一天在吕贝克拉着行李箱游古城。今天发现这简直是个馊主意。我们按计划提前十几分钟到达什未林总火车站，首先去行李寄存处开箱取行李。正待严先生拿钥匙开箱，我突然看见箱盖上方有一排红色字"Please pay 35 Eur），我急了，怎么会付这么多钱呢？！以往我们也在德国其他城市火车站寄存过行李，不过就 3 欧元或 5 欧元。当然这还不是问题的根本，35 欧元就35 欧元吧，毕竟我们寄存了二十多个小时。问题是行李寄存箱只有投币口，且只有 1 欧元、2 欧元、50 欧元三种投币口。我们哪里有 35 欧元硬币？！我赶紧找到德铁员工寻求帮助。结果十分悲催，转了一圈，所有人的答案都是一致的：只能投币 35 欧元才能开箱提行李。好吧，只好去各个购物门店换硬币，好在一个 30 来岁的小伙子主动帮我给卖家解释，好说歹说最终换到了 35 欧元硬币，但早过了我们上车的时间。当我拿着换到的硬币取到行李箱时，严先生说："火车晚点，我们还有机会。"我大喜过望，提着行李一路狂奔到站台登上列车，大约一分钟之后火车就缓缓启动了。我们调侃说：火车晚点是不是就是为了等我们？！

我们乘坐的列车从什末林到汉堡大约 1 小时 15 分，又从汉堡转乘 ICE 快车，用时 3 小时 35 分，晚上 10 点整到达法兰克福。女儿接站，带来了女婿为我们准备的煎水饺和起司蛋糕，两个孩子考虑得十分周到，我的心里涌出阵阵暖意。

TOUR & PAINT
GERMANY

画游德国

我与
法兰克福

    我真正了解德国，始于法兰克福。女儿 1998 年赴德留学第一站就是法兰克福，从女儿踏上德国土地的那一刻起，我就和法兰克福结下了不解之缘。我的第一次德国行首站也是法兰克福，那是 2001 年，二十年来中德之间经历的种种变化我也算得上是亲历者。21 世纪初，处于大西南的成都还没有德国领事馆，我只好长途飞行到北京德国大使馆办理签证，还要等五个工作日才能拿到签证。再后来可以由成都中信银行代传递签证申请。大约是 2005 年，成都有了德国驻成都总领事馆。再后来 2013 年，国航开通了成都直飞法兰克福的航线。我从最开始每年飞一次过渡到每年寒暑假飞两次，退休后每年要么在成都住三个月，要么在法兰克福住三个月，不断轮换。再后来基本长居法兰克福，二十个春秋过去，我已经算是半个法兰克福人了。

    记得二十年前初到法兰克福，第一晚住的就是总火车站背面小街上的酒店。第一次看到法兰克福总火车站宏大的新古典主义建筑和中间那口大钟，以及圆弧顶上的大力神像，都觉得十分新奇。法兰克福总火车站是由三个分散的小车站合并而建的，1888 年 8 月 8 日正式启用，1924 年加建两翼，钢铁穹顶构架、全玻璃穹顶、花岗岩立面、新古典风格和现代建筑结构相得益彰。

历经百年风雨，用现代人的眼光来看，法兰克福总火车站也是一个非常典雅的好作品。欧洲大部分车站的布局都与之类似："T"字形结构，火车轨道到头就是车站入口。总火车站建筑立面玻璃墙上有"法兰克福总站"的全名，另外，红色的"DB"代表德国铁路。

　　在法兰克福的第一个游历地就是罗马广场，现在每次进城购物基本上也是直奔采儿大街、罗马广场。别看采儿大街现在人来人往的，二十年前街上人很少，我曾经给朋友讲，我在成都春熙路一天见到的游人数量差不多相当于我在德国一年见到的，哪想得到近几年采儿大街人流量越来越大，基本上可以与成都春熙路媲美了。采儿大街购物中心大楼——Myzeil大楼大约是2007年建成的，当时，这幢大楼也算是十分新潮的建筑。大楼从底楼到顶楼有一个大穹窿，透过它可以直接看到蓝色天空，电动扶梯可以从底楼直通六楼，据称是欧洲第一长电动扶梯。

　　罗马广场是每一个来法兰克福的国人都会到的地方，疫情前严先生拍摄的照片中罗马广场上几乎全是中国人。我最喜欢罗马广场每年12月的圣

诞市场，那棵巨大的圣诞树、那些装饰着各色各样彩灯的大棚，都是我画作中必不可少的内容。每年一到十二月，法兰克福人基本上每天下班后不是在圣诞市场，就是在去往圣诞市场的路上。罗马广场市政厅每个周五几乎都能看到穿着盛装准备出席婚礼的人等候在门外。2020 年 9 月 22 日，女儿的闺蜜 Vivolika 在这里结婚，本来以为有机会进入市政厅现场观摩，却因为新冠疫情，政府规定只允许十人进入市政厅婚礼现场，我们一干人等，包括女儿这个伴娘也被排除在婚礼现场外。

市政厅对面广场中央的喷泉中矗立着公正女神雕像，一手持"公正之天平"，另一手持一把剑。公正女神主管人界的公平，负责解决有关政治和社会的各种事情。这样的雕像在德国城市很常见，旨在提醒执政者处理事务要公平。广场的另一侧是一排很漂亮的典型德国木桁架房屋，全是咖啡厅和酒店。背面就是法兰克福大教堂，教堂尖塔高耸入云。教堂附近有两个美术馆，每年都会举办各种高水平的世界级画展,那是我常常光顾的地方。

　　法兰克福是欧洲的金融中心,老歌剧院附近的银行区那些摩天大楼无一不在向世人展示它的辉煌。与老歌剧院遥相辉映的两幢蔚蓝色的双子座摩天大楼就是女儿上班的地方——德意志银行。两年前的夏天,我们终于在女儿的陪伴下一睹德意志银行的芳容。我原以为参观银行大楼只是看看内部设施,谁承想居然是一次由专人带着参观的艺术欣赏之旅。圣诞将至,大厅内临窗矗立着一棵硕大的圣诞树,树上挂满了彩灯、彩球和祝福小卡片。从大厅底楼中央仰望双子座,30吨重的钢铁大圆球托起的桥是连接双子座大楼的唯一通道,大楼办公区由此通道进入;幕墙标示出大楼33层所陈列的艺术品,每层楼收藏一位艺术家的作品。真想不到一个银行居然收藏了如此多的精美艺术品,不可思议! 幕墙右下角的黄色小板上标有每层楼对应的艺术家的姓名,按动电钮即可观看该艺术家的作品,以及德意志银行获得的艺术收藏奖。我们逐层楼参观,最后来到33层,临窗俯瞰法兰克福城市风景,天气晴朗万里无云,市中心各个标志性建筑尽收眼底。今天真是不虚此行,大开眼界的同时收获不少,

严先生回家就按讲解员叙述的一幅摄影作品的创作方式实践了一下，果然一幅新颖的摄影作品应运而生。

周末，我们在法兰克福会展中心歌剧院第一次观看了加拿大太阳马戏团的一场题为《阿凡达》的大剧，就是电影《阿凡达》的剧场演绎。这是一场集歌、舞、杂技为一体的现代化声、光、电相结合的视觉、听觉盛宴。只见舞台上一会儿天崩地裂，一会儿电闪雷鸣，一会儿洪水滔天，一会儿群魔乱舞……现代马戏可以这样演绎？算是大开眼界！强力推荐加拿大太阳马戏团的精彩表演，如果你的城市有幸举办此类表演，一定不要错过！我们迄今为止在会展中心歌剧院看过三场高水平演出，一次是加拿大太阳马戏团表演，一次是安德利·瑞恩的小提琴音乐会，还有一次是德国冰上杂技表演，场面宏大，演技精湛，令人震撼。

今天我们骑车绕新欧洲央行转了一圈，360 度看新欧洲央行（老欧洲央行在总火车站附近银行区，门外有一个很大的欧元标志，新欧洲央行在美因河畔）。本来打算今日去新欧洲央行看里面正在举行的犹太人展览，附带参观一下欧洲央行的内部设施，结果被挡在门外，一问才知我们这些外国人只能以旅游团的形式入内，本地人是可以凭证件直接进入参观的。

法兰克福是欧洲的第一金融中心（英国脱欧之后），可以说几乎全世界所有的大银行在法兰克福都有分行。法兰克福证券交易所是全球第十大证券交易所。法兰克福也是欧洲极其重要的交通枢纽，法兰克福机场是欧洲三大机场之一（另外两个是法国的戴高乐机场和英国的希恩罗机场），是全球各国际航班重要的集散中心。法兰克福机场每年的客运量高达数千万人次。当然，法兰克福火车站也是欧洲最重要的交通枢纽之一，除了通常的远程火车外，每十分钟就有一列高速火车（俗称"子弹头"）通过。法兰克福还是欧洲的会展中心，每年有 50 多个展会在这里举办，其中书展、汽车展、春秋两季消费品展是世界同类展览中规模最大的。我家的卧室和书房窗户正对着法兰克福展会中心大楼（昵称为"铅笔楼"），每天都能看见大楼尖顶上霓虹灯闪烁。

说到法兰克福，几天几夜都说不完、道不尽，但是我最爱的还是每天骑车经过的尼达河与美因河。尼达河清澈的河水里有天鹅、野鸭成群结伴游弋，美因河上游轮、货轮南来北往，游艇不时穿梭其间。河两岸树木茂密，野草青青，这里一年四季都是法兰克福人骑车、跑步、野餐的好去处。尤其是两河畔的自行车绿道，那是我每天骑车放飞心情的最好地方。

施塔德尔博物馆看凡·高特展

周日，全家出动看法兰克福凡·高特展——"Making Van Gogh"。

为什么德国人给这个特展命名为"Making Van Gogh"？网上有人翻译为"制作凡·高"，我不得其解，也不以为然！但不管怎么说，德国人是理解凡·高的，到1914年德国已经拥有150幅凡·高的作品，这个数量相当惊人，这些作品要么在私人收藏家手中，要么馆藏于各个博物馆。100年后的德国人仍然对凡·高非常崇拜。平日里银行区大街上随处可以看到一个个穿着亮丽的商界精英，身着深色的职业服装，夹着皮包来去匆匆。如今他们在施塔德尔门口，沿着博物馆外的栅栏静静地排队等候购票入场。我们排队

40来分钟才得以如愿进入展馆。虽然这几年我也跑过阿姆斯特丹看凡·高博物馆，数度去巴黎奥赛博物馆看凡·高的画，而如今在家门口看凡·高特展又是另一番体验。

　　走进主展室，我看到了三张照片，详细阅读了英语说明，算是有点明白了策展人的初衷。第一张照片上的人物是凡·高的弟弟——提奥。提奥对于凡·高，不仅仅是弟弟，是家人，更是朋友、知己、引导者、灵魂之友。没有提奥就没有凡·高，是他一直给予凡·高物质支持，以及更重要的爱。电影《凡·高与提奥》，讲述了兄弟二人之间关于贫穷与财富、现实与艺术、苦难与快乐的故事。"每天晚上，当凡·高做完了一天的素描与油画工作之后，他就坐下来用笔向提奥倾吐自己的心事。对这个世界上唯一能够珍视他的每一句话与感情的人，凡·高是不论怎样细微的思想、不论怎样琐碎的事、不论怎样无关紧要的艺术技巧问题，都无所不谈的。"凡·高一直过得穷困，信里不乏"我几乎只剩下最后一个荷兰盾"这样的句子，也有"提奥，我感到我的内心存在着一种力量，我要干下去，要使这种力量能够发挥出来，解放出来"此类信心坚定和充满勇气的句子。

　　第二幅照片是凡·高的弟媳——约翰娜·邦格。凡·高死后，提奥不胜哀伤，加上久病，竟也精神失常，间或昏迷，不到半年就去世了，留下二十九岁的妻子约翰娜·邦格，带着未满周岁的儿子小文森特。约翰娜逐一阅读凡·高写给弟弟提奥的五百多封信，日复一日，她面对着这份至死不渝的手足之情，深受感动。于是她决心要实现提奥未遂的心愿：让全世界人看到凡·高的画。约翰娜是荷兰人，在班上是英文的高才生，后来去伦敦，在大英博物馆工作，又在乌特勒支的中学教过英文。于是，她一面设法安排凡·高的画展，一面开始把那五百多封信译成英文，只等画展成功，配合刊出。但是要昭告世人有这么一位久被冷落的天才，绝非易事。开头的十年虽然举办了六次凡·高画展，但观众反应淡漠。好在约翰娜并不气馁，坚持不懈，把毕生精力都贡献于推广凡·高的画作上。终于有一天，全世界的人都认识了凡·高。

第三幅照片上的 Paul Cassirer 和 Bruno Cassirer 是两个德国人，他们是最早发掘凡·高画作的艺术价值并致力于在德国乃至欧洲推广凡·高的人，如今德国收藏有 150 多幅凡·高的画作，Paul 和 Bruno 功不可没。我似乎开始明白为什么这次凡·高特展叫"Making Van Gogh"，不过我觉得翻译成"创造凡·高"更为贴切些。没有弟弟提奥的经济资助和精神守护，就没有凡·高最后 15 年的专心创作，就没有今天为世人追捧的凡·高巨作；没有弟媳约翰娜终其一生锲而不舍的介绍推广，凡·高的巨作很可能被从此埋没；没有 Paul、Bruno 慧眼识金，凡·高被德国乃至欧洲艺术界认识的日程也会更漫长……

本次"Making Van Gogh"特展共有展品 120 件，其中代表作有 50 件，是从世界各地的博物馆借过来集中展出的，而中心主题是凡·高对德国艺术的影响。有一些观展人士由专业人士带着参观并由他们逐一讲解，亦是一种好方式。但我不太喜欢，一群人跟着讲解员一起看，想快快不起来，想慢也慢不下去，更何况艺术品的欣赏是一种非常个性化的感受，需要独自观看、独自思考、独自欣赏。

看了"Making Van Gogh"，心情久久不能平复，自然就想起 2017 年 10 月全球热映的一部电影《Loving Vincent》，中文翻译为《挚爱文森特》，就像电影的广告词："这是独一无二的，献给所有热爱凡·高、热爱艺术和所有感到孤独的人的一份珍贵礼物。"是的，凡·高是个孤独的人，终身不为人理解甚至不为他的父母所包容。是不是所有喜欢凡·高的人都很孤独呢？我不是一个孤独的人，但是当我在电影院观看此部电影时几乎是从片头曲响起就开始流泪，一直到片尾，甚至在之后很长一段时间里多次与朋友谈到凡·高时我仍然不能自持。

写着写着，眼前不断幻化出《Loving Vincent》的主题曲所描述的画面——金色的向日葵、燃烧般的丝柏、风吹过的麦田、旋涡状的星空……一幅幅绚烂的画面，是凡·高心底最深的呐喊。生活

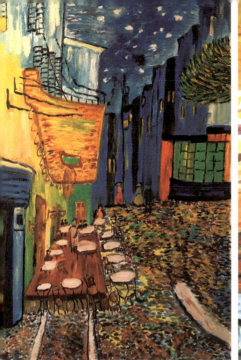

在低处，灵魂在高处——这就是凡·高。歌曲创作的灵感来自凡·高的名作《Starry Starry Night》，整首曲子的配器就是一把木吉他，极致的简约之美，却浑然天成，有一种如诗如画般的唯美。来吧，我们再一次听听这首感人至深的歌！

　　国人一般都认为凡·高死于自杀，因为国内出版物上都是这样说的。但我看过几本国外出版物，作者对凡·高自杀这个结论提出了质疑，原因大致归纳为三点：一是凡·高在给他弟弟提奥的书信里曾说过他决不会自杀；二是凡·高从没有枪支，他死后人们也没有在出事地点或他身边找到任何枪支；三是凡·高被枪击中的当天，早晨仍背着画板拿着画笔外出画画，出事后人们却没有找到他的画板、画笔等物，他的这些用具到哪儿去了？可以断定的是凡·高不可能在受那么重枪伤的情况下自己把东西藏起来。据书中介绍，有两个十几岁的兄弟平日里常常捉弄凡·高，甚至给他吃颜料，所以作者推断在出事的那天，这两兄弟在与凡·高搞恶作剧时，可能无意中射中了凡·高，而凡·高为了保护这两兄弟，就自认自杀。我比较接受这个观点。

凡·高，短短一生 37 年，性格孤僻，不为世人所接纳，画作也鲜有人收藏（生前只卖出了一幅画）；死后却受万众瞩目，被无数人热议追捧，画作价值连城……人们是喜欢凡·高其人、其画，还是他传奇的人生？我不得而知！

后来在与朋友分享此特展时，朋友留言：“陈丹青说凡·高有种憨的特质，憨得可爱、细致，一笔一画都不差。也挺像初始状态的自己，那个时候是最较真、最好的。后面再看，总有遗憾。”我给朋友的回复是：“陈丹青说得非常好，现代艺术家大多功利，一心想成名成家，没有凡·高的憨，所以也成不了大家！”“憨”其实就是现代人常说的执着，正是因为凡·高的执着，在极其艰难困苦的情况下仍坚持数年走自己的路，才成就了他的伟大。

每一次看凡·高的画作，都有一种新鲜感，都有不一样的认识和理解，不仅是对于绘画而且是对于人生。在“Making Van Gogh”画展看见展室辟有一角供孩子们现场作画，很喜欢孩子们的纯真，也许，凡·高的成功就是永远保持着孩子般的纯真！愿自己也能如此！

我后来又去看“Making Van Gogh”，不是周末，是工作日，而且天下着小雨，但撑着雨伞在 Sdaedel 博物馆门外排队等候购票入场的人们也不见减少。法兰克福“凡·高特展”2019 年 10 月开幕，展到 2020 年 1 月，整整三个月，德国人观展的热情持续高涨。这是一个热爱艺术的民族，

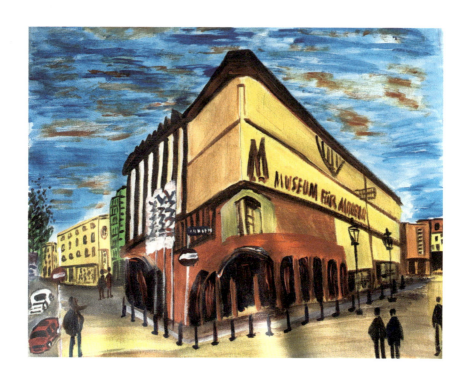

一个热爱生活的民族！

老歌剧院音乐会

2 月 19 日是女婿妈妈的生日，女儿、女婿送妈妈的生日礼物是法兰克福老歌剧院的音乐会票，音乐会是由指挥 2013 年维也纳新年音乐会的奥地利指挥家弗朗兹·威尔瑟－莫斯特指挥、维也纳爱乐乐团演奏的。去年女婿的妈妈过生日，女儿、女婿送的也是音乐会票，只是地点不同罢了，是维也纳的金色大厅的音乐会。女婿的爸爸、妈妈去听音乐会的路上，顺带游历了维也纳和萨尔茨堡。

今年女婿妈妈过生日，正好我们也在法兰克福，女儿、女婿自然邀请我俩作陪，一同观赏世界级音乐会，大家欢天喜地，我更是兴奋不已。2001年第一次造访法兰克福，当我第一次看见这个老歌剧院时，就爱上了这幢古色古香的建筑，对进入歌剧院听音乐会充满无限的期待。再者，在维也纳金色大厅听维也纳爱乐乐团演奏新年音乐会也是我许久以来的愿望。2011年，我第一次造访维也纳时，曾有幸在维也纳国家歌剧院听了一场莫扎特音乐会。

法兰克福老歌剧院是法兰克福最著名的建筑之一，修建于1872年到1880年的文艺复兴时期。为了建造歌剧院，法兰克福全体市民捐献了48万金马克。老歌剧院1880年落成开演，威廉一世皇帝观看了首场演出，大为感动，宣布说"唯有法兰克福能建成如此金碧辉煌的剧院"。老歌剧院曾在1944年

3月23日被毁于二战轰炸，它的遗迹在很多年内都是德国最美丽的废墟。一直到 1976 年至 1981 年，法兰克福市民花费近 3 亿马克对它进行了重建。在大规模重建后，老歌剧院于 1981 年 8 月 28 日重新开放，并成为全世界最重要和最具影响力的歌剧院之一，多次赢得了"年度最佳歌剧院"的称号，每年都举办近 200 场演出和近 70 场其他音乐活动。

我们提前一个小时到达歌剧院，夜幕降临，华灯初上，歌剧院庄重典雅的建筑在探照灯光的照射下分外耀眼。走入底楼大厅，灯火辉煌，人声鼎沸，三三两两的观众举着酒杯围站在一起，谈天说地，好不热闹。放眼看去，男士们均是西装革履，女士衣着多姿多彩，都是质地款式上乘的正装。凡在这种场合，严先生总有新的发现，他说："你看看，我们俩是观众中最年轻的，Nenad（女婿）的爸爸、妈妈属于第二年轻。虽是玩笑话，但也基本属实，出席音乐会的大多是上了年纪的老头儿、老太太。女儿说这么贵的票价当然只有老年人才有实力消费，从门外停的高档名车也可以看出一些端倪，基本都是劳斯莱斯、凯迪拉克。

我们径直穿过一楼大厅来到二楼寄放处寄存衣物，然后拾级而上来到我们的包厢，我们的包厢在四楼，算是最上层的包厢，我们的座位在第二排正中央，算是我们这个区域最好的座位。本场音乐会票价从 65 欧元到 145 欧元不等，我们的票价居中，90 多欧元。女儿说平常音乐会票价没有这么贵，因为是世界顶级指挥家和乐团演奏，票价不菲也是情理之中。不过，我倒是觉得很值，国内一般歌星演唱会门票动辄上千甚至几千。在国内如果有这样等级的音乐会举行，票价一定在四位数上，举行地点只可能在北京，成都很难有这样的机会！

晚上 8 点整，伴随着观众热烈的掌声，指挥家和乐团悉数登场，音乐会拉开序幕。一开始是调音，且上半场和下半场演奏开始前都会调音，由首席小提琴家先拉响他的琴弦确定音准，其余众乐器以它为音准定音。这个情节我是第一次见，觉得很新奇。整场音乐会演奏持续一个半小时，不含中间二十分钟中场休息。演出大厅座无虚席，聚光灯射向舞台时观众席灯光骤暗，莫扎特、施特劳斯、瓦格纳的音乐依次响起，观众听得如痴如醉，大厅里只有音乐在回荡。有一个情节是我们过去听音乐会没有经历过的，那就是每一个乐章演奏完毕后有一个几十秒的短暂休息时间，观众席顿时会传出一阵阵此起彼伏的咳嗽声，我们感到有些突兀，此情此景与刚才观众席的一片寂静形成了鲜明的对比。

本场音乐会是由曾执棒 2013 年维也纳新年音乐会的奥地利本土指挥家弗朗兹·威尔瑟－莫斯特指挥，他也曾执棒 2011 年维也纳新年音乐会并取得巨大成功。2011 年维也纳新年音乐会 CD 在推出 4 周后，以 4 万张的销量达到双白金，而其 DVD 光盘也售出超过 1 万张，同时获得白金成绩。能够同时亲临向往已久的法兰克福经典建筑老歌剧院、目睹指挥家精湛的指挥、聆听世界顶级乐团的高水平演奏，确实是享受了一场巨大的视觉和听觉盛宴。

演出过程中没有人拍照，虽然严先生带了相机，但是相机在剧院被禁用。演出完毕，指挥家一次次返场谢幕，看见有闪光灯亮起，我赶紧拿出相机想拍几张照片，严先生一个劲儿地拦我，不要丢中国人的脸。何况还有女婿爸爸、妈妈在旁边看着，真不好意思。

我在国外前后共出席了四场音乐会。2003 年圣诞期间到美国访问，出席了俄克拉荷马州圣诞音乐会；2011 年夏天，与朋友出游，在维也纳国家歌剧院听了莫扎特音乐会；2012 年夏天，在威斯巴登我们一家三口出席牧场音乐会；这次在法兰克福老歌剧院是第四次，也是最高等级的音乐会。想起当年女儿在川音学琴，川音时不时会举办音乐会，我们就带着女儿去听，说是接受音乐的熏陶，实则大相径庭，孩子们吃东西、出出进进，现场体验感一言难尽。真希望今后有更多的机会出席这样的精品音乐会，生活好了，生活质量的提高不仅体现在物质上，还体现在精神层面上。

博物馆河岸节

美因河穿过法兰克福市中心，河北岸是高楼林立的银行区和行人如织的采儿大街，这里展现的是法兰克福快节奏的金融都市风貌，而南岸是一座座博物馆，无论是它们典雅的建筑风格，还是丰富的历史积淀，都映射着法兰克福丰富多彩的城市文化生活。每年 8 月底，法兰克福博物馆河岸节都会如期举行，来自欧洲甚至世界各地的参展人员和游客人数达百万之众，成为欧洲最大的文化盛会之一。今年正巧昔日学生从纽伦堡来法兰克福看望我，这下可好，既有人伴游还不愁翻译了。

今年的法兰克福博物馆河岸节于 8 月 24 日（周五）晚上 6 点正式拉开帷幕，主题是今年法兰克福十月国际书展的主宾国——新西兰，届时在大大小小二十多个博物馆里将推出数百个展览、讲座及音乐会等。看了网上的介绍，我们已经按捺不住心中的好奇，早早吃过晚饭，乘 17 路有轨电车去火车站，再转乘地铁 4 号线去市中心罗马广场的大教堂站，出了地铁直奔美因河畔。只见沿河两岸搭满了大大小小的表演舞台和各种营销帐篷、摊点，一眼看不到尽头。警察把河边街全部拦断了，平日里车水马龙的马路，早已成了游人

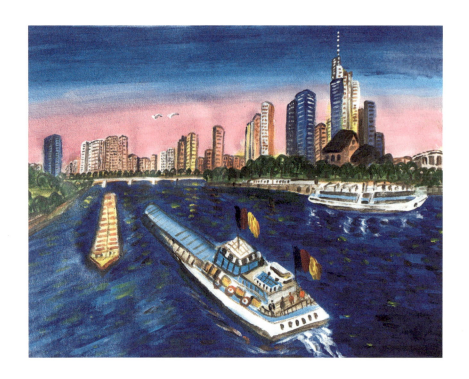

的海洋。远远就看见斯科达的展台，占据了河边很大一块地方，一个巨大的充气熊憨态可掬地站立着，任由大人小孩拍照，还有小熊抱着电脑，游人可以上网玩耍，有人在好奇地打量斯柯达新款轿车，我们也凑趣地看了看。

步行桥上下人流如潮，警察早已拉起线分流，上下桥的游人各行其道，准备登桥的人已经在桥下排起了长龙。今日恰逢周末，天气晴朗，上班一族难得休闲，人人都不愿错过。现场年轻人居多，所到之处大多是青春洋溢的年轻面孔，尤其是河畔草地上基本成了年轻人的天下，无论男女，几乎人手一瓶啤酒，或坐或躺，随意地喝着酒、聊着天，恋人们更是旁若无人地相拥而吻，在这浪漫之夜，在美丽的美因河畔，人们尽情挥洒爱意。

到了河对岸，只见河岸上摊点分两列一字排开，售卖食物的摊点购销两

旺热闹非凡，相对而言，售卖其他物品的摊点就要冷清得多，大多数摊点是售卖艺术品的，女士项链、手链、帽子、围巾、手提包等女性饰物吸引了不少爱美女士的眼球，无论东西方，女性永远是消费的主体。我们本来想看看有没有售卖音像制品的，最好还有二手黑胶之类的，可为爱好音乐且钟情黑胶的朋友淘上几张，但左看右看都未见此类物品的影儿，只好放弃购物，奔河畔音乐会而去。

河畔基本是每隔十来米就有一个五彩缤纷的表演舞台，大多是以摇滚、说唱为主的乐队在表演，台上演员卖力表演，台下观众热情互动，欢呼声、叫好声此起彼伏。不过我的学生还疑惑地说："怎么法兰克福的人这么含蓄内敛？！在纽伦堡情形就大不一样了，节假日街头常有类似表演，但台上台下几百人嗨成一片，歌声、音乐伴奏声、叫喊应和声，震耳欲聋，人们仿佛吃了摇头丸一般。"我说："一方人有一方人的习俗，音乐是有感染力的，情绪也是有感染力的，如果有一些人带头嗨起来，大家就会跟着嗨的。"

我与法兰克福　　299

今天是河岸节的第一天，人们的情绪还没有达到高潮，等到周日最后一天，可能会有嗨翻天的景象。

我们师徒二人边看边聊，走走停停，累了找块草地坐下观河赏景，美因河上游轮来来往往，我们看船上之人，船上之人看我们，都是风景，看得兴起，相互挥手致意。德国是全世界人均啤酒销量最多的国家，今天算是大长见识，无论是草地上躺着的人、岸上观景的人，还是游轮上坐着站着的人，大多手拿啤酒瓶或啤酒杯。对于大多数德国人来说，啤酒是不醉人的，只可能喝饱，喝得肚子装不下了为止。其实，德国啤酒挺好喝的，几次品尝下来，都觉得纯纯的、滑滑的，口感很清爽。

我们在草地上半坐半躺地闲聊着，话题自然而然地回到了去年我们的博物馆之旅上。去年8月初，我们师徒二人进行了为期两天的法兰克福博物馆之旅，两天的博物馆通票可游览法兰克福共48个博物馆。我们两天时间马不停蹄看了大大小小十几个博物馆，蜻蜓点水般过了一遍。

首先是施塔德尔美术馆，那是迅速了解欧洲和世界近700年来美术史的最佳选择。施塔德尔先生（1728—1816）

与歌德几乎是同时代的人，他一生收集了众多著名的油画、雕像和版画，为后人欣赏到上千年的欧洲艺术精品奠定了坚实的基础。经过近两个世纪的积累，馆藏精品在施塔德尔先生收藏的基础上不断增加，添加了不少珍品。

在这儿，人们可以尽情欣赏丢勒、克拉纳赫、波提切利、莫奈、毕加索、凡·高等人的作品，除此以外，还能一睹当代欧洲著名画家超现实主义的抽象派画作，不断使人产生错觉，仿佛在玩穿越，思绪在古代和现代、人和神之间来来回回穿梭不停。那些聚焦神话和宗教的画作总能让我驻足良久，古代欧洲人赋予神以人格，然后与他们一道嬉笑怒骂、喜怒哀乐，由此获得精神信仰与寄托，真是一件很有意思的事。

其次就是电影博物馆。走进博物馆底楼，就像走进了一个奇幻的魔法世界，观众可以任意地拿起试验展品，稍微动动手，眼前就会展开一幅奇异画面，古代建筑、亭台楼阁、古代人物纷纷登场。像我们小时候玩过的万花筒也在试验展品之列，不过此间表现的画面更加生动，内容更加丰富罢了。还有我们小时候在电影上看见过的西洋镜，实际上就是最早的电影雏形，有点像现代的幻灯片，只是还没有幻灯片那么高级，不可电动连续放映，而是用手一推一拉地进行。还有很多我们不认识的展品，观众均可动手操作，大人、小孩都不愿放过这种体验的机会，我们边观看边玩耍，很有点乐在其中之感。

上到一楼，进入 20 世纪电影时代主题展，有著名演员的海报，演员穿过的衣服、装束，拍电影使用过的道具，还有

历经各个时代不断改进的电影拍摄机器等等。有一个地方很好玩，人站在一个带弧形的绿色板上，对面银幕上展现的就是背景，背景在不断地变换，站在板上的人根据背景做出各种动作，背景和人物动作结合呈现在银幕上，就像拍电影一样。我们看别人玩得投入，自己也上去尝试了一下。二楼、三楼是各个时代各国电影展播厅，有的可以独自观看，有的投影在大屏幕上供众人观看，总之，各取所需。有一个放映厅分三面墙，同时放映同一个电影主角不同时期的影片，这儿观者众多。

实用艺术博物馆我们去年看的是"中国漆器"展览，说中国漆器展览有点名不符实，其实就是个人收藏展，实在是有限得很，展厅仅限底楼，几十上百个漆器罢了，大多是近现代的，以明清和民国时期漆器为主要展品。但就个人收藏来说，当然是一件非常不简单之事，在国内恐怕很难找到个人有此规模和档次的收藏。今年，这儿正在举行"见识韩国"展览，既然是一衣带水的近邻，我们自然要来见识见识。主办方安排了一系列韩国文化鉴赏活动，包括韩国民族服饰表演、茶道、书法、折纸、婚礼民俗表演等，

现场还提供了地道的韩国茶饮和小吃，主办方宣传本国文化的良苦用心可见一斑。

考古博物馆陈列着法兰克福周边地区源自史前、罗马时期、中世纪和近现代的所有重要考古发现。为了配合今年的法兰克福博物馆河岸节，考古博物馆推出中世纪风情展览，除了参观展览、听讲座，人们还可以在馆外场地上玩穿越，进入中世纪的场景，亲身体验中古时期人们的生活，看他们如何狩猎、处理猎物，闲暇时玩什么游戏。

建筑博物馆展出有十几万张建筑图纸和数百个建筑模型，其中别具一格的"房中房"理念，以及欧洲人几千年来对石质建筑的深沉迷恋和深厚造诣，令人惊叹，在这里，自然和建筑完美交融，历史和现代相互烘托，给人以全新的体验。对建筑感兴趣或者是从事这个行业的人员参观建筑博物馆一定会收获颇丰。

博物馆中的精品当数森肯贝格自然博物馆，走进自然博物馆，迎面而来的就是地球曾经的统治者的化石。尖牙利爪、狰狞凶恶的是霸王龙，外形凶猛、头长尖角的是三角龙，背生棘刺、伏地而走的是棘背龙。参观此馆还有两点令我印象深刻：一是在成千上万张展览图片中，我发现一张1933年中国西南四川叠溪大地震的照片；二是这里馆藏精品数不胜数，各种动物、植物标本栩栩如生，看得人眼花缭乱，目不暇接。

世界著名的歌德博物馆我已经是第五次参观了，每当友人从国内来，我们都会带着他们参观歌德博物馆，那里展示了260多年前歌德生活的全景，还原了18世纪歌德及家人的真实生活场景。还有犹太人博物馆也是值得一看

的，犹太人在欧洲生生不息，使人不由得感叹犹太民族多舛的命运，同时又十分感慨犹太民族永不妥协的精神。

看够了，走累了，找个地方坐下来喝咖啡、吃饭，还可以欣赏现场演出。博物馆前后到处是舞台，演员们不辞辛劳地用自己精湛的表演给前来观展的人们带来欢乐。我们边看演出边谈论，这些演员是政府邀请来表演的，还是自己主动来无偿演出的呢？因为在西方有很多乐队是业余的，他们利用工作之余排练和演出，全凭兴趣爱好，不收取任何报酬。女婿和他的几个哥儿们

从高中开始组建乐队，十几年了一直坚持排练和演出，实在令人既羡慕又钦佩。爱好音乐的人，是值得信赖和尊敬的人，这是我多年以来的想法。

　　不知不觉中，天色已晚，两岸三桥灯火辉煌，河岸节的各处演出达到高潮，歌声、乐声、鼓点声，汇成一首巨大的交响乐，在美因河上空回响……

TOUR & PAINT
GERMANY

画游德国

小镇集锦

美丽的莱茵小镇——吕德斯海姆

前前后后来过吕德斯海姆不下十次了，这儿几乎成了我们招待国内朋友来德国的第一旅游地。至今我还清楚地记得第一次驾车来吕德斯海姆的情形。我们开车从法兰克福出发，沿途就是莱茵河两岸迷人的景色，短短一段河道两旁有密集的城堡和古典小镇，有着丰富的人文历史气息和旖旎的自然风光。车驶向吕德斯海姆，一边是平缓流过的莱茵河，一边是依山而建的小镇，太美了！小镇沿着缓缓的山坡铺开，重重叠叠的红色屋顶和绿树掩映的街道，纵横交错的小巷子弥漫着幽幽然然的花香、酒香，闪烁着星星点点的阳光、灯光。悠闲的小镇像清晨第一缕阳光洒下前那露珠下的冰葡萄一样，纯粹而宁静。

国人知道吕德斯海姆的不多，但在德国乃至欧洲，吕德斯海姆的名气很大，是德国十大最受欢迎的景点之一。吕德斯海姆建于 12 世纪，是地处德国中部莱茵河中上游河谷中世外桃源般的莱茵小镇，被称为"莱茵河谷最耀眼的珍珠"。小镇位于陶努斯山区平缓的丘陵和洛娥莱山谷间变化万千的风景之中，被大片大片的葡萄种植区所环绕。所以，吕德斯海姆亦有 "酒城" 之称，这儿是白葡萄酒之王——雷司令的主要产地，年产 2700 万瓶葡萄酒。此外，当地的阿斯巴赫咖啡也闻名于世。这种咖啡是将当地自制的阿斯巴赫白兰地注入特有的白瓷容器中，在小火上烘烤一分钟后，加入咖啡、奶油和巧克力粉制成。咖啡醇香浓厚，酒香四溢。在这个连咖啡都离不开酒精的地方，空气中都弥漫着酒精的味道。

吕德斯海姆是一个童话般的小镇，这里有很多德国传统桁型半木结构的民房，红褐色的房顶，像极了格林童话里"小红帽"住的房子。这儿每一幢建筑都是一件艺术品，有的墙上涂画枝蔓，有的窗台装饰美丽鲜花，家家户户的铜质店招都独具匠心。每一间房的装饰灯都各具特色，每一处外墙的装修都精巧而别致。可以毫不夸张地说，这儿的每一处房屋都有一个古老而浪漫的故事。掩藏在石头路两旁的饭店、客栈，随便走进一家，就能立即让人沉静下来。

　　吕德斯海姆最著名的景点莫过于画眉鸟巷，小巷入口处路牌上站立着两只可爱的铜质画眉鸟，小巷很窄，而且是建在斜坡上的，两旁排列着别致而华丽的酒馆，世界各地慕名而来的参观者可以在这里喝遍全莱茵河流域出产的各种葡萄酒，很多都是当地人自己家的小酒窖酿造的。有一年夏天，我们携国内友人来吕德斯海姆，在画眉鸟巷找了一家餐馆吃晚餐，享受这儿的美食与美景、安逸和宁静。走进餐厅就有和别处完全不一样的感觉，装饰别致的柜台，忙乎着为客人备酒的店主（或店员）穿着熨烫妥帖的衬衫、打着黑色的领结，厅堂墙上装饰着鹿头、猎枪，木制的有些年份的餐桌椅，绣花的桌布、餐巾，精巧雅致的餐具……无一不引起我们极大的兴趣，相机镜头为我们留住了这里的美好。

　　许多酒馆都有乐队现场表演，演唱风情浓郁的歌谣，从上午一直欢庆到午夜，这儿就是音乐的海洋。傍晚时分，夕阳给小镇镀上了玫瑰的色彩，更觉小镇温柔。听着美妙的音乐，和表演者们一起载歌载舞，你会感觉到从未有过的轻松自在。记得有一次我们与国内朋友来吕德斯海姆游玩，走进画眉鸟巷远远就听见熟悉的《茉莉花》，走进一看是一个外国人在演奏《茉莉花》，我们和着音乐唱起来，吸引了不少路人惊喜的目光。每一位来到吕德斯海姆的游人都很难不被这里安逸悠闲的生活方式所感染，仿佛时间也因此而放慢了脚步，很难有人不热爱如此自然纯净的生活方式。

多年前的一个夏日，女儿的朋友 Wang 和夫人 Sun 专程陪我和我的学生游吕德斯海姆，这虽然已经是我第三次来吕德斯海姆了，但却是我第一次乘缆车登山顶。缆车沿着缓缓的山坡往

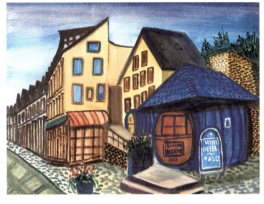

上移动，随着缆车升高，吕德斯海姆那成片的红褐色屋顶、肃穆的教堂以及酒城博物馆从身后慢慢隐去，眼前展开大片大片绿色的葡萄园，盛夏 7 月，正是葡萄成熟的季节，一排排整齐的葡萄架上挂满了串串饱满的葡萄。这里的葡萄园对所有游人开放，没有厚重的围墙，甚至连低矮的木栏也没有。莱茵河是德国的命运之河，也是德国历史和日耳曼民族精神的象征。莱茵河滋润了淳朴的当地居民，几个世纪以来，他们日出而作，日落而息，与葡萄园为伴。

山顶上耸立着的尼德瓦尔德纪念碑，又称"帝国纪念碑"，是为纪念1870 年至 1871 年德法战争和德意志帝国的建立而修建的。纪念碑的最上方是象征着德意志帝国的女神日耳曼妮娅，她左手握剑，右手高举帝国王冠，

头戴象征着胜利和荣耀的橡叶花冠。底座上部雕刻有帝国之鹰，周围是当时德意志帝国的 22 个邦国的国徽。底座的右角站立着和平之神，手握象征富饶的丰饶角和橄榄枝；左角站着的是战争之神，他右手紧握利剑，口中已吹响了前进的号角。整个纪念碑的主题就是战争与和平。不过，纪念碑正处于维修中，被脚手架团团围住，站在纪念碑碑座前，女神日耳曼妮娅若隐若现，我们似有"不识庐山真面目"之感。站在纪念碑基座的瞭望台上，放眼四望，心中油然而生出"江山舍我其谁""大地在我脚下"之豪迈气概，位于莱茵河两侧顺山势而建的小城吕德斯海姆及对岸的宾根，被我们尽收眼底。Wang 很有心地专程带了望远镜，我们举着望远镜看对面的宾根，甚至可以清晰地看到建筑物里人们走动的画面。我们的脚下，美丽的莱茵河静静地流淌而过，青山绿水间，帆船、游轮来来往往，像一幅移动的图画，令人如痴如醉。

到访吕德斯海姆好几次都是因为从这里可搭乘游轮到科布伦茨，这是德

国在莱茵河上唯一经营游轮的 KD 公司的航线之一。莱茵河是德国的母亲河，要说莱茵河在德国境内最梦幻的部分在哪里，那一定非吕德斯海姆至科布伦茨一段莫属了。吕德斯海姆是进入莱茵河谷上游的门户，位于吕德斯海姆和科布伦茨之间的莱茵河谷上游部分于 2002 年被载入《世界文化遗产名录》，这一段的莱茵河被广泛认为是莱茵河谷变化最多、最美的部分。莱茵河两岸至今还保留着 50 多座城堡、宫殿的遗址，每座城堡都有自己的名称。每一座古堡都有一段古老的故事和传说，它记载着多少德意志英雄气吞山河的业绩及德国儿女的幽幽恋情。

游吕德斯海姆，不妨再深入访问一下隐藏在绿色山林里的 Kloster 修道院。第一次去吕德斯海姆我们也顺道去了 Kloster 修道院，里面有雷司令酒的专卖店，专卖店里有一个很大的展示厅，中间和四周全是一排排酒架，摆放着近两年出厂的雷司令白葡萄酒，每盒六瓶装，有木盒子和纸

盒子两种包装。来此购物的均是欧洲人，一般都买上好几盒葡萄酒带走。如果想要购买前几年出厂的葡萄酒，价钱要贵许多。所以很多德国人就一次买上几十甚至上百瓶放在家里，过几年自然就增值了。

　　除了可以购买雷司令白葡萄酒，修道院的环境也十分美丽而幽静，中世纪城堡式样的建筑，院内古树参天、绿草如茵，花草树木都被栽种和修剪得整整齐齐。这儿有上千年历史的酒窖，里面有很大的木酒桶，虽然没有海德堡古堡内三米高的大酒桶那么高，但是一米、两米高的也不少。我们有次来此游览时，正遇见修道院组织客人在酒窖品酒，酒窖里一排排长条形餐桌上摆着酒瓶、酒杯，还有甜甜的糕点，当然我们不在被款待的客人之列。修道院有一个博物馆，付 5 欧元就可以体会修道院千年的历史和莱茵河灿烂的酒文化。除此之外，里面还有一个约有 900 年历史的教堂，据说至今仍然在使用，这一切让你深切感受到岁月的流逝。修道院当晚有音乐会，很多穿戴整齐的老头儿、老太太开着奔驰、宝马来这儿听音乐。观景，品酒，听音乐，简直就是神仙过的日子。吕德斯海姆及 Kloster 修道院，看不够的是如画美景，品不尽的是醇香美酒！

　　最近一次吕德斯海姆之行是 2020 年春天，那时新冠肺炎疫情刚开始在欧洲肆虐，各国还没开始封国封城。国内友人从瑞士苏黎世来法兰克福我家做客，我们当然推荐吕德斯海姆一日游。没承想，彼时的吕德斯海姆与往年游人如织的情形大相径庭，整个大街小巷几乎就我们四个游人。中午时分，我们想吃午饭，结果没有一家餐馆开业，最后只好在河畔路边一家土耳其小吃店买了土耳其肉夹馍对付了一顿。我们想乘缆车上山，结果缆车站整个关闭。无奈之下，我们决定走路上山，好像也没费多大劲，沿途观景说说笑笑就上山了，到了尼德瓦尔德纪念碑，那里正在举行纪念碑落成 150 周年典礼的图

片展览。在山上终于见到了几个来此游览的欧洲人，我们相互问候，感觉格外亲切。

期待已久的哈瑙行

哈瑙对我来说有双重意义，第一，哈瑙是女婿的出生地和生活了二十多年的地方，至今他的父母仍然住在他们兄弟俩出生、成长、走向社会前一直住的那幢房子里。今天我们算是第一次正式拜访他的父母，当然之前已经多次在不同场合下见过面了。第二，哈瑙是《格林童话》的作者——格林兄弟的故乡，我们是听着、读着《格林童话》长大的一代，在中国，从三岁小孩到耄耋老人，但凡识点字的，无人不知《灰姑娘》《白雪公主》《小红帽》《睡美人》《青蛙王子》。所以，哈瑙行，我期待已久。

按计划，我们先去参观哈瑙的古堡和皇宫，然后去意大利餐馆吃午饭，再去女婿的父母家里喝下午茶。但今晨天色不好，云层很厚，大雨将至。

我们的车驶上通往哈瑙的高速路，刚开了一段高速路，前段就封路了，我们只好下了高速转向另一条路，准备从城市的另一区绕道过去。不久，又遇封路，再绕道，再封路。女儿拿出手机一查才知，原来今天是法兰克福铁人三项比赛，我们出发时正值自行车赛在高速路上进行，所有比赛用道的高速路都封路了。

好在 Nenad 很熟悉这儿的路，他驾着车东绕西转，我们来到了被人们认为法兰克福最乱的一区，女儿这样形容：只要德国发生什么离奇怪事，一定发生在这个区域。女儿的武汉朋友在法兰克福打工时曾经在这儿租住过一段时间，她租住的房间楼下是土耳其肉店，她的房间地上爬满了蟑螂。这还不算最耸人听闻的事。一次德国警察团团围住她们住的楼房，冲进房间搜查，把她朋友吓得半死。我们的车在这个街区穿行着，我们好奇地打量着这个区域的市容。严先生明显不太相信女儿的说辞，我当然早知道关于她朋友在这里经历的那些。不过，街道是清洁的，房屋也是整齐的，周日商店关门歇业，街上行人比较少，只有餐馆、咖啡店正在营业……确实看不出有多少异样。

由于种种特殊情况，本来不到半小时的车程却行驶了一个多小时，我们终于在一片绿树丛中看到了 Nenad 爸爸常说的发电站圆形的工厂大楼，以及两根冒烟的大烟囱，期待已久的哈瑙到了！一到哈瑙，突然之间云开雾散，蓝天、白云、绿树、青草，阳光洒在路旁一簇簇盛开的玫瑰上，仿佛都在欢迎着我们的到来！我们泊车，步行，首先来到集市广场上新市政厅前的格林兄弟国家纪念塑像前瞻仰。格林兄弟都出生在哈瑙，雅各布·格林出生于 1785 年 1 月 4 日，威廉·格林出生于 1786 年 2 月 24 日，格林兄弟的家坐落在哈瑙老阅兵广场边。

接着我们来到哈瑙菲力普斯宫殿。哈瑙是格林兄弟的故乡，这里遍布着格林童话般的美妙景致。菲力普斯宫殿是巴洛克风格，庄严华丽。宫殿前面

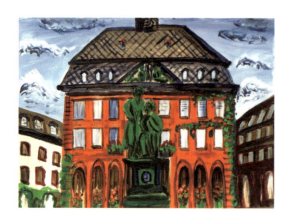

是美丽的花园，来这里结婚的新人必定会在这片草坪上留下身影。花园中的喷泉和绚丽的花朵都是不能放过的景致。进入宫殿，一楼的小屋是哈瑙市政厅的证婚屋，每当有新人在此

举行仪式，民政部的工作人员和一些亲朋好友就将在这里为新人见证最神圣的一刻。宫殿的二楼是博物馆，里面展出了宫殿主人曾经的事迹和格林兄弟的故事。哈瑙虽然曾经只是几万人口的小王国，却拥有如此奢华的宫殿，真是让人惊叹。

参观完皇宫，我们直奔意大利餐馆，Nenad 的父母已经在此等待了。Nenad 介绍说这儿是他小时候和父母、哥哥一家人经常光顾的地方，餐馆地下一层还有保龄球馆，但不是我们平常意义上的大保龄球，而是小了许多的小保龄球，供孩子们玩耍，Nenad 小时候和同伴来此过生日，免不了打打保龄球过过瘾。三十多年来，这个意大利餐馆虽然几次易主，但餐馆还是那个餐馆，卖的还是意大利菜品，我们边点餐边聊天，儿时的回忆总是令人愉悦的。

往日在意大利米兰、威尼斯等地都品尝过意大利菜，但今日的意大利餐似乎更加正式，先是每人点了饮料，我和严先生自然是红茶，余下四人点的两瓶白水。白水也要卖钱，而且一人一个酒杯，严先生幽默地调侃道："喝水比国内喝茅台还正式。"然后上了四盘"前菜"，生菜沙拉配上烤肉和奶酪，还有生牛肉薄片。一看我们诧异的眼神，Nenad 急忙问我："在中国，人们生吃肉类吗？"我想了想，生鱼片倒是吃过，哦，我想起来了，那年在上海有人请我和女儿吃饭，点了一份醉虾，结果菜上来一看，原来醉虾就是把活

虾放在酒里淹一会儿，喝了酒的虾通体有些发红，一息尚存还时不时动一下，我和女儿都不敢下筷。

身在异国，就尽可能多尝试一些异国风味的菜肴。严先生比较喜欢吃生牛肉薄片，我们尽量多吃，吃饱吃好，宾主双方皆大欢喜。最后上的才是主菜，我和严先生一人一盘意大利面，我的是海鲜面，严先生点的肉酱面，比起我们在米兰大教堂那儿吃的意大利面，这儿的分量足，内容充实，我尽全力解决了一半，严先生吃了三分之二。余下四人各有所爱，席间气氛热烈而融洽。

饭毕，我和 Nenad 的妈妈走路，他们四人坐车，直接去 Nenad 父母家。我步行就是想看看 Nenad 出生地的环境，我和他妈妈边走边聊，沿途接连几个大大小小的运动场，不乏足球场、篮球场、网球场。这儿离哈瑙城区有10千米路程，住家不多，大多是两三层高的别墅和五六层高的公寓，但运动设施如此之密集，确实令我感到意外，这些地方或多或少留有 Nenad 儿时玩耍、运动的足迹。

在一处茂密的树林里，我意外地看见一处高达三四米的铁丝网围着的区域，中间有一片红褐色的矮砖房，房屋比较陈旧。这分明是一个有点神秘的

地方，我从 Nenad 妈妈那儿得到了答案：原来这是一处美军基地，几年前美军撤走，军营就此废弃。过去只知道凯泽斯劳滕有美军基地，现在看来二战后美军在西德的驻军不少，连哈瑙这个美丽的小城也曾有美军驻守。二战硝烟过去已久，战争的痕迹在一点点褪去！

经过 Nenad 上过的幼儿园，周日园门紧闭，我们只好围着校园转了一圈，我选取了室外几个儿童游乐设施拍了一些照片。后来，Nenad 仔细看了看说：滑梯已经换成新的，不再是他儿时的滑梯了，攀爬的木架似乎也是后来更换的，样式和原来差不多。是啊，30 年过去了，这些儿童游乐设施经历了多少日晒雨淋，早已更换了多次，只是孩子们虽离开幼儿园多年，但仍然能够在这儿找到许多儿时的记忆。

转过幼儿园就看见 Nenad 的家——大树掩映下的一幢三层小楼，他家住一楼（在中国相当于二楼），我们拾级而上，那是一个三室两厅的套间。Nenad 爸爸、妈妈是大学同学，毕业后同在一家公司工作了三十多年至退休，Nenad 出生后一直住在这幢房子里，大学毕业才搬出家门，现在仍然常常周末回到这里。只见房间布置简约，屋内装饰整洁大方，蓝白色是主色调，整个家给人以舒适、安静、温馨的感觉。我很喜欢主人的爱好和品位，置身房中没有任何局促的感觉。阳台上可以看见四周高大的绿树和青青的草坪，以及绿树掩映下的邻家小楼，一派安静祥和的气氛。我和严先生一下子就喜欢上了这儿的环境，我们这个年纪的人都不太喜欢热闹，宁静、亲近大自然是我们的最爱。

到了下午茶时间，我们两家六口人围坐餐桌，一边喝着茶一边品尝Nenad 爸爸、妈妈的手艺，桌上满是各种蛋糕，提拉米苏是严先生的最爱。女儿说："我们今天午餐吃的是意大利菜，下午茶又有意大利蛋糕。"看来Nenad 全家对意大利食品情有独钟。Nenad 妈妈做的蛋糕里配料都离不开奶酪和巧克力，杏仁也是必不可少的佐料。我不由得想起那年在美国访问，看见美国人在别墅花园里都种着杏树，夏天杏儿成熟时，地上铺了一层落杏儿，房东捡了满满一桶，说是要用来做蛋糕，原来他们做蛋糕需要的只是杏仁不是杏肉。

哈瑙之行是短暂的，但记忆却是深刻的，我们不仅感受到了Nenad 爸爸、妈妈的善良好客，也看到了养育 Nenad 的这片土地的宁静祥和，至于哈瑙城的市井风貌，格林兄弟的故居、博物馆，以及古堡、皇宫，对于我们来说都不是最重要的了。

告别 Nenad 父母，我们的车

行驶在回家的路上，两旁全是一眼望不到尽头的高大挺拔的杨树，夕阳穿过树丛洒在前方的路上，照进车内，我们一家四人的脸上全是幸福的笑容。

我与威斯巴登有个约会

我们第一次来威斯巴登是2008年2月，严先生第一次来德国，我们全家出游威斯巴登。准确地说，这应该算是我第二次来威斯巴登，只不过第一次和女儿去美因茨大铁桥旁的咖啡馆与女儿的朋友相聚，仅仅从威斯巴登城边穿过，并未深入探访。2008年2月，我们全家来威斯巴登游览了疗养公园、黑森州州剧院、市集教堂、步行街等，当时剧院门外正在搭建露天舞台，公园里可见演出海报，原来是欧洲三大高音之一的多明戈即将来此演出。这一次游威斯巴登，无论是这儿的公园、剧院、教堂，还是18世纪、19世纪的街道、建筑，都给我们留下了非常好的印象。从此以后，我们就把游威斯巴登作为陪朋友出游的一个保留节目，几乎每年必游威斯巴登，且乐此不疲。

威斯巴登与法兰克福同属德国中部黑森州，法兰克福是该州的第一大城市，威斯巴登虽排名第二，但却是州府所在地。现如今不知道法兰克福的国人不多，但知道威斯巴登的国人却较少。究其原因主要是威斯巴登不属于旅游城市，或者说威斯巴登很少出现在中国旅行团的行程单里，但我们却认为：到了法兰克福没去威斯巴登，不能不说是件憾事。

　　威斯巴登位于陶努斯山南麓、莱茵河右岸，与美因茨隔河相望。这儿林木葱郁，气候温和宜人，是著名的疗养胜地。国际音乐节、芭蕾舞及戏剧会演等经常在此举行。德国威廉皇帝称它为"北欧的尼斯"，民间则赋予它"别墅之城"的美誉。除了作为黑森州的政治中心，威斯巴登历史悠久的赌场更是吸引着德国、欧洲，乃至世界各地的游客纷至沓来。说到威斯巴登赌场，还有一件趣事，女儿 2004 年办公司，第一笔业务就是和威斯巴登赌场签订的。当时，女儿发现有中国游客来威斯巴登赌场参赌，所以心生一计，为中国餐馆免费做餐牌，介绍菜品的同时登载赌场的广告。结果女儿第一单生意出奇顺利，三句两句就把赌场经理说服了，一年广告费 5000 欧元，不几天即到账。

威斯巴登是欧洲最老的温泉疗养胜地之一，城内分布着大大小小二十六个热的和一个冷的温泉疗养地。早在罗马时期，罗马人就发现了这里的温泉，并为他们的士兵在草地上修建了一座座洗澡堂，威斯巴登的名字因此诞生了，"巴登"在德语中就是温泉的意思，"威斯巴登"意思就是草地上的澡堂。这些温泉一直到今天仍然在使用，市中心的老温泉仍保留着古罗马时代的建筑和洗浴风格，包括男女同浴。不过，我们也只是听说，并未亲身体验过。威斯巴登的温泉不仅用于疗养，也用于健身，或者像在市政厅那样，还用于室内取暖。

威斯巴登的城市形象由三个部分勾勒出来：其一，难以计数的市中心建筑。这些建筑几乎全部是在 1850 年至 1914 年建设的。其二，在这段时间内，除了宫廷仆役外，大量富人涌入威斯巴登，以此突显出他们的身价。时至今日，能够在威斯巴登拥有一幢别墅，仍然是身份和财富的象征。 其三，威斯巴登的市中心在第二次世界大战中幸免于难，着实是一大幸事。威斯巴登市中心十分整齐划一，建筑物几乎全部归于古典主义、历史主义风格。19世纪末，大面积的住宅区采用了华丽的外观和林荫道点缀。作为一座疗养城市，威斯巴登蜚声国际，由此在市中心建起了林林总总的具有代表性的开放式建筑物，如威斯巴登疗养院、疗养公园、黑森州州剧院、市集教堂。因此，如今威斯巴登被誉为历史主义建筑风格的典范。

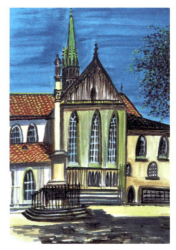

　　威斯巴登市集教堂是1853年至1862年间作为黑森州大教堂而建立的。我们连续几年去威斯巴登，市集教堂都在整修，仔细辨认一下，仅仅是整修的部位不同罢了。以前去看科隆大教堂，也是每次去都在整修。一方面说明德国人做事中规中矩，不温不火，一步一步按部就班，"慢工出细活"；另一方面也说明德国人工缺乏，不可能像中国那样大批量地招聘工人，做什么事都能很快。

　　我们每次去威斯巴登，总是要去黑森州州剧院后面的公园走走看看，湖畔有大片绿色的草坪，草坪中、小路旁挺拔着枝叶茂盛的大树，一年四季鲜花盛开，湖

上游弋着天鹅、野鸭。2011年夏天我们去公园，正好有人在举行婚礼，我们幸运地观看了一场别开生面的西方婚礼，算是长了一点见识。德国人举行婚礼一般分为两个部分，第一个部分是新郎、新娘去市政厅登记结婚，那是一个非常正式的仪式，不像中国人登记结婚就是拍照领证那么简单。在市政厅有双方父母在场，还要有双方证婚人在场，也有新郎、新娘最好的哥儿们、闺蜜参加。第二个部分是婚礼，很多新人采取草坪婚礼的形式，我们在威斯巴登就巧遇了一对新人在湖畔草坪拍照，然后举行公园露天酒会。

说到威斯巴登，最值得一提的是2009年夏天，我们受到女儿MBA教授Walsh先生的邀请来他家做客的经历。Walsh是英国人，太太是德国人，很有趣的是，女儿和他对话，Walsh说英语，女儿说德语。Walsh既是大学教授也有自己的事务所，按说应该属于德国的中产阶级，但是他并没有自己的

住房。Walsh 在英国有一个海边的度假别墅，据说是祖上留下来的，离我在英国时住的黑斯廷斯很近，当年他也曾邀请我去他英国的别墅度假。30 多年来，从他女儿出生到现在他们一家一直住在这套租住的别墅里（房主住一楼）。德国有很多这样的别墅，进出各层楼有专门的通道，房东和租户互不干扰。这套别墅的楼层很高，有四五米那么高，上了漆的实木地板，一看就是那种比较传统的建筑，住起来很舒服。厨房很大，开放式的，餐桌也很大。书房的书架很高，取书有专门的梯子，我很喜欢这样的书架。有趣的是：我去他家的洗手间，看见门背面贴着中文的一些日常用语，我忍不住问 Walsh 的太太，她说他们报读了一个中文口语班，正在学习汉语口语。上洗手间也不放过学中文的机会，真是太勤奋了！

Walsh 先生在中国泰安经济学院教经济学，每年都要来中国几个月的时间，他女儿 2008 年夏天在我们成都家里住了三个星期，当年秋天他们夫妇也来成都，在我家里小住了几天，所以我们算是老熟人了。我们在 Walsh 家吃午饭，德式午餐，有蔬菜沙拉、德国浓汤、奶酪等。下午茶是 Walsh 夫人自己做的草莓蛋糕，他家的阳台很大且临街，我们边吃蛋糕边看风景。聊天的内容从德国到中国，从政治到经济，大家十分开心。

茶点过后，Walsh 和他太太、女儿全家出动，先带我们去看了一座俄罗斯东正教教堂，那年俄罗斯总统普京来德国就参观过这座教堂。然后我们乘坐缆车上山，这个缆车很特别，完全用水作为动力、用水车的方式带动缆车上下山，既环保又节能还很有趣。然后又带我们坐游船游莱茵河，沿途风景很美，我们注意到有一种树木长在水中央，笔直的树干、嫩绿色的树叶，远处看去像一把把绿色的遮阳伞。游船航行途中经过小岛，游人可登岛观光、游玩或野炊等。

路过河边小镇，临河有很多咖啡馆，好像当晚有什么表演，很多人正在品咖啡、聊天，等待演出开始。

傍晚，Walsh 夫妇请我们一家人在威斯巴登皇宫餐厅吃晚餐，我们不太了解德国一份餐的分量，结果我们每人点了一份，端上来一看，傻眼了，两人一份差不多能搞定。所以，每人都剩下很多，我们很不好意思。

在威斯巴登，我们和 Walsh 一家人度过了一个愉快而有趣的周末，Walsh 全家的盛情款待令人难忘。威斯巴登游还要继续，与德国朋友的友情将至永远……

克龙贝格小镇休闲游

一周一次的家庭活动，我们四人加亲家母一行五人去克龙贝格小镇休闲游。克龙贝格全称"陶努斯山区克龙贝格"，总面积18.62平方千米，总人口不到两万人。克龙贝格虽说离法兰克福不远，但是画风迥然不同。法兰克福市区，高楼林立，街道上车水马龙，喧嚣繁忙；而相隔三十里的克龙贝格小镇，完全就是世外桃源！这里就是那种典型的、明信片上的欧洲小城的样子！街道两旁建筑非常漂亮，小镇依山势而建，房屋均是典型的德国木桁型建筑，非常有德国特色，小镇上的人安居乐业，家家户户的门前

都装点着花花草草，一看就是懂生活、热爱生活的人家！随便拍拍，都是一张美图！

我粗略算了一下，这已经是我们第六次来小镇了。第一次来此地是 2008 年 2 月，女儿开车，我们一家三口加我的一个学生来此观光，之后十年我们携国内朋友和亲戚多次游小镇。女儿曾介绍说这是一个富人区，德国宝马公司不少股东就居住在此。所以，这儿的别墅外观都是十分豪华的那种建筑。无论来此多少次，我们对这里的建筑热情

不减，总是乐此不疲地给每一幢建筑拍照。

　　当然，在德国，每到一座小镇基本都会有一座城堡，克龙贝格也不例外，与小镇同名的克龙贝格城堡虽然与闻名遐迩的新天鹅堡等世界级珍贵大城堡没法比，但其历史同样悠久，可以追溯到 12 世纪末，是当时的国王委托托安斯泊的贵族在陶努斯山脉南坡的老国王山角上建造的。城堡分为三个部分，上堡建于 1170~1200 年，它和城堡的主塔、露天塔是城堡最古老的一部分；中堡是城堡与宫殿之间的建筑群，完成于 15 世纪；下堡完成于 14 世纪初。五角塔是城堡最古老的部分，是可证实的最早建筑，完成于 1175 年，是个可供居住的塔。克龙贝格城堡虽经多次扩建改建，但至今依然保持着中世纪时的模样。

　　最值得一提的是，1891 年，威廉二世皇帝将克龙贝格城堡赠予母亲（即英国女皇维多利亚的大女儿）。他母亲委托建筑师 Jacobi 整修城堡，并将家族的主房布置成了博物馆，恢复了克龙贝格贵族晚期的风貌。王子公园是在 20 世纪初由实用花园改造成的观赏花园。维多利亚女皇的文献官曾赞

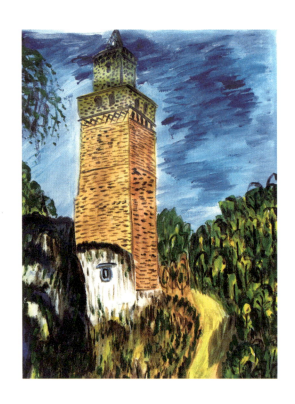

美王子花园：独一无二的美景，宽阔的视野，世上难有。

    站在城堡的花园里，天气晴朗的时候，可以远眺到法兰克福市区，看见我们熟悉的法兰克福电视塔！当然，来这里举办婚礼的人不少，好几次来都看见盛装出席婚礼的人们。城堡不大，但是周围有山有林有湖有公园，也可以看到很多徒步旅行的爱好者，拿着登山杖、背着装备来此爬山远足。

    克龙贝格是一座优雅的小镇，这里华丽的历史城堡令人流连忘返。享受美丽风景后，你可以在城堡大酒店的露台上或大型壁炉房内享用咖啡和蛋糕。今日我们的家庭休闲之旅主要不是游小镇、看城堡，而是先在城堡大酒店喝下午茶，顺带参观酒店，然后在森林里漫步。

城堡大酒店就是当日的城堡建筑群，这是由维多利亚公主主持修建的。她是腓特烈三世的遗孀，亦是威廉二世的母亲。于 1840 年 11 月 21 日出生在英国白金汉宫，是维多利亚女王的大女儿。她在这座建筑里住了 7 年，于 1901 年 8 月 5 日在孩子们的陪伴下在这里离世，后与她的丈夫合葬于波茨坦。现在这座建筑是一个五星级酒店，可提供最高标准的客房服务和美食，整座建筑集浪漫、历史、奢华和优雅于一身。

我们预定了酒店阳台的下午茶，大家按各自的喜好选择了各种口味的蛋糕和饮品，我和严先生要的是茶，Nenad 和他妈妈点的是浓咖啡，女儿要的是水。至于蛋糕，严先生选的是巧克力味，他喜欢甜食，基本都是选巧克力蛋糕，我和女儿要的是香草蛋糕。我们一边聊天一边欣赏风景，说是阳台，实则是很大的露天平台，前方是一片开阔的绿地，绿地四周鲜花盛开，葱绿的树木环绕，时不时有拖着高尔夫球车的人经过，不远处就是城堡酒店的高尔夫球场。

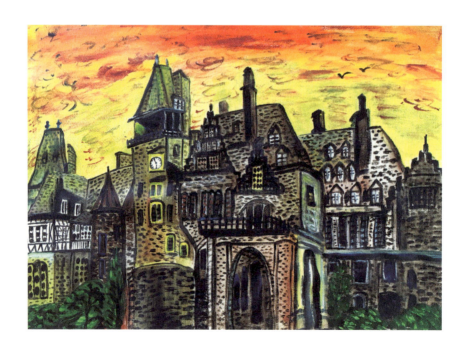

　　下午茶后我们参观城堡酒店，酒店是曾经的皇宫，至今保存完好。室内富丽堂皇，布置有各种质量上乘的家具，一口座钟矗立在屋子的一角，看介绍是百年前的物品了，不过仍然走时精确。过了大厅来到一个屋子，四周全是落地墙高的深红色酒架，架上陈列着各种酒。拾级而上到二楼，走廊过道里有各种古色古香的家具，估计历史也是上百年。女儿说下次我们来这里住一晚，体验一下皇家贵族的生活，毕竟是维多利亚公主曾经住过的宫殿。

　　参观完酒店，我们去皇宫玫瑰园。整个花园对称设计，中间是喷泉花架，两边是玫瑰花园，最外围是高大的葡萄架。八月时分，各色玫瑰花竟相绽放，葡萄架上缀满了串串翠绿的葡萄。流连于此我们仿佛在历史的长河里穿越。说实话，我和严先生出门不太讲究，穿着一般，同行的 Nenad 妈妈穿着镶嵌有桃红色花边的裙装，配上桃红色的手袋，着桃红色的皮鞋，走在这样精致

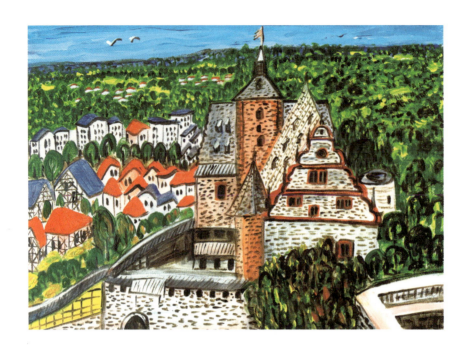

的花园里，甚是高雅。

全家游伊普斯滕摁古堡

　　Nenad 早已经计划好本周六带我们去陶努斯山登山，后来他查天气预报，得知当日最高气温 30℃，故改变计划，游览位于陶努斯山脉末段的伊普斯滕摁古堡，这样我们既可以在古堡塔楼饱览陶努斯山风景，又可以轻松愉悦地游历古堡和古镇，不必经受高温下登山的考验了。

陶努斯山在德国中部莱茵河右岸、美因河和兰河之间，属于莱茵片岩东南山脉的部分，东西长约80千米，南北宽约40千米，一般海拔400~500米，最高峰大费尔德山，海拔880米。陶努斯山森林茂密，景色秀丽，南坡陡峭，遍布葡萄园，北坡平坦，矿泉水资源丰富，有多个疗养院和森林公园。伊普斯滕摁古堡位于陶努山脉末段的伊普斯滕摁镇上，古镇已有1100年的历史。伊普斯滕摁古堡始建于12世纪初，后于14世纪和16世纪进行了两次大规模扩建，才形成了今日我们所看到的古堡规模。

半小时车程后我们到了伊普斯滕摁镇，下车后直奔古堡。像许许多多德国古堡一样，伊普斯滕摁古堡最初也是拿来居住、管理周边区域，以及战争爆发时防御抵抗外敌入侵用的。伊普斯滕摁

古堡虽然早已失去了昔日的风采和功用，但或多或少地保留了中世纪建筑曾经的辉煌。历史上，伊普斯滕摁古堡在此区域有着重要的历史地位，因为伊普斯滕摁家族在莱茵美因地区享有盛名。虽然伊普斯滕摁家族在1804~1823年逐渐衰落，古堡因无人管理年久失修，已有部分塌陷，但它的历史影响力在欧洲人心目中始终留有辉煌的一页，故20世纪初该古堡被重新开发成为一个浪漫的旅游胜地。长达数十年的全面修缮，不仅修复了古堡坍塌的部分，

而且其功能和设施也得以改善，使古堡重放异彩。1929 年，古堡主人斯塔尔伯格王子把古堡赠送给了伊普斯滕摁镇，一直以来，镇政府精心地维护着德国的这一历史古迹。我在登临古堡内中央塔楼时发现，直上直下的旋转楼梯是金属制作的，还配置有电灯，我当即就给 Nenad 说，古堡在中世纪时应该没有金属楼梯和电灯，这些恐怕都是后人增设的，为了保护古堡那些年代久远的硅石。

我们在古堡教堂博物馆里看见的斯塔尔伯格王子穿过的衣服，是由丝绸和棉经手工绣制而成的，主色调为黄色，与中国的皇服有异曲同工之处。博物馆陈列着中世纪古堡战争中使用过的盔甲、战袍、长矛、羽毛箭、铁马掌，也有古堡人日常生活中的瓷器用品——盆、罐、碗、碟，还有那时修建古堡使用的装饰性地砖，不仅刻有花纹，还有好看的色彩，可拼接出大型图案。

墙砖、地砖虽然已经过数百年的风雨，褪色了许多，但还可以依稀辨出昔日的美丽。教堂后面房间配置有厨房和面包烘烤房，大致可以想象中世纪古堡人们的生活场景。

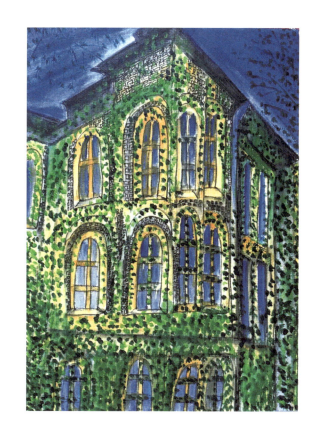

我们着重看了古堡的三个地方，第一个地方是西门和位于西门右侧的三层别墅。最早古堡是由东门进出，从古镇大街直接上去。后来西门设置了重武器以便防守，关闭了东门，改由西门进出。从伊普斯滕摁镇进入古堡的要道直通东门，今天我们自以为是走东门，结果吃了一个闭门羹，才又下到山下，绕到古堡后侧，从西门进入。进门右侧的三层小别墅是看门人（古堡管理者）生活住宿之用，我们在那位五六十岁的男士处买了门票后（每人 2 欧元），开始仔细地打量起这幢小楼。小楼古色古香，既有历史的沧桑感，又透着华丽。女儿首先发声："谁住在这儿啊？！太爽了！我也想到这儿来看门。"我和严先生相视一笑。女儿又说："保不定他就是伊普斯滕摁家族的后裔，这个看门人就是家族的多少多少代传人。"后来我们看到离西门几米远的墙上有他的邮箱，果然姓Eppstein，是不是家族的正宗传人就不得而知了。

第二个地方是古堡中央居住区。进了西门沿着小方石块铺成的路往上走，我们边走边透过城墙上的孔洞向外看，古人每隔一两米在石墙上就凿出一个小孔，这是过去打仗时用于打枪和放箭的。上到二层，这儿是古堡最开阔的地方，平台正前方搭建有一个表演舞台，看旁边墙上的海报，8月15日就有演出活动。舞台正对面是高出一两米的看台，看台往上呈梯形一级一级升高，摆放着整齐的座椅。舞台北面就是广阔的陶努斯山脉，葱郁的森林就是舞台的天然布景，真是美妙极了！舞台右侧有一个化妆间，后方是一个五六十平方米大的花园，花园里花草繁茂，西门右侧的小别墅三楼阳台直通花园，从花园可以看见三楼客厅里摆放的沙发。女儿又发感叹："当这样的看门人，简直是世界上最好的职业！"我想，叫你在这儿住上一个星期，你就腻味了，毕竟，太清静了！

第三个地方也是最值得探索的地方，就是古堡中央高高耸起的塔楼，因为古堡里有不少铁门都锁着不让进，但是登塔楼的铁门仅是关闭着的，没有上锁。这就是看门人的狡黠之处，游人没有发现，自然就免了登顶。我看很多游人都不知道这个秘密，好像只有我们四人登上了塔楼。塔楼初建时高

33米，1804年降至24.5米，内直径约两米，只能容纳垂直旋转楼梯直上直下，我们一口气往上爬，女儿、Nenad打头阵，我和严先生紧随其后，突然他们俩停了下来，我以为他们

要歇歇气。突然，女儿喊道："前面有人。"果然，一抬头，在转角处有一片开阔地，一个人单膝跪着，举着枪，正通过枪眼向外瞄准射击。定睛一看，是个假人，虽是个假人，但还是把我吓了一跳。

上到塔顶阳台，豁然开朗，环顾四周，陶努斯山被我们尽收眼底。南面山坡陡峭些，生长着大树，郁郁葱葱的。西面山坡比较平缓，依山势建有幢幢别墅，几百级人行台阶从古镇大街直通上去。北面远山上可以看见另一座白色的古堡，如果登山观古堡，可能需爬上一天的山路。东面山坡上有两座建筑孤零零地矗立在山顶上，右边建筑是由四根石柱撑起的纪念碑，左边一幢是别墅类房屋，我猜测应该是博物馆，不然谁会住在那儿，上不挨村下不着店的。塔顶距地面有 40~50 米高，小镇广场、教堂、街道、房屋，被我们尽收眼底，严先生举着他的单反，过足了瘾。这下我很自豪地对严先生说："你

看嘛，平常你老说我只要稀奇就要去凑热闹，什么犄角旮旯之处都要钻进去看一看，今天要不是我把探索精神发扬光大，这儿的美景就全错过了。

当此成文时，我把所了解的古堡历史给女儿和严先生讲了一遍（重要说明：我在博物馆买了一本关于古堡介绍的英文小册子，回家后专门做了研究）Nenad 在旁看我讲得眉飞色舞，有些好奇，我又用英语给他讲了一遍。他听完后说："你怎么能够把这么多的数字记住，简直有点不可思议。"我说："我的记忆力就是很好，可能是因为一辈子学英语、教英语的缘故，常常需要记忆很多单词、句子，还要背诵一些经典文章，所以练就了好记性。另外，我有个习惯，就是看到或听到什么有趣的事，自然而然地会产生一些联想，如古堡西门三层小别墅建于 1911 年，我就想正好和辛亥革命发生在同一年，今年 100+1 岁；又如斯塔尔伯格王子赠送古堡给伊普斯滕摁是在 1929 年，我

就联想到小时候妈妈常说'一九、二九，冻死猪狗'，当然那个'九'是数九寒天的'九'。"我很自豪地告诉 Nenad，我在谷歌上搜索伊普斯滕摁古堡和 Eppsitein Castle，无论中文还是英文，都没有介绍，如果把我的伊普斯滕摁古堡之行用中英双语发在网上，我就成了撰写此古堡的世界第一人了！

文化体育之旅——梅斯佩尔布伦城堡

又到了周日，我们一家四口从法兰克福去梅斯佩尔布伦，这算是一场小型的文化体育之旅。法兰克福距梅斯佩尔布伦不足 60 千米，但属于不同的两个州。梅斯佩尔布伦是巴伐利亚州的一座市镇，总面积 15.53 平方千米，总人口两千多人。

今日严先生驾车，女儿当教练，不断地指挥老爸："留在这条道上，不要换道！""打灯后稍等片刻再换道，不要一打灯就换！"等等。2009年我们一家人自驾去意大利玩，严先生曾开过车，但很快女儿就受不了了。"算了，还是我来开，你开车我太紧张！"所以，这是十年后严先生再次在德国驾车，我还好，女儿、女婿紧张得要命，从出发至抵达目的地 Nenad 一声都没吭，当然返回时就换了女儿驾车，大家轻松了许多。

到达梅斯佩尔布伦泊好车，我们先到镇上咖啡店吃冰激凌，女儿回忆她1995年第一次去美国，受邀去一个农场参观，平生

　　第一次吃到冰激凌，且是农场自产的鲜牛奶做成的，感觉好吃得不得了！一行十几个中学生大吃特吃，一人一口气吃了十几个。

　　吃罢冰激凌我们直接去参观梅斯佩尔布伦城堡。女儿、女婿上次来此地已是几年前，当时正值冬天，城堡大门紧闭，四周看不到一个人影儿。今日情形大不相同，停车场泊了不少的车，一辆旅游大巴上，几十位银发老人鱼贯而出，我们说这就是欧洲的夕阳红旅游团。一路上来此参观城堡的游人和徒步爱好者来来去去，络绎不绝⋯⋯

　　梅斯佩尔布伦城堡是一座私人城堡，始建于 1412 年，至今已有 600 多年的历史，女儿称之为"mini 城堡"，规模比较小，但是"麻雀虽小，五脏俱全"。城堡从未被攻克占领过，无论是外部建筑还是内部装修都保存完好。参观城堡有专职导游分批带领并讲解，穿统一红色体恤和蓝色短裤的导游小伙子不知是否是志愿者？导游小伙子讲解时说的是德语，我和严先生都听不懂，只能用眼睛看，女儿时不时小声地给我们翻译一下，让我们大致了解每一个房间的功能。

　　城堡内部至今尚有这个男爵家族后人居住，所以只开放了一半供游人参观，也不容许游人拍照，只能凭着记忆说上几点体会。首先是二楼大客厅，估计有好几百平方米，可接待重要客人，至今仍在使用中。墙上几乎都是油画肖像，毋庸置疑，这些都是这个男爵家族几百年来家人的肖像。有一对夫妇的肖像穿戴很现代，女儿说那是至今仍然健在的城堡主人夫妇的肖像。大客厅地面上有一张完整的熊皮，龇牙咧嘴的熊标本用眼睛直盯着我们，有点令人恐惧。据说那是这个地区山林里的最后一只熊，我想当地人为什么要猎杀它呢？这里原是野生动物的生活环

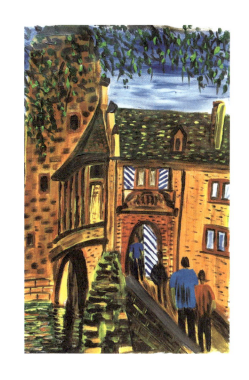

境，明明是人侵占了熊的领地，还把它们赶尽杀绝。大客厅的墙上还挂有大量制作成标本的野猪、鹿头、野兔、野鸡等等，墙边或悬挂或摆放着几百年来使用过的各种刀剑以及第一次世界大战中使用过的枪……

有一个房间四周橱柜里摆放了几百年来男爵家收到的各种礼物，其中有一件礼物非常特别，是一个人的头骨，只有一个拳头大小，女儿说是一个南非客人赠予房主的礼物——一个黑人的头骨。想想送这样的礼物，不禁使人毛骨悚然。

二楼除了大客厅外还有五六个大大小小的房间，有一个房间被称为"中国厅"，墙上挂件全是青花瓷盘，房间光线比较暗。我仔细看了一下瓷盘，大多是花卉图案，也有穿着古装的中国人形象。房间正中摆放着一个比较大

的圆桌，桌子被玻璃罩着，桌面的图案是三维立体的，绘制精巧，画面生动。导游介绍说最早的桌子是没有桌腿的，现在的桌腿是主人后来加上的，并说当初的中国人是围桌席地而坐的。那是什么时候的事啊？

导游在整个参观过程中还介绍了许多关于城堡历代主人的故事，比如有一位近代比较著名的城堡主人，同时也是维尔茨堡大学的创建人。不知道至今尚在此居住的人是做什么的，我有些好奇。这个城堡是私人城堡，城堡门票 5 欧元 / 人，全用于城堡维护之用。城堡开放时间为每年 3 月至 11 月，怪不得几年前女儿、女婿他们冬日来此吃了闭门羹。

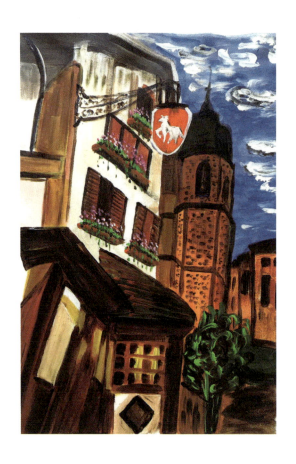

　　参观城堡后我们在镇上走了走，路过好几个酒店，外观挺不错的，看来这座小镇虽然只有2000多常住人口，外来游客还不少，很多人来此住几天，每日步行登山。女儿、女婿的朋友就是上个周末来此住了两日，专门来徒步登山的。

　　接下来我们也去徒步登山，地图上详细标出了每条登山路线以及路线的长度，有兔子道、蝴蝶道、狐狸道，各条道路山势高度和路程长短不等，我们选择了四千米长的兔子道。上山时女儿、女婿走起来略显轻松，我和严先生还是有些吃力，上了山顶往下就轻松多了，一路走一路观风景。我们发现路上好几棵大树被连根拔起倒在地上，有的把山路都拦住了，有的地方直接拉了线不让行人通过。后来在餐馆吃饭，听餐厅老板讲，就在前一天突然刮了一阵大风，接着冰雹袭来，不过十来分钟的时间，就给山林造成了这样大的破坏，真是有点不敢相信。

　　还得说说今天的晚餐。我们在小镇找了一家餐馆，门外广告说有烤野兔

供应，严先生兴趣来了，说要品尝一下。严先生的晚餐当然就是烤野兔，野味十足。想想我们今天走的兔子道，虽然没有看见什么野兔，但山上应该会有野兔出没。能够吃上野生兔肉算是一次不一样的体验。女儿给我点了一条烤鱼，说是新鲜的鳟鱼。看看一整条鳟鱼，大约一斤吧，20多厘米长，配烤土豆，还有一盘沙拉，一共11.90欧元，折算成人民币不足百元，真是挺便宜的。鱼肉新鲜细嫩，味道不错，鱼皮有点脆脆的，我从来没有一个人吃过一整条鱼，还真是很努力才吃完，也算是一次不一样的体验吧。

师生同游美因茨

美因茨是德国莱茵兰－普法尔茨州的首府和最大城市，与黑森州首府威斯巴登以莱茵河为界遥遥相望。我曾去过美因茨两次，一次是在美因茨乘船到科布伦茨，算是匆匆路过。另一次是一家人来美因茨河畔参加夏天啤酒节，仅仅在河畔停留，未深度探访。从法兰克福来美因茨大约30分钟。这次，有学生从纽伦堡来法兰克福看我，今天我们就来个师生同游美因茨。

购买列车周末票，可供二至五人使用，很实惠。记得2008年，带学生

去英国海岸城市西斯廷斯进行暑期英语学习，我们几个带队老师周末去伦敦玩，4个人往返才20英镑，乘长途列车比坐市内公交都便宜。所以，到欧洲旅行，一定要好好研究一下欧洲铁路，充分利用团体票和周末票，以及天票、周票、月票、次票等，还要尽可能提前制订行程买预售票，这样可以省下一笔可观的车费。

　　从火车站出来第一站就是著名的樱桃园。樱桃园位于美因茨老城中心，奥古斯丁街旁，这里有罗马式桁型木框架结构的房屋和商店，有中世纪狭窄弯曲的小街小巷，还有位于席勒广场的文艺复兴式喷泉——市场喷泉。我们徜徉其中，仿佛回到了几个世纪前。既来访古，就不能错过建于1240年6层高的美因茨铁塔，铁塔位于市政厅对面，属于当时城墙的一部分。塔两旁伴有石狮雕像，狮爪抓着公羊和怪兽，这是施陶芬家族皇权的象征。铁塔属于

旧城改造时保留下来的旧城墙塔，中世纪的城墙有 34 座门和塔。

　　有人说，中国看寺庙，西方看教堂，所以，我每到一处游览，逛教堂是必不可少的功课。何况我的这位学生是一个年轻的基督教徒，留学德国多年，我们出行，他既可当翻译，还可顺带讲《圣经》故事，但凡我感兴趣的地方均可向他发问，大多可以得到满意的答复。如：现在我就知道怎样分辨基督新教教堂和天主教教堂，那些华丽装饰的教堂几乎都是天主教教堂，而基督新教教堂要简朴得多。

　　美因茨最大最豪华的教堂当数圣斯蒂芬教堂，这座建于 14 世纪的哥特式教堂在二战中被毁，战后得以重建。教堂玻璃散发出幽幽的蓝光，它是著名艺术家马克·夏卡尔根据新旧约的主题于 1973 年至 1984 年创作的。夏卡尔的大型绘画作品我在巴黎歌剧院演出大厅看见过，非常华丽震撼。位于旧城

中心的奥古斯丁教堂，在二战中幸免于难，所以我们今日才得以参观建于 1260 年的巴洛克式风格的教堂。整座教堂外墙由红色砂石建造，红色的砂石大门一直通向教堂内部。圣马丁教堂算是我见过的众多教堂中的异类，这座建于 975 年至 1036 年的罗马式建筑，是三厅式方形教堂，附设六个塔，它的建筑形式属于上莱茵河地区罗马宗教建筑。

　　我们参观教堂的同时也看美因茨城市环境，大街小巷不同时期的建筑并存不悖，如现代建筑的市政府大楼和希尔顿饭店与巴洛克式文艺复兴时代的法庭（现为州政府所在地）、条顿骑士团大厦（现为州议会所在地）以及昔日的选帝侯宫并存。选帝侯宫是美因茨最重要的文艺复兴时期的建筑，它是所谓"德国文艺复兴"后期的代表作。

　　游美因茨也是奔莱茵河而来，美因茨位于莱茵河左岸，正对美因河汇入莱茵河的入口处。建于1882—1885年的特奥多尔·豪斯桥横跨莱茵河，是连接莱茵兰－普法尔茨州和黑森州两州的重要桥梁。大桥建立于沙石桥墩上，有5个钢架桥拱，分别为87米、99米、103米、99米、87米高。虽经百年沧桑，大桥仍然雄伟壮观，且发挥着巨大的交通枢纽作用。南来北往的列车在巨大的钢铁桥上高速行驶，桥上配有人行道，人们或骑车或步行，或站在

桥上观看莱茵河两岸风景，城市景致蔚为壮观。

我们坐在莱茵河畔的绿茵草地上，一边聊着多年前的人和事，一边看挂着不同国家国旗的游轮、货轮穿梭于桥下、来往于莱茵河宽阔的河面上，遥遥看见对面黑森州州府威斯巴登的建筑以及威斯巴登大教堂高耸入云的尖塔，不时发出一些感慨。想当年这位学生是我的英语课代表，准备出国时都征求了我的意见，我说到德国吧，以后我们可以一起游玩德国，没过几年我的话就成真了。

在夕阳的照耀下，我们踏上了返回法兰克福的行程。在轻轨列车上见到一批年龄稍大的乘车人，有的手中举着牌，有的脖子上挂着牌，大多数穿着黄色的背心，衣服上和牌子上印有"停止扩建法兰克福机场"的标语口号。列车行进到法兰克福机场站时，这批人统一下车，原来他们是去抗议法兰克福机场扩建工程的示威人群。我有些糊涂了：这些人从美因茨出发，想来应该是美因茨人，法兰克福机场离他们多远的，扩建机场关他们多少事？要这么兴师动众、成群结队地去抗议。

在我们看来，扩建机场是好事，说明机场吞吐量上升，法兰克福是欧洲

的交通枢纽，又是金融中心和会展中心，无论哪一个方面的发展都离不开一个大型机场。

今日，师徒二人高兴出游。明天，学生就要辞别老师返回纽伦堡，开始他研究生的学业了。我也将踏上回成都的行程，师生游只有来年再续。

情系凯泽斯劳滕

女儿是 20 世纪 90 年代末来德国的，在凯泽斯劳滕上预科、大学直到研究生毕业，6 年的光阴都在这座城市度过，但女儿不太喜欢凯泽斯劳滕，觉得这座城市的建筑没有什么特色。可我并不这样认为，我还挺喜欢那儿的建筑，尤其是那些有点年代的石头房子，花园鲜花盛开，绿色藤蔓爬满外墙……当然，真正使我魂牵梦萦的是在那儿生活、学习、追逐梦想的女儿！

第一次认识凯泽斯劳滕是在女儿寄回国的照片上——冬天的午后，街边站着一个小姑娘，穿着深蓝色的耐克防寒服，短短的头发，右边发夹别着刘海，一脸稚气——那就是十五岁就告别故土奔赴异国求学的女儿。街道两边的建筑都是欧式三层小洋楼，外墙的颜色较深，有些许沧桑感。第一眼我就喜欢上了这座城市，至今也没有淡忘。严先生从来没有去过凯泽斯劳滕，他每次来法兰克福，女儿问他最想去什么地方，他的回答都是：凯泽斯劳滕。

我第一次来凯泽斯劳滕是 2001 年夏天，当时我们公务出访德国，整个访问团队都住在波恩，到了周五下午我把学生、老师安顿好，就同女儿一道坐火车从波恩去凯泽斯劳滕。女儿住在离市中心很近的公寓里，抵达当晚，女儿就兴致勃勃地带着我逛市中心，那时候周五下午五点和周六、周日商店全关门，我们只好透过窗户挨个观看商店里的陈设。虽然第一次看见这一切，但如同他乡见故友，亲切感油然而生。

就在我离开德国不到一个月后，震惊全世界的"9·11恐怖袭击事件"发生了，虽然事件发生在大洋彼岸的美国，但和德国却有着直接的联系，因为劫持美国民航飞机撞击双子塔和五角大楼的恐怖分子来自德国汉堡，曾经在汉堡大学学习。为此，德国也成了世界舆论的焦点，凯泽斯劳滕因为有美军基地，气氛骤然紧张起来。女儿当时课余正在美军基地旁的麦当劳打工做收银员，上下班时都会看见美军检查来往人员的身份证件，美军基地大门前筑起了巨大的水泥墩，以防止可能发生的恐怖袭击。我的心随着女儿的陈述而紧张起来。

2003 年 1 月，我第二次到凯泽斯劳滕。那时，北约对科索沃的战事正激烈，每天从早到晚，从凯泽斯劳滕美军基地飞去科索沃的飞机就在女儿公寓上空呼啸而过。在国内，我每天关注科索沃战事的最新进展，但只有身临其境才有深切的感受：原来离我们很远的战争，一下子变得离我们这么近，我为女儿的安全暗自担忧。先是"9·11 事件"后是科索沃战争，八竿子打不着的事怎么都和女儿扯上了关系？我这个当母亲的心常常悬在半空，远不止"儿行千里母担忧"那么简单！

第三次来凯泽斯劳滕，已经是 18 个月之后的 2004 年夏天了，战事早已经成为过去时，凯泽斯劳滕美军基地因为美驻军人员裁减而大大缩小了规模，凯泽斯劳滕市中心三个超市，陆陆续续关闭了两个，足见美军人员的变动与这座城市人口的减少和购买力的下降呈正相关的关系。市区步行街商店倒是变化不大，女儿每天上学经过的文身店也还正常营业。用女儿的话来讲，来了六年，连橱窗里的陈设都没有任何的变化。对女儿的话我也是感同身受，这儿的火车站我来了三次，三次都有打围的地方正在进行维修，就像德国的教堂维修似乎永无止境。

现在说到凯泽斯劳滕，国内可能知道的人不多，但在 1998 年前后的那段时间，凯泽斯劳滕足球队却是国内球迷津津乐道的话题。凯泽斯劳滕足球队从德乙联赛升至德甲联赛，升班马当年就在德甲夺冠。所以，那个时候在成都，只要有球迷听说女儿在德国凯泽斯劳滕，都会提起这桩事，

并且流露出些许羡慕之情。女儿不是球迷，却无意之中与凯泽斯劳滕队俱乐部董事长读高中的女儿成了朋友，被邀请看球赛，有幸和球队队长巴拉克合过影。不过当时我们根本不认识巴拉克，也不知道他的名字。2002年世界杯上，我和先生看见德国国家队的队长，觉得很面熟，找出当年的照片一对，果然是他。我们在电话里告知女儿，她这才记起还和这位大名鼎鼎的球星、德国足球队队长巴拉克合过影。后来，我把这张照片送给了我的一个学生，他是德国队球迷，他那个高兴劲儿简直没法说了！

　　初夏的一个周末，我们全家四口驾车出游，终于踏上了凯泽斯劳滕之旅。第一站——法兹画廊博物馆。女儿的留学生涯就是从法兹画廊博物馆开始的。女儿1998年10月15日离家，16日从北京飞往法兰克福，抵达凯泽斯劳滕已是万家灯火的时分，远远就看见一片明亮的灯火下有一栋美丽的古建筑，带队老师说了声："到了！"众人一阵欢呼声，女儿心中暗暗高兴：我们的

住地像皇宫一样，太漂亮了！下车一看，原来是一场误会，那幢金碧辉煌如皇宫般的大楼是凯泽斯劳滕法兹画廊博物馆，而他们入住的学生公寓则在位于博物馆左下方的白色四层小楼，这一对比，大家很是失望。进了公寓，发现他们的房间在公寓底楼，由于公寓随斜坡而建，底楼一半在地面上，一半在地下，窗户和地面平齐，大家更是大失所望。只有女儿一人蛮高兴，心中满是对美好明天的憧憬和期待！

我们四人下车后各自为阵，对着博物馆大楼、楼前雕塑、学生公寓、女儿住过的房间窗户（未能进入公寓）一通狂拍，后来看照片时，严先生还不无遗憾地说："我也该在女儿公寓和窗前拍一张。"因为只有他错过了这最值得回忆的地方。

看罢学生公寓，直奔女儿就读的凯泽斯劳滕科技大学。说是上山，其实

那山就是一个浅丘，在成都被称为"爬个坡坡"，几分钟的光景就到了。校园没有围墙，四周有公寓、别墅，更多的就是绿色的草坪和葱郁的大树。学校正门立了一块标志牌，"FH"两个字母异常醒目。左边矗立着主教学大楼，这是一幢有十几二十层高的大楼，右边是一片低矮建筑，那里是学校行政办公室、图书馆、食堂、咖啡馆。凯泽斯劳滕科技大学建于20世纪70年代，分三个校区，这是主校区，学校学生总人数1000多人，但平日校园里很安静，全然没有国内大学那般人员熙来攘往的情形。

7月上旬，德国大学还未放假，只是今日正逢周末，学校空无一人，教学大楼、图书馆、食堂、实验室等均大门紧闭。我自然有诸多回忆：在食堂，和女儿一道吃饭、喝咖啡；在图书馆，女儿做作业，我看书；还有那年冬天冒着刺骨寒风，在教学楼外等了近三个小时。一幕幕场景像电影一样呈现在眼前。我一直兴奋地说个不停，严先生举着单反，给我留下了很多照片。回想一下，过去来凯泽斯劳滕好像没有拍过什么照片。

第二站，女儿住的第二公寓。这是栋四层公寓楼，女儿的房间在三楼（德国称为二楼），不临街，窗户对中庭花园，院内有一棵挺拔的松树，给我很深的印象，那年大雪，纷纷扬扬的雪花飘落在院内松树上，银装素裹，煞是好看！女儿指给我们看临街一个阳台，

我想起了那年女儿电话里说起的一件事：一个学生在房间阳台上放了一桶汽油，又在阳台上抽烟，引燃汽油发生爆炸，整个阳台被炸掉，坠落在楼下一辆车上。当时的情景一定令女儿十分惊恐，今日回忆仍然心有余悸。

公寓对面是一幢欧洲古典小别墅，在一排公寓建筑里别具一格，凑近一看，侧面墙上赫然写着"1889"，100多年的风霜非但没有退却建筑的美观，反增加了它的厚重感。50米开外，街对面是一个市政公园，逛公园是我来凯泽斯劳滕每日必修的功课。我和女儿惊喜地发现昔日的公园已经大变样了，增加了很多现代化的游乐设施，添加了小桥流水、花团锦簇，园内小道都铺设成了镶嵌花边的大道，俨然一个现代化公园。

公园边一幢颇似欧洲城堡的三层小楼，过去被女儿称为"鬼屋"，现在已是顾客盈门的餐馆。那时许久没人居住，外墙布满绿色藤蔓，女儿及同学每次路过都要编造鬼怪故事互相恐吓。几年光景，全变了样，真是"士别三日，当刮目相看"。不远处就是车行，女儿的第一辆大红色的两厢"POLO"就是在这儿购置的二手车，5000欧元也是一笔不小的数目，从凯泽斯劳滕到法兰克福，陪伴女儿度过了六个春秋。

第三站，市中心步行街。车子驶过一家亚洲餐馆，女儿说那

是她当年的第二食堂，第一食堂当然非学校食堂莫属。女儿15岁出国时完全不会做饭，只能以学校食堂为自家饭堂，周末或假期就难了。她曾找到这家餐馆老板商量：可不可以每月200欧元包饭？老板直接回复：本店没有此项服务。结果女儿每天去吃一餐，5欧元，打包回去还可吃一顿，这样算下来，一天两餐，一个月才150欧元，蛮合算的。我们笑说：那家老板连最起码的算术都不会算，真不会做生意。

步行街最中心是一座建于13世纪的哥特式教堂，不远处就是霍恩施陶芬广场，这里有巴巴罗撒的宫殿遗址。站在市政厅旁边大楼顶部露台上，可以眺望城四周的森林。当然，我们不是来观光的，这些古迹不在我们的参观计划内。女儿一直介绍，哪儿是她开户的第一家银行，哪儿是第一次去买面包的商店，哪儿是看歌剧的剧院……这些才是我们镜头下的主角。路过女儿打工的那家餐馆，严先生说人还挺多的。女儿没好气地说："生意倒是好，所以我才有洗不完的盘子啊！"

正值晚餐时分，老爸提议就去这家餐馆吧，Nenad则提议去女儿当年打工的美军基地旁的麦当劳，我当然赞成，因为我还从来没有去过那儿呢！正说着，突然天降大雨，我们只好就在步行街的麦当劳避雨吃饭了。女儿的一

个同学加老乡曾在此打工多时，每次女儿去吃饭，都是买少给多，多少算是沾了同学的光。

来到凯泽斯劳滕，还有一个地方非去不可，尤其是对于 Nenad，那就是凯泽斯劳滕队的足球训练基地和比赛赛场。凯泽斯劳滕队曾先后四次获得德甲冠军，两次荣膺德国足协杯冠军，2006 年德国世界杯，凯泽斯劳滕是主办城市之一。驱车沿山路往上走，山上林木郁郁葱葱，刚下过雨，空气犹如过滤了一般，我们满心期待地张望着，突然车前方路中央出现一组雕像，十一个着凯泽斯劳滕队服的球员站立在路中央的草地上，中间围绕着一个小小的足球。

这趟旅程，我们又有意外收获，路过了女儿昔日日语课老师的家，自然想起了女儿在凯泽斯劳滕上大学期间，弹钢琴、绘画、学长笛、学日语、上

魔术课、上英语口语班、加入凯泽斯劳滕大学乐队排练及演出等等，女儿在凯泽斯劳滕六年，确实没有虚度。小小年纪一个人在外，生活自理是最基本的生存要求，完成学业的同时打工养活自己，很不简单，还学了这么多知识、技能，真是不容易！

回家后，严先生在网上不经意间居然找出了女儿 2003 年在凯泽斯劳滕中国学生春节联欢会上吹长笛的剧照。女儿那时刚满 20 岁，我看照片上女儿穿着牛仔裤，充其量就十五六岁的模样，一脸的稚气。时间荏苒，转眼十来年了。

凯泽斯劳滕回归之旅的最后一站是日本花园，当女儿提出要去日本花园时，我有点小小的诧异，为什么去日本花园？过去好像从没有听女儿提起过此地。原来女儿有一个小小的情结，她上学时曾经和她的铁哥们儿来过这儿，

因为公园晚上 7：00 关门，他们来时已近 8：00，所以只好翻墙进去，飞快地遛了一圈，毕竟没有购票正式游园，多少有些遗憾。

我们四人入园，每人三五欧元。严先生说，日本人就是会做生意，圈一块地就要收费。其实不然，日本花园虽小但十分精致，树木花草错落有致、亭台房宇造型独特，颇具别有洞天之感，尤其是满池的锦鲤吸引了我们所有的镜头，其中有两条重达数十斤的锦鲤，严先生直呼：从没有见过这么大的锦鲤。

最后，在停车场，严先生给我们仨来了一个大特写：女儿居中，我和 Nenad 双手高高举起。车发动了，我们大声喊道："Goodbye，凯泽斯劳滕！"回归之旅就此画上一个圆满的句号！

图书在版编目（CIP）数据

画游德国 / 易平凡著 . -- 成都 : 成都时代出版社，
2022.7

ISBN 978-7-5464-2959-5

Ⅰ . ①画… Ⅱ . ①易… Ⅲ . ①游记—德国 Ⅳ .
① I561.65

中国版本图书馆 CIP 数据核字（2021）第 242433 号

画游德国
HUAYOU DEGUO

易平凡　著

出 品 人　达　海
责任编辑　张　旭
责任校对　敬小丽
责任印制　车　夫
封面设计　成都九天众和
装帧设计　成都九天众和

出版发行　成都时代出版社
电　　话　（028）86742352（编辑部）
　　　　　（028）86763285（市场营销部）
印　　刷　成都市兴雅致印务有限责任公司
规　　格　165mm×230mm
印　　张　23.25
字　　数　310 千
版　　次　2022 年 7 月第 1 版
印　　次　2022 年 7 月第 1 次印刷
书　　号　ISBN 978-7-5464-2959-5
定　　价　98.00 元